Jacinta Nandi

nichts gegen blasen

JACINTA NANDI

nichts gegen blasen

ullstein extra

Die folgenden Textteile sind in veränderter Form
bereits in anderen Medien erschienen:

Seite 179 bis 181:
Ein Teil ist in der *taz* in der Kolumne
»Die gute Ausländerin« veröffentlicht worden.
Seite 188 bis 190:
Teile dieser Geschichte sind im *Exot Magazin* erschienen.
Seite 202:
Eine etwas andere Version dieser Geschichte ist in
Neues Deutschland veröffentlicht worden.
Seite 252 bis 256:
Diese Geschichte ist als zwei Kolumnen in
»Die gute Ausländerin«
in der *taz* erschienen.

MIX
Papier aus verantwortungsvollen Quellen
FSC® C014496

Ullstein extra ist ein Verlag der Ullstein Buchverlage GmbH
www.ullstein-extra.de

ISBN: 978-3-86493-029-4

Gesetzt aus der Electra
Satz: Pinkuin Satz und Datentechnik, Berlin
Druck und Bindearbeiten: GGP Media GmbH, Pößneck
Printed in Germany

JAHRESTAG

Ich habe einen ganz schlimmen Pilz und sitze traurig in meiner Küche und google Diäten, die ihn abtöten sollen, weil ich zu faul bin, um zur Apotheke zu laufen. Diese Zäpfchen funktionieren sowieso nicht immer. Wenn Männer einen Pilz bekämen, wären die Medikamente viel wirksamer. Die Wissenschaftler würden dafür kämpfen, wenn sie selbst davon betroffen wären.

Mein Fuck-Buddy ruft an.

»Hast du gerade Lenny bei dir?«, fragt er.

»Nicht wirklich«, sage ich.

»Kann ich vorbeikommen.«

»Ach nein. Ich hab einen Pilz.«

»Kein Problem. Also für mich ist das kein Problem.«

»Dein Penis ist zu dick. Es tut schon ein bisschen weh, selbst wenn ich keinen Pilz habe. Meine Pilz-Vagina ist zu empfindlich für deinen dicken Penis.«

Er legt auf. Wir haben eine voll tolle Ebene, denke ich. Meine beste Freundin Lizzy schreibt mir auf Facebook, sie will vorbeikommen. Eigentlich muss ich arbeiten, aber ich sage ihr, sie soll kommen. Sie bringt voll teuren Wein mit, ich weiß, dass er teuer ist, weil das Etikett so geil aussieht, die Grundfarbe so hübsch ist und die Buchstaben geschmackvoll und stilvoll sind und so. Ich bin gut darin, teuren Wein zu erkennen. Das ist alles eine Frage des Etiketts. Lizzy ist eine hübsche, dünne Frau, mit dunkelblonden Locken, Riesenaugen und Riesenbrüsten. Sie ist so hübsch, dass sogar deutsche Männer sie in der U-Bahn ansprechen. Sie fragen nach ihrer Telefonnummer und so. Und die Türken und Araber auf den Straßen Neuköllns machen ihr fast jeden Tag einen Heiratsantrag.

»Warum kaufst du in letzter Zeit immer so teuren Wein?«, frage ich sie.

»Weil ich jetzt einen geilen Job habe.«

»Ach so.«

»Denkst du, dass ich jetzt sparen sollte?«, fragt Lizzy.

»Worauf?«

»Auf ein Haus.«

»Auf ein Haus? Warum? Nein«, sage ich. »Höchstens auf einen Urlaub. Mach mal den Wein auf. Ach, ich weiß nicht. Wir sind so alt geworden, Lizzy. Mir ist endlich klar geworden, dass ich nie wieder heiraten werde. Ich werde nie wieder heiraten. Wir werden nie reiche Männer heiraten. Vielleicht solltest du doch auf ein Haus sparen. Aber das ist so anstrengend, oder? Langweilig und anstrengend. Es gibt so viele schöne Sachen, die man kaufen kann. Weißt du was? Heute ist der Jahrestag meiner Trennung von Peter.«

Genau heute vor einem Jahr waren mein Ex Peter und ich auf einer Hochzeit in England. Er war Trauzeuge und voll nervös, und nach seiner Rede habe ich ihm in der Toilette einen geblasen. Auf Knien, mit viel Augenkontakt. Sehr intensivem Augenkontakt. Ich bin manchmal sehr romantisch, besonders auf Hochzeiten, ich werde von der Romantik infiziert. Die ganze Zeit über dachte ich: Wenn du fertig bist, macht er dir sofort einen Antrag. Es war der romantischste Blowjob meines Lebens. Aber dann, als ich fertig war, machte er keinen Antrag, also übernahm ich diese Aufgabe für ihn, woraufhin er mein Angebot ablehnte und ich weinte. Dann machte er mit mir Schluss. »Ich habe mir nie eine Zukunft mit dir vorgestellt«, sagte er, »ich habe es einfach weiterlaufen lassen, jeden Tag.« Ich weiß diese Worte auswendig, aber ich kann mich nicht an sie erinnern. Ich kann mich nicht daran erinnern, wie er mir das sagte, sondern nur daran, wie ich nachher meinen Freunden davon erzählt habe. Das ist wie mit der ersten Erinnerung oder als ob diese Worte Teil meiner Knochen, vielleicht sogar meiner DNA geworden wären.

Manchmal denke ich, dass ich diesen Blowjob für den Rest meines Lebens bereuen werde.

»Wahnsinn!«, meint Lizzy. »Ich habe immer gedacht, nach einem Jahr hättest du viel mehr Fortschritte gemacht als jetzt, also einen neuen Mann oder so, ich weiß nicht, warum, aber ich habe immer gedacht, bis dahin bist du total drüber weg.«

»Ich bin mehr oder weniger drüber weg«, sage ich trotzig.

»Aber du bist nicht bereit, dich in einen Mann zu verlieben, oder, Jacinta? Du willst dich doch gar nicht in einen anderen Mann verlieben. Dass es vorbei ist, weißt du erst, wenn du bereit bist, dich wieder zu verlieben.«

Ich gucke Lizzy an und schüttele den Kopf. »Die Liebe gibt es nicht, Lizzy. Das ist doch nur Ablenkung. Eigentlich sind wir hier auf der Erde, um Kunst zu machen oder Rassismus und Sexismus abzuschaffen. Wir haben keine Zeit für die Liebe. Das, was wir Liebe nennen, ist nur eine Ausrede, ein Vorwand dafür, nicht das zu tun, was wir tun sollten, das heißt, Kunst produzieren und Rassismus und Sexismus abschaffen.«

»Ach so. Bist du dir da ganz sicher, Jacinta?«

»Ja, man kämpft für die Liebe, weil man Angst hat, dass man nicht gut genug ist, um für etwas Ordentliches zu kämpfen. Aus Feigheit. Ist doch lächerlich.«

»Ach so. Irgendwie schade.«

»Ja.«

»Wollen wir *Bridget Jones* angucken?«, fragt Lizzy.

»Lass uns lieber alle Heiratsantragszenen aus allen Jane Austen-Verfilmungen angucken, die es je gegeben hat.«

»Oh ja«, ruft sie. »Manchmal hast du so gute Ideen.«

Wir gucken zuerst die BBC-Verfilmung von *Stolz und Vorurteil* aus den 90er Jahren. Gott, ist Mr Darcy fickbar in diesem Film. Ich würde mich so sehr freuen, wenn Frauen Pornos drehen würden. Dann würde es lauter Jane Austen-Verfilmungen geben, mit komplizierten Handlungen, geilen Kleidern, hinterfotzigen Schwestern oder Schwägerinnen. Es gäbe eine Hochzeit und dann würde ordentlich gefickt. Das wäre echt voll geil. Dafür würde es sich zu kämpfen lohnen.

FICKTERMINEPLANUNG

Das Schlimmste an Trennungen ist, wie engherzig man wird. Man schreit sich an wegen Küchentischen und Reclam-Heften, bis der Hals weh tut. Kurz nachdem Peter weg war, habe ich ernsthaft überlegt, über die *Zitty* einen Afrikaner zu bestellen, der vorbeikommt und irgendwelche männlichen Sachen in der Wohnung macht: Löcher in die Wände bohren zum Beispiel, irgendetwas Männliches eben. Nur damit mein Freund – ich meine: mein Exfreund, das Arschloch, wenn er vorbeikommen sollte, um seine Sachen zu packen, abzuholen und so weiter –, nur damit er sehen würde, dass ich in der Zwischenzeit männlichen Besuch hatte, echten männlichen Besuch von einem echt männlichen, handwerklich begabten Mann, nicht nur einen Ficktermin, sondern Besuch von einem männlichen, bohrbereiten Mann. Letztendlich habe ich es nicht getan, aber ich habe in der *Zitty* schon nach Afrikanern geguckt.

Nach dieser Hochzeit in England zurück in Berlin – schon am Flughafen – rief ich eine meiner besten deutschen Freundinnen, Martha, an und sagte ihr, ich wolle Selbstmord begehen, könne aber nicht, wegen des Scheißkinds.

Wenn du Selbstmord begehen willst, es aber nicht kannst, wegen des Scheißkinds, gibt es kaum andere Optionen. Das ist das Problem daran. Außer sehr laut weinen. Also habe ich meine Freundin Martha angerufen und sehr laut geweint.

Danach dachte sie, sie müsse auf mich aufpassen, und rief mich ständig an.

»Komm zum Karneval der Kulturen!«, sagte sie.

»Nein.«

»Du musst zum Karneval kommen!«

»Ich will nicht. Karneval ist so stressig.«

»Aber letztes Jahr warst du da! Wir haben uns dort gesehen!«

»Ja, ich war aber mit Lenny da. Ich kann da nur mit dem Kind hingehen, sonst kotze ich vor Stress mit den ganzen Leuten und so.«

»Aber mit einem Kind ist es noch stressiger als ohne! Komm doch mit!«

»Mit einem Kind ist das Leben immer total stressig, man merkt nicht, ob man beim Karneval der Kulturen ist oder nicht. Aber ich bin nicht bescheuert, ich gehe nicht ohne ein Kind zum Scheißkarneval der Scheißkulturen.«

»Das macht total Spaß und ist voll multikulti und so«, sagte Martha.

»Ich will nicht.«

»Du kannst doch nicht den ganzen Tag allein zu Hause rumhocken.«

»Ich will nicht.«

»Du musst.«

»Schau mal, ich will wirklich nicht. Und außerdem habe ich einen Ficktermin«, sagte ich.

Martha war 36 Sekunden lang still. Ich weiß das, weil ich mitgezählt habe. Dann sagte sie: »Es ist. Viel. Zu früh. Du solltest zum Karneval kommen.«

»Ich kann mir nichts Schlimmeres vorstellen, als wegen des Scheißkarnevals der Kulturen einen Ficktermin abzusagen. Ich finde es okay, dass dicke, blasse deutsche Hausfrauen sich

Saris anziehen und Maracas schütteln. Schön sieht das nicht aus, aber ich würde es nicht verbieten. Ich will ihnen nur nicht dabei zugucken.«

»Jacinta«, sagte Martha, »hör auf mich. Du weißt gerade nicht, was du tust. Du machst einen Riesenfehler. Hör auf mich. Ich muss dir was Wichtiges sagen.«

»Ich höre«, antwortete ich.

Martha sagte, langsam und deutlich: »Sex. Hat. Sich. Geändert.«

»Was?«, fragte ich.

»Wann hast du das letzte Mal außerhalb einer Beziehung jemanden gefickt?«

Ich durchsuchte mein Hirn nach meinem letzten Ficktermin, bevor ich mit meinem Freund – ich meine, mit meinem Exfreund, dem Wichser – zusammengekommen war. Das bisschen Fremdficken sollte ich jetzt nicht erwähnen, dachte ich.

»2006. Oder vielleicht Januar 2007. Oder Februar. Aber lange her.«

Martha wiederholte: »Sex. Hat. Sich. Geändert.«

»Echt?«

»Echt.«

»Wie denn?«

Martha atmete tief aus, dann sagte sie: »Sex ist voll porno jetzt. 2006, 2007 hatte das noch nicht angefangen. Aber jetzt ist Sex voll porno. Die Erwartungen der Männer gegenüber den Frauen, mit denen sie ficken, sind *deutlich* gestiegen. Die Erwartungen sind jetzt unglaublich hoch. Die Leistungen, die erwartet werden, haben sich *geändert*.«

»Echt?«

»Jacinta, du bist wie eine Sekretärin, die Anfang der 80er Kinder gekriegt hat. Jetzt sind die frühen 90er und deine Kinder gehen in die Highschool, und du willst zurück in die Arbeitswelt. Aber diese Welt hat sich verändert. Die Spielregeln sind neu. In deiner Abwesenheit hat eine Computerrevolution stattgefunden. Die Fähigkeiten, die du in deiner Ausbildung erworben hast, sind nicht mehr *relevant*. Verstehst du, was ich meine?«

»Nein«, sagte ich. »Sag mir konkret, was sich geändert hat.«

Martha atmete wieder tief aus, dann sagte sie: »Analverkehr zum Beispiel.«

»Was, Analverkehr?«

»Analverkehr ist kein Extra mehr, das ist jetzt Standard.«

»Was?«

»Yep, Jacinta, Analverkehr ist jetzt Teil des Standardprogramms.«

»Nee.«

»Außerdem musst du jetzt viel, viel, viel deepthroaten.«

»Echt?«

»Ja, inzwischen sind Deep-throat-Blowjobs auch Standardprogramm.«

»Echt jetzt?«

»Auf jeden Fall. Und du solltest viel auf seinen Penis spucken«, sagte Martha.

»Ich sollte viel auf seinen Penis spucken«, wiederholte ich.

»Ja, das ist Etikette, das gilt jetzt als höflich.«

»Etikette?«

»Das wird jetzt halt erwartet.«

»Kommt mir ein bisschen unhöflich vor, auf seinen Penis zu spucken.«

»Ich sage dir was, Jacinta«, erklärte sie, »du denkst, du machst was Tolles und Befreiendes und oh, jetzt bin ich Single, jetzt ficke ich rum wie Carrie aus *Sex and the fucking City*, oh, ich bin so post-feministisch und befreit … aber ich sage dir, du hast keine Ahnung, was sich im Sexbereich getan hat, während du in einer Beziehung warst. Die Erwartungen sind dermaßen gestiegen. Sex ist jetzt Leistungssport.«

»Schlimmer als Karneval der Kulturen kann es nicht sein«, sagte ich. »Manche der dicken, blassen deutschen Hausfrauen, die Maracas schütteln, haben rosa Pickel auf dem Rücken.«

»Was ist mit deiner Muschi? Hast du deine Muschi komplett rasiert?«, fragte Martha. »Komplett rasiert? Und wenn ich sage komplett, meine ich total komplett. Total haarfrei solltest du sein.«

»Na ja, schon«, sagte ich.

»Hast du schon?«, fragte sie.

»Ja«, sagte ich.

»Und dein Poloch?«, fragte sie. »Hast du dein Poloch gewaxt?«

Ich sagte nichts. Ich wiederholte die Worte im Kopf. Dann fragte ich: »Habe ich was?«

»Hast du dein Popoloch gewaxt? Wenn du dein Popoloch nicht waxt, wird er nach eurem Ficktermin seinen gesamten Freundeskreis anrufen und allen erzählen, dass du ein haariges Arschloch hast.«

»Ich soll das Arschloch waxen?«

»Ich hab's dir doch gesagt. Es ist zu früh. Komm mit zum Karneval.«

Ich sagte langsam, deutlich, vorsichtig: »Martha. Ich finde es okay, dass Frauen Männern mehr gefallen wollen, als die Männer uns gefallen wollen. Ich finde das wirklich okay. Es ist traurig, aber ich akzeptiere es. So ist es halt. Wir wollen denen gefallen und gefallen ihnen nicht, und dann tun wir Sachen, um ihnen zu gefallen, aber es funktioniert meistens nicht, weil die Arschlöcher lieber Snooker spielen oder so. Ich bin nicht die Art Feministin, die das nicht akzeptiert. *Das* akzeptiere ich. Ich akzeptiere, dass wir den Männern mehr gefallen wollen als sie uns. Aber, aber, *aber* ich kann doch nicht, ich kann doch nicht … ich kann doch nicht die *Innenbereiche* meines Körpers enthaaren.«

»Wenn du nicht vorhast, dir das Arschloch zu waxen, kannst du auch nicht erwarten, dass er es ausleckt.«

»Dass ich das erwarte, habe ich nie behauptet. Oder?«

»Gut.«

Vielleicht sollte ich wirklich zum Karneval gehen, dachte ich mir. Ich sollte mir einen Afrikaner schnappen und ihn zwingen, in alle Wände meiner Wohnung lauter männliche Löcher zu bohren. Oder vielleicht sollte ich lernen, wie man eine Bohrmaschine benutzt. Aber diesen Gedanken lösche ich sehr schnell aus meinem Gehirn, noch schneller eigentlich als den Plan, mein Arschloch zu waxen.

Ja, das Schlimmste an einer Trennung ist also, wie engherzig man wird, wie kleinlich, wie berechnend. Ich habe vorher nie gedacht, dass ich rechnen kann, jetzt verrechnete ich mein Leben und all die Blowjobs, die ich gegeben hatte, mit dem Deutsch-Latein-Wörterbuch und Hemingways Kurzgeschichtensammlung, die Peter in der Wohnung vergessen hatte. Jetzt plötzlich verstand ich, warum Männer Frauen Schmuck kaufen sollten – das hatte ich vorher nie verstanden –, aber jetzt verstand ich das, es war eine Art Versicherung. Nachdem die Arschlöcher dich verlassen haben, bringst du diesen Schmuck zum Laden, und mit dem Geld, was du dafür bekommst, betäubst du den Schmerz ein bisschen.

Aber es ist nicht alles schlimm an Trennungen.

Die Wahrheit ist, wenn ich ehrlich bin: Ein bisschen gefiel mir die Freiheit auch, die ein gebrochenes Herz mit sich bringt. Normalerweise bin ich eine Frau, die immer darüber nachdenkt, was sie tun darf und was nicht. Jetzt war es mir egal. Ich wollte sterben, und alles was ich tat, um nicht sterben zu müssen, war erlaubt. Ich durfte in der Küche rauchen und Beyoncés *Single Ladies* tausendmal auf YouTube abspielen, tagsüber Disney-Filme gucken und Wein trinken und mich mit Fastfremden bei Facebook zum Ficken verabreden.

Ich meine, es ist nicht so, dass ich normalerweise keine Disney-Filme gucke oder Wein trinke. Ich mache es. Aber nicht tagsüber. Wenn ich es tagsüber mache, kriege ich normalerweise ein schlechtes Gewissen – eigentlich bin ich voll der Tageslicht-Nazi – oh, zehn Uhr früh und ich gucke schon Disney, ich bin so unintellektuell, oh, zehn Uhr früh, und ich trinke Wein, hoffentlich werde ich nicht Alkoholikerin, oh, zehn Uhr früh, und ich habe schon einen Ficktermin verabredet, ich bin eine Schlampe – voll schlechtes Gewissen –, aber mit einem gebrochenen Herz darf man alles, immer: aufstehen, Kaffee machen, Zähne putzen und dann, los geht's, Disney an, Wein auf, Schwanz rein. Mir doch scheißegal.

Ein paar Tage nach unserem Telefonat kam Martha nachmittags bei mir vorbei. Eigentlich ist sie nur mit mir befreundet, um Englisch zu üben. Sie spricht fast nie Deutsch mit mir, es ist total nervig. Würde sie Deutsch mit mir sprechen, dann müsste ich unsere Gespräche nicht übersetzen, wenn ich darüber schreibe. Aber egal.

»Hast du heute schon eine ganze Flasche Wein getrunken?«, fragte sie mich, vorwurfsvoll.

»Nein!«, rief ich, total beleidigt. »Denkst du, dass ich eine Alkoholikerin bin oder so was?«

»Gut«, sagte sie.

»Ich habe drei Viertel davon getrunken. Mein Ficktermin hatte auch ein Glas.«

Ich habe Peters und meinen gemeinsamen Freunden natürlich nie erzählt, dass ich fremdgegangen bin, deswegen hielt sie jetzt meine Hände in ihren und fragte leise: »Ist es sehr traurig für dich, wieder Sex ohne Emotionen zu haben?«

Die Wahrheit ist, dass ich nicht weiß, wovon die Menschen reden, wenn sie über Sex ohne Emotionen sprechen. Wenn Sex geil ist, dann sind da immer Emotionen, Glück zum Beispiel, und wenn es scheiße ist, dann ist es halt scheiße. Ich bin mir nicht sicher, ob ich weiß, was Sex mit Emotionen ist, und wie er sich von normalem Sex unterscheidet. Aber ich denke, sie meinte eigentlich nur ficken außerhalb einer Beziehung. Deshalb guckte ich sie einfach an und sagte: »Geht so. Willst du ein Glas Wein? Ich habe Chardonnay da.«

Wir tranken Chardonnay und rauchten in der Küche.

Ich sagte: »Übrigens weiß ich nicht, ob ich das überleben werde.«

Martha sagte: »Natürlich wirst du das überleben. Du bist so stark und unabhängig und selbstbewusst und toll! Du bist Beyoncé! Du bist voll Beyoncé! Du bist noch stärker und unabhängiger und selbstbewusster als Beyoncé! Du bist eine Feministin!«

»Ja.«

Sie sagte: »Du bist meine feministischste Freundin aller Zeiten.«

Zuerst war ich ein bisschen skeptisch, aber dann dachte ich an die meisten ihrer anderen Freundinnen, die wirklich echt so'ne Barbie-Zombie-Tussi-Frauen sind, und konnte es mir doch ganz gut vorstellen.

Ich seufzte. »Eigentlich meine ich das gar nicht so ernst mit dem Feminismus«, gab ich zu. »Ich tue nur so, weil ich mal in der *Cosmo* gelesen habe, dass Männer feministische Frauen in echt viel attraktiver finden. Wollen wir *The Lion King* gucken?«

»Hast du nicht *Cap & Capper*?«, fragte sie.

»*Cap & Capper* habe ich vorgestern angeguckt. Aber ich habe *Lady and the Tramp* da.«

»Oooh ja«, rief Martha. »Okay. Denkst du, dass der Wein ausreichen wird?«

»Auf jeden Fall«, sagte ich. Ich machte *Lady and the Tramp* an. Und solange der Film lief und Wein in meinen Körper floss, spürte ich den Schmerz nicht.

HEIMWEH

»Wie geht's dir?«, fragt mich mein Kumpel Jens, als wir zusammen im Keller sitzen. Ich mag Keller. Na ja, ich meine damit nicht so echte, Fritzl-mäßige Keller – obwohl ich manchmal schon denke, wenn ein Mann dich wirklich liebt, wird er dich tatsächlich für immer in einen Keller einsperren und dir ab und zu ein paar Vitamin-D-Tabletten bringen. Aber ich meine nur Kneipen, die im Keller sind. Die mag ich voll gerne.

Ich werfe ihm einen fast wütenden Blick zu.

»Warum fragst du das?«, frage ich.

»Ich habe bemerkt, dass du mich jede Woche als Erstes fragst, wie es mir geht. Und ich wollte mal derjenige sein, der das fragt. Ist das nicht nett von mir? Und: Wie geht es dir?«

»Frag mich das nie wieder!«, sage ich.

»Nee?«

»Mein Freund hat mich verlassen«, sage ich.

Jens sieht total geschockt aus.

»Er hat was getan?«

»Er ist ausgezogen.«

»Ausgezogen? Aber warum? Hat er rausgefunden, dass du fremdgegangen bist?«

»Nein.«

»Nein?«

»Nein.«

»Bist du dir sicher?«

»Er sagt, er liebt meinen Sohn nicht.«

»Boah, was für ein Arschloch!«, sagt Jens.

Alle Menschen mit Kindern sagen automatisch diesen Satz, wenn ich ihnen erzähle, warum Peter mich verlassen hat. Ich mag die Geschwindigkeit, mit der sie das sagen, ich liebe sie für ihre Loyalität Lenny gegenüber.

»Er sagt«, erzähle ich und fange an zu weinen, »er sagt, dass er sich nie eine Zukunft mit mir vorgestellt hat, er hat unsere Beziehung einfach weiterlaufen lassen. Jeden Tag.«

»Er kommt zurück!«, sagt Jens.

»Männer kommen nie zurück, oder?«, frage ich.

»Nee«, meint Jens. »Normalerweise nicht. Aber bei euch wird das anders sein. Allein deswegen, weil du so toll und hübsch bist, und er so hässlich und komisch, kommt er zurück.«

»Er hat seine Möbel abgeholt.«

»Das ist bestimmt eine Prüfung. Er hat erfahren, dass du immer fremdfickst. Irgendeiner, mit dem du gefickt hast, kennt ihn oder so was. Er prüft dich gerade.«

Ich lächele schwach, Marek kommt und setzt sich zu uns.

»Hast du gehört? Ihr komischer Freund ist weg!«

»Ja, sie hat's mir bei Facebook geschrieben«, sagt Marek.

Jens guckt mich beleidigt an.

»Warum hast du mich nicht per Facebook informiert?«, fragt er.

»Wisst ihr was?«, sage ich. »Ich könnte einen Selbstmordversuch machen, so einen kleinen, der scheitert. Und dann liege ich im Krankenhaus, und Peter kommt mich besuchen. Er kommt mich doch besuchen, oder? Wir haben fünf Jahre zusammengelebt, da wird er mich besuchen kommen. Und dann sieht er mich, fast tot. Und wir kommen wieder zusammen. Und er zieht zurück zu mir, aber ohne seine hässlichen Sofas.«

»Frauen sind so unoriginell, wenn sie verlassen werden«, sagt Marek zu Jens.

»Ich würde mit dir ficken, wenn du mit mir ficken wolltest«, sage ich provozierend zu ihm. Er sagt nix. Ich seufze. Eigentlich wusste Marek das schon.

Jens, Marek und ich sitzen und trinken. Ich trinke viel und schnell. Ich denke, dass Marek weiß, dass ich viel trinken muss, weil ich sonst sterben würde. Immer, wenn mein Glas leer ist, bringt er mir ein neues volles Glas, ohne dass ich danach fragen muss.

Später, als Marek Billard spielen geht, erzähle ich Jens, dass ich nach England zurückkehren werde.

»Ich denke, ich sollte zurück nach England gehen«, sage ich.

»Echt?«, fragt Jens. »Nur weil dein komischer Freund mit dir Schluss gemacht hat, willst du sofort abhauen?«

»Jetzt, wo Peter weg ist«, sage ich, »habe ich total Heimweh. Die ganze Zeit, als er mit mir zusammengelebt hat, war ich glücklich in Deutschland, aber jetzt habe ich wieder Heimweh.« Ich fange noch mal an zu weinen, und wische den Nasenrotz von meinem Gesicht mit einer Serviette ab.

»Ich verstehe überhaupt nicht, warum du nach Deutschland gezogen bist«, meint Jens. »Aus England! Aus London! Und du ziehst nach Deutschland! Sag mir endlich mal, wieso du nach Deutschland gekommen bist.«

»Ach, Jens«, sage ich. »Warum fragst du mich das überhaupt? Du weißt, wie ich diese Frage hasse.«

»Ich will nur wissen, warum du nach Deutschland gekommen bist. Ich verstehe das nicht.«

Ich höre auf zu weinen.

»Ich hasse diese Frage, sie sollte verboten werden.«

»Hattest du Ärger mit der Polizei?«

»Denkst du das?«, frage ich. »Denkst du, dass ich Probleme mit der Polizei hatte?«

Er zuckt mit den Schultern. »Vielleicht.«

»Oder ist es wegen dem Kindergeld?«, sage ich sarkastisch. »Vielleicht bin ich nur hierhergekommen wegen dem Kindergeld.«

»Aus irgendeinem Grund bist du hierhergekommen.«

Ich winke dem Barkeeper zu. Wenn Jens so nervig sein will, dann muss ich noch mehr trinken, um das Gespräch zu ertragen.

»Na ja«, sage ich. »Wegen dem Wetter war es definitiv nicht.«

»Wegen des Wetters«, sagt er.

»Wegen des Wetters«, sage ich. »Mann, hört sich das bescheuert an.«

Tatsächlich musste ich für meinen Bachelor in Modern Languages ein Jahr nach Deutschland gehen. Na ja, eigentlich hätte es Frankreich sein können, aber ich hatte *Lola rennt* gesehen und Bock auf Berlin. Ehrlich gesagt, bin ich nicht sicher, ob Bock das richtige Wort ist. Bei dem Formular, das ich in der Uni für das Jahr in Deutschland ausfüllen musste, sollten wir ein Bundesland aussuchen. Die deutschen Bundesländer sind in England nicht so bekannt – Schleswig Holstein und so, Baden-Württemberg. Mecklenburg-Vorpommern! Berlin war der einzige Name auf dem Formular, den ich kannte.

Als ich ankam, war ich 20 und wohnte mit einer anderen Engländerin in einer sehr billigen Wohnung in der Kantstraße. Später sind wir in den Prenzlauer Berg umgezogen, und dann nach Kreuzberg.

Wir arbeiteten als Fremdsprachenassistentinnen in der Grundschule, ihre Grundschule war in Friedrichshain, meine in Kreuzberg. Wir hatten ein anstrengendes Jahr, weil wir zu viele Drogen nahmen. Man muss sich anstrengen, wenn man Drogen nehmen will, aber wir waren jung und wollten das. In diesem Jahr haben wir fleißig Drogen genommen.

In diesem Jahr habe ich meinen ersten Freund in Deutschland kennengelernt. Ich lief die Wiener Straße entlang, und ein palästinensischer Typ hörte, dass ich Englisch sprach. Es war im Sommer 2001.

»Hey!«, sagte er. »Dein Land hat mein Land an die Juden verkauft.«

Ich gebe zu, es ist eine etwas antisemitische Anmache, aber bei mir hat es funktioniert. Er war klein und dunkel, die Sonne blendete mich. Ihm fehlte ein Zahn, aber ich fand, ein fehlender Zahn ging noch. Ich grinste ihn an: »Oh, das tut mir leid!«, sagte ich und gab ihm meine Telefonnummer.

Mit ihm zusammen habe ich die Bilder von 9/11 im Fernsehen angeschaut. Wir waren beide bekifft. Wenig später musste ich zurück nach England, um meinen Bachelor-Abschluss zu machen, aber auch um abzutreiben. Bachelor-Abschlüsse und Abtreibungen sind in England einfacher zu bekommen als in Deutschland.

Der Palästinenser war so traurig über meine Abtreibung: »Kannst du die Ärzte fragen, ob sie mir die Baby-Leiche schicken können? Das ist doch ein muslimisches Baby. Ich könnte es begraben.«

»So was machen sie nicht«, sagte ich ihm vor meinem Abflug am Flughafen Schönefeld. Er war aber nie sauer auf mich, das gefiel mir.

Als ich mit der Uni fertig war und im Zug von Süd-Westengland nach London saß und die englische Landschaft betrachtete, beschloss ich, meiner Mama die Wahrheit über meine Abtreibungen zu erzählen.

Als junge Teenagerin hatte ich meiner Mama immer alles erzählt: Wer mit wem redet, wer mit wem nicht redet, wer mit wem geht, wer mit wem nicht mehr geht, alles. Sie war meine beste Freundin. Ich hatte keine Geheimnisse vor ihr. Ich habe ihr auch davon erzählt, als ich das mit dem Rauchen ausprobiert habe, und von meinen ersten Küssen. Einfach alles. Bis zu der Nacht, in der ich meine Unschuld verlor. Ich war vierzehn, es war schrecklich. Sofort wusste ich, das kann ich meiner Mama nicht erzählen. Von diesem Zeitpunkt an hatte ich Geheimnisse. Und die größten davon waren wahrscheinlich die Abtreibungen

Zu Hause bei uns in Ilford, nachdem die Kinder im Bett waren und mein Stiefpapa schlafend vor dem Fernsehgerät saß, war ich endlich allein mit meiner Mama in der Küche.

»Mum, ich muss dir was offenbaren. Ich will dir was Wichtiges erzählen.«

Meine Mama guckte mich besorgt an. Ich holte tief Luft. Dann sagte ich: »Mum, ich habe mal abtreiben müssen.«

Auf dem Gesicht meiner Mama breitete sich ein Ausdruck aus, der nur als pure Erleichterung beschrieben werden kann. Vielleicht nicht nur Erleichterung, vielleicht sah sie sogar fast enttäuscht aus. »Ach so«, sagte sie. »Ich dachte, du wolltest was wirklich Schlimmes sagen.«

»Also, du findest es nicht schlimm?«

»Ach, Jacinta«, seufzte sie, »Jede muss mal abtreiben.«

Ich guckte meine Mama konzentriert an. Ich war nicht sicher, ob ich richtig gehört hatte. Sie sagte nix mehr.

»Jede muss mal abtreiben?«, fragte ich nach.

»Kommt vor«, antwortete sie.

»Es kommt vor?«

»Ja. So was kommt mal vor im Leben.«

Ich nickte. Ich schwieg ein paar Sekunden lang. So was kommt mal vor im Leben. Dann fragte ich: »Mum. Äh, Mum. Wenn du sagst, dass so was im Leben vorkommt, äh, meinst du damit, meinst du damit eigentlich in DEINEM Leben?«

»Na ja«, sagte sie.

»Na ja?«

»Also, ja«, sagte sie.

»Ja?«

Ich versuchte das zu verdauen. Meine eigene Mama hatte mal abgetrieben. Was für eine Hure. Dann sagte ich mir: Jacinta Nandi, sei nicht so eine unfaire Heuchlerin. Deine Mutter ist bestimmt keine Hure, sie verlangt nicht mal Geld, sie ist nur eine Schlampe.

»Mum.« Ich kaute vorsichtig auf meiner Unterlippe. »Mum, willst du damit sagen, dass du vor meiner Geburt auch mal abtreiben musstest?«

»Nee, nee, nicht vor deiner Geburt. Es war danach.«

»Du hast nach meiner Geburt abgetrieben?«

»Ja«, sagte sie. »Etwa ein Jahr danach.«

Ich guckte sie entsetzt an. »Du hast, NACHDEM du mich gekriegt hast, mal abtreiben müssen?«

»Na ja, du warst nicht gerade das einfachste Baby der Welt, Jacinta.«

Ich stand auf, machte den Wasserkocher an. »Magst du auch eine Tasse Tee?«

»Mach deinem Stiefvater auch eine«, sagte sie.

Ich nickte und holte die Milch aus dem Kühlschrank. Plötzlich dachte ich mir: Zum Glück bin ich nicht abgetrieben worden. Ein paar Sekunden lang kam es mir so vor, als ob Gott mir mein ganzes Leben geschenkt hätte.

Ich überreichte ihr eine Tasse Tee. »Danke«, sagte sie. »Du warst immer ein braves Mädchen, Cinta. Ein schwieriges Baby. So ein Schreikind. Aber sobald du reden konntest, warst du immer total brav.«

»Ja«, sagte ich. »Ich bin ein braves Mädchen gewesen, oder, Mama?«

»Mehr oder weniger«, sagte sie. »Mehr oder weniger.«

Zwei Jahre war ich insgesamt mit meinem palästinensischen Freund zusammen, zwei Jahre, in denen er mir viele schlimme Sachen angetan hat: Er ist fremdgegangen, hat mich geschlagen, mich auf den Balkon gesperrt und dann meine EC-Karte genommen und Tausende von Euros von meinem Konto abgehoben.

Aber wenn ich ihn jetzt auf der Straße sehe – und manchmal sehe ich ihn, neulich erst auf der Karl-Marx-Straße –, dann fühle ich nichts außer Trauer und Mitleid. Keine Wut. Manchmal denke ich mir, dass dieser Mangel an Wut daher kommt, dass er Waise war, und auf Waisen darf man nicht wütend sein, aber wahrscheinlich liegt es nur daran, dass ich ihn für den Papa meines Sohnes verlassen habe. Wahrscheinlich ist das der einzige Grund.

Eigentlich wollte ich gar nicht Modern Languages, sondern Englische Literatur studieren, aber meine Eltern waren dagegen. Ich sollte was Sinnvolleres machen. Sie planten, dass ich bei der EU als Dolmetscherin arbeiten würde. Und eigentlich war mir das, was ich studierte, ziemlich egal. Ich wollte einfach von zu Hause weg, Abenteuer erleben.

Meine Mama musste die Schule mit 16 verlassen. Meine Großeltern wollten, dass sie mit nur 15 Jahren abgeht, ganz ohne Abschluss – sie hatten einen Job in einer Fabrik für sie besorgt, den sie sofort anfangen sollte, an ihrem 15. Geburtstag. Aber sie war so klug, dass die Lehrer meine Großeltern zu einem Gespräch einbestellten und sie darüber informierten, dass meine Mama ein O-Level-Kind war, das heißt ein Kind, das den Schulabschluss machen sollte. Damals hatte die Arbeiterklasse angeblich so viel Respekt vor Lehrern, dass meine Großeltern keine Chance hatten, Widerstand zu leisten, und meine Mama durfte ein Jahr länger auf der Schule bleiben. Aber sie waren sauer auf meine Mama, weil sie sich schon auf das Geld gefreut hatten, das sie verdienen würde, und nach dem Elterngespräch hat meine Großmutter meiner Mama auf dem Nachhauseweg ins Gesicht geschlagen und gesagt: »Es gibt bessere Mädchen als dich, die in Fabriken arbeiten.«

Meinen Papa zwangen seine Eltern dagegen, auf das Gymnasium zu wechseln, obwohl er auf der Hauptschule (Secondary Modern hieß die englische Hauptschule damals) glücklich gewesen wäre, und mein Opa weigerte sich, die Formulare zu unterschreiben, mit denen mein Papa mit 15 Premier-League-Fußballspieler geworden wäre, der erste englische Premier-League-Fußballspieler mit indischer Herkunft! Deswegen ging er mit 16 zur britischen Armee. Um Soldat zu werden, brauchte man keine Unterschrift der Eltern.

Mein Stiefvater musste einen Bachelor machen, obwohl er glaubte, nicht klug genug zu sein, und während er an der Uni war, studierte seine Mama gleichzeitig auf dem zweiten Bildungsweg Lehramt, und er musste mit ihr mittagessen, und alle fanden ihn komisch.

Wie oft habe ich mir diese Geschichten anhören müssen. Falls sie euch langweilig vorkommen, denkt doch auch mal an mich, ich kenne sie auswendig.

Meine Mama verließ die Schule also mit 16 mit einem Schulabschluss, nur in Französisch war sie durchgefallen. »Ich habe immer gedacht, dass es völlig okay wäre, in Französisch Worte zu erfinden, dann war ich so sauer, als ich durchgefallen bin«, erklärte sie manchmal.

Als ich sieben war, ging meine Mama zurück an die Uni. An der North East London Polytechnic, jetzt University of East London, studierte sie Cultural Studies. Sie liebte ihr Studienfach, interessierte sich echt dafür, und es war auch total spannend. Schwarze Nachbarn von uns hatten ein teures, dickes Auto, und sie erklärte uns, bei weißen Männern seien teure

Autos Schwanzersätze, aber Schwarze hätten sie nur, weil sie von den weißen Männern akzeptiert werden wollten.

Meine Mama bekam ihren Bachelor-Abschluss, aber sie wurde nicht fürs Lehramt übernommen. Die Leute waren vielleicht snobistisch, weil sie ihren Bachelor an einer Polytechnic gemacht hat statt an einer echten Uni, oder weil Cultural Studies in England ein recht neues Fach war, ich weiß es nicht, sie sagten, ihre Handschrift sei zu unordentlich. Diese Ablehnung war wahrscheinlich die größte Enttäuschung im Leben meiner Mama, abgesehen von dem Ende ihrer zweiten Ehe. Meine Mama wollte nicht, dass ich dieselben Fehler machte wie sie und ermahnte mich, etwas Nützliches zu lernen, an einer alten Uni, Modern Languages zum Beispiel, an einer der ältesten Universitäten in England, und das habe ich auch gemacht. Irgendwie war ich doch ein braves Mädchen, denke ich im Nachhinein.

Meine Mama liebte mein Studienfach. Sie las immer meine Reading List mit und schrieb mir, was sie von Brecht, Kafka und Sartre und Rousseau hielt. Ich war 18, ich fand es nicht süß, so eine Buchrezension von meiner Mama zu bekommen. »Liebe Cinta, falls du keine Zeit hast, das Buch von Kafka zu lesen, weil du beschäftigt bist – ich habe es aus der Bibliothek ausgeliehen. Es geht um einen Jungen, der zu einem Insekt wird …« Ich rezensierte dann immer ihre Rezension, und sagte ihr, wo sie meiner Meinung nach etwas falsch verstanden hatte. Ich war eine Fotze.

Für eine Sache schäme ich mich jetzt. Bei ihrer Buchrezension über Kafka hat sie geschrieben: »Das ist in so einer klaren modernen, glasklaren, fast amerikanischen Sprache geschrieben.« Ihr war nicht klar, dass die Übersetzerin einfach Ami war. Ich habe sie auf ihre Doofheit hingewiesen. »Kafka hat nicht auf Amerikanisch geschrieben« schrieb ich ihr zurück.

Einmal habe ich an der Uni einen richtig guten Aufsatz geschrieben. Es ging darum, ob die Menschen misstrauisch sind, weil sie ihre Türen abschließen, oder ob sie durch das Türenabschließen misstrauisch werden. Ich erzählte meiner Mama am Telefon von diesem Aufsatz, und sie bat mich, ihr ein Exemplar zu schicken. Erst als ich Ostern nach Hause kam, wurde mir klar, dass meine Mama ihn jedem Menschen in der Nachbarschaft vorgelesen hatte. Als ich die Mead's Lane runterlief, kamen indische Friseure und Spätverkäufer aus ihren Läden und sagten mir, dass sie abschließen müssten, wegen der Einbrecher und so.

»Sehr gut, deine Geschichte für die Uni!«, rief Billy, der indische Friseur, »aber wenn ich nicht die Tür abschließen würde, dann würden Einbrecher kommen und mein Geld klauen. Die Einbrecher sind böse, nicht wir. Wir müssen doch die Tür abschließen.«

»Ja, ja«, sagte ich. »Ist doch gut, mach mal.«

Als Teil dieses Studiums musste ich ein Jahr im Ausland verbringen – in Europa, sagen die Engländer. Ich habe mich für Deutschland entschieden, und vielleicht wäre dieses Jahr in Deutschland nur ein Austauschjahr im Ausland geblieben, wenn mein Stiefvater und ich uns nicht so krass gestritten hätten, kurz bevor ich wegfuhr. Zwei Wochen vor meiner Abreise hat mein Stiefvater mich zusammengeschlagen. Nicht doll. Aber schon ein bisschen.

Ich telefonierte mit einer Freundin, ich war 20 Jahre alt, man weiß doch, wie selbstsüchtig und hinterhältig 20-jährige Mädchen sind, und ich war nicht anders als die meisten. Wir mussten alles am Telefon besprechen: komische Haarfrisuren, schreckliche Outfits, die peinlichsten Fehler unseres gesamten Freundeskreises. Damals gab es kein Facebook, damals war Telefonieren alles für uns. Es war 12 Uhr mittags, meine Mama war bei der Arbeit, sie war Rezeptionistin in einem Pflegeheim, mein Stiefpapa reparierte sein Auto, meine kleinen Geschwister guckten fern und ich telefonierte. Mein Stiefvater kam rein.

»Cinta«, sagte er. »Mach deinen Geschwistern mal was zu essen!«

Ich wollte aber telefonieren.

Ich rief meine kleine Schwester Lilly in die Küche.

»Mach dir und Johnny mal was zu essen!«, sagte ich.

Meine Schwester machte sich und meinem Bruder ein KitKat-Sandwich, also zwei Scheiben Toast mit KitKat. Ich inspizierte es. Ich telefonierte immer noch. »Mach das nicht so«, sagte ich gleichgültig zu ihr. »Mach Erdnussbutter rein, und leg das KitKat als Nachtisch mit auf den Teller.«

Das Sandwich für meinen Bruder machte sie, wie ich gesagt hatte, aber nicht für sich. Sie ließ das KitKat zwischen den Toastscheiben. Ich bemerkte es nicht, ich war am Telefonieren.

Mein Stiefvater Bob kam rein, sah, dass sie ein KitKat-Sandwich essen wollte, und schlug mich zusammen. Er warf mich auf den Boden, und trat mir in den Bauch. Manchmal denke ich, ich bin immer noch sauer auf ihn. Ich bin ein bisschen nachtragend.

Als meine Mama von der Arbeit nach Hause kam, wollte sie ein Familienmeeting einberufen. Manchmal organisierte sie solche Familienmeetings, sie hatte das in einem Ratgeber gelesen. Bei dem Familienmeeting hat meine Mama geweint und geweint. Mein Stiefvater war nicht gekommen, und ich packte meine Sachen und zog zu einer Freundin. Manchmal frage ich mich, warum ich immer noch sauer auf meinen Stiefvater bin, ich sollte eigentlich endlich mal erwachsen werden, denke ich. Aber wenn er mich an diesem Tag nicht zusammengeschlagen hätte, hätte ich mich vielleicht nicht so verzweifelt auf Deutschland gestürzt.

Meine Eltern machen ab und zu Therapien, und ich mag es immer, wenn sie über ihre Therapien sprechen. Meine Mama verliebt sich immer in ihre Therapeuten, mein Stiefvater ist ihnen gegenüber skeptischer. Seine erste Therapie machte Bob kurz vor dem Krieg in Afghanistan. Also im Oktober 2001. Ich war in Südwestengland an der Uni. Bob hatte plötzlich so ein schlechtes Gewissen gekriegt, was für ein schlimmer Vater er gewesen war, dass er richtig deprimiert wurde, anfing zu trinken und von der Krankenkasse eine Psychotherapie bezahlt bekam. Sein Therapeut riet ihm, mich anzurufen, und um Vergebung zu bitten.

Er rief mich also an.

»Vergibst du mir?«, fragte er. »Ich merke gerade, dass ich ein schlechter Papa gewesen bin, und wollte nachfragen, ob du mir vergibst. Vergibst du mir?«

Ich dachte nach. Dann sagte ich: »Nein.«

Er dachte über seine Antwort nach. Dann sagte er: »Ich könnte dir Geld überweisen. Für Bücher. Dann musst du sie nicht immer in der Bibliothek holen gehen.«

Ich dachte noch mal nach. Aber nicht mehr so lang.

Dann sagte ich: »Wie viel?«

Er sagte: »Ich habe mir so 200 Pfund vorgestellt.«

Ich sagte: »Siebenhundert.«

Er sagte: »Fünfhundert.«

Ich sagte: »Okay.«

Nach einer weiteren Pause fragte er: »Also, vergibst du mir?«

Ich sagte: »Also. Ich muss mir das überlegen.«

Nachdem er mir das Geld überwiesen hatte, rief ich ihn an und sagte ihm, dass ich ihm doch nicht vergab. Es war wahrscheinlich der schönste Moment meines Lebens, abgesehen von der Geburt meines Sohnes, ein paarmal auf Ecstasy und jenem Moment, als Marc-Uwe Kling mir bei der Begrüßung aus Versehen an die Brust fasste.

Und mit dem Geld habe ich mir kein einziges Uni-Buch gekauft.

Es war also Herbst 2001. Bald sollte der Krieg in Afghanistan beginnen. An einem Samstag, mein Bruder war bei den Pfadfindern, gingen meine Mama und meine Schwester auf eine Demo im Londoner Stadtzentrum und trafen dort meinen Stiefpapa, meinen Stiefopa und einen Familienfreund. Der Familienfreund guckte verwirrt.

»Ich wusste nicht, dass du eigene Kinder hast, Bob«, sagte er.

»Doch«, antwortete mein Stiefvater. »Das hier ist meine leibliche Tochter. Meine Stieftochter ist an der Uni und mein Sohn ist bei den Pfadfindern.«

Meine Mama rief mich abends heulend an. Meine Mama kann manche Sachen wirklich gut, heulen zum Beispiel. Sie heulte und heulte. Wenn man mit Heulen Geld verdienen könnte, müsste meine Mama nicht von Sozialhilfe leben. Sie heulte fast palästinensisch. Sie fand es so schlimm, dass der Familienfreund nicht gewusst hatte, dass Bob mit ihr Kinder hatte.

»Verstehst du, was ich getan habe? Ich habe mein ganzes Leben verschwendet«, sagte sie, »an einen Mann, der mich immer ablehnen wird.«

Ich saß auf dem Bett in meinem kleinen Studentenzimmer und beruhigte sie. Ich war immer sehr gut darin, meine Mama zu beruhigen. Ich erzählte Lügen. Ich mache das, seit ich lügen kann. Und meine Lügen beruhigen sie. Ich lüge sehr schnell und sehr glaubwürdig und vor allem sehr kreativ.

»Ach, Mama«, sagte ich. »Halb. So. Schlimm. Ich habe eine Freundin hier an der Uni, die auf der Beerdigung ihres Vaters war, und alle seine Freunde sagten: ›Och, wir wussten gar nicht, dass Tommy Kinder hatte.‹ Bei der Beerdigung! Stell dir das mal vor, Mama! Bei der Beerdigung. Das war ein Schock für sie. Und dann hat seine neue Frau ihr nicht erlaubt, ein einziges Foto von ihrem eigenen Papa zu behalten. Sie hat gesagt: ›Nein. Die Fotos behalte ich.‹ Meine Freundin hat versucht, juristisch dagegen vorzugehen, aber sie hat verloren. Und jetzt hat sie nicht ein einziges Foto von ihrem eigenen Papa. Kein einziges Foto.«

Meine Mama hörte langsam auf zu weinen.

»Oh Gott«, sagte sie. »Das ist ja schlimm. Wie heißt sie denn?«

»Katie«, erklärte ich. »Sie studiert Theater und Anglistik. Und nachdem ihr Papa gestorben war, kam er im Schlaf zu ihr, in ihren Träumen, und hat um Vergebung gebeten. Du weißt ja, wie die Toten das machen? So zwei Wochen nach dem Tod, bei manchen dauert's länger, aber dann kommen sie zu dir, in deinen Träumen, und bitten um Vergebung. Das verschafft ihnen Frieden, irgendwie. Also, er ist zu ihr gekommen und hat um Vergebung gebeten.«

»Und?«, fragte meine Mama.

»Na, was denkst du denn! Sie hat natürlich nein gesagt«, sagte ich. »Sie hat ihn weggeschickt. Ohne ihm zu vergeben.«

»Also, weißt du was, Jacinta«, sagte meine Mama. »Ich habe schon vor, Bob sofort zu vergeben, sobald er tot ist.«

Zwei Tage später brach der Krieg in Afghanistan aus. Ich weinte, als es in der BBC im Radio angekündigt wurde. Beim Ausbruch des Irakkrieges würde ich nicht mehr weinen.

Ich hasse auf jeden Fall die Frage: Warum bist du nach Deutschland gekommen? Ich hasse sie, weil es keine richtige Antwort gibt. Weil ich Deutsch lernen wollte. Weil ich mich in die deutsche Kultur verliebt habe. Weil ich gehört hatte, dass das Kindergeld so hoch sei. Weil ich mit deutschen Männern ficken wollte. Es gibt keine Antwort, zumindest keine wirklich befriedigende Antwort.

»Warum bist du nach Deutschland gekommen?«, fragt jemand.

»Weil ich einen Bachelor-Abschluss in Germanistik-Romanistik gemacht habe«, sage ich.

Auf seinem Gesicht totaler Schock.

»Aber warum«, sagt er höflich, »warum ist dein Deutsch dann so scheiße?«

Um so peinliche Situationen zu vermeiden, erzähle ich Lügen über die Liebe.

»Warum bist du eigentlich nach Deutschland gekommen?«, fragt einer in einer Bar oder in einem Club, jemand, den ich bis dahin eigentlich immer gernhatte.

»Ach das«, sage ich. »Ich war verliebt.«

»Ja?«, sagen sie dann immer. »Bist du damals mit deinem Freund hierhergekommen?«

Und ich sage: »Nein. Ich war verliebt in Gerhard Schröder.«

Und manchmal sage ich statt Gerhard Schröder Boris Becker, um ein bisschen Abwechslung reinzubringen.

Ich bin fast immer scharf auf Gerhard Schröder gewesen, ehrlich, das ist kein Witz. Ich war noch nicht lange in Deutschland, und dann latschte er so heldenhaft in Gummistiefeln durch Dresden. Ich wohnte mit meinem palästinensischen Verticker-Freund zusammen, er gab viel Geld aus und ging ständig fremd, ich jobbte in einem Eiscafé. Wir saßen zusammen auf dem Sofa und schauten Gerhard Schröder in Dresden zu.

»Wir sollten Geld spenden«, sagte ich.

»Glaubst du, irgendjemand spendet Geld für Palästina?«, fragte er.

»Man kann nicht für alles spenden«, sagte ich.

»Balfour«, sagte er. So beendete er jeden unserer Streits, und ich fand es gut so. Aber später zwang ich ihn, den Dresdnern zwanzig Euro zu spenden.

Gerhard Schröder beeindruckte mich ziemlich. Ich mag Männer, die stark und mächtig und heldenhaft sind – und wenn möglich nass.

Heldenhafte Männer sollten meiner Meinung nach öfter nass sein. Ich meine, fast alle Menschen sehen schön aus, wenn sie nass sind. Ich dachte als Kind im Urlaub immer, später würde ich bei Wet-T-Shirt-Contests dafür verantwortlich sein, dass die Mädchen immer wieder mit kaltem Wasser übergossen werden. Damals in den 80ern waren Wet-T-Shirt-Wettbewerbe in England nicht so super-porno wie heute, sie waren mehr so harmless family fun. In Ferienresorts gab es abends nach der Karaoke und dem Tanzcontest die Wet-T-Shirts. Obwohl ich nicht weiß, wie harmlos ich sie fand. Ehrlich gesagt, fand ich sie immer ziemlich porno. Ich wurde ziemlich geil bei diesem harmless family fun.

Also: Sogar Frauen sehen besser aus, wenn sie nass sind. Bei einem starken mächtigen Mann wie Schröder ist meine Klitoris fast explodiert. Ich mag nasse Menschen. Ich mag Wasser. Ich mag Gerhard Schröder. Aber am liebsten mag ich Gerhard Schröder nass und heldenhaft, in Dresden, mit Gummistiefeln.

»Das Geld wird da sein, weil ich gesagt habe, dass das Geld da sein wird!«, rief er, während das Wasser seine Stirn runterlief und seinen männlichen Körper überströmte.

»Boah«, dachte ich. »Das ist ein echter Mann.« Ich liebe echte Männer. Es gibt so viele, die nur so tun. Ich liebe die echten Echten.

Vielleicht war das der Moment, denke ich jetzt, in dem ich mich entschieden habe, für immer in diesem Land zu bleiben.

Beim Irakkrieg war Gerhard Schröder noch heldenhafter. Okay, dafür ein bisschen weniger nass. »Keine Abenteuer mit meinem Volk!«

»Boah«, dachte ich. »DAS ist ein echter Mann. Was für ein echter Mann. Boah.«

Nur ein einziges Mal habe ich an seiner Männlichkeit gezweifelt. Das war ein paar Jahre später, nachdem Angie ihn bei der Wahl besiegt hatte, allerdings viel weniger deutlich als erwartet. Er tänzelte trotzig und triumphierend und sagte: »Mit dieser Person spreche ich nicht.«

Mir kam ein besorgniserregender Gedanke in den Kopf geschossen: Vielleicht war Gerhard Schröder doch kein echter Mann? Vielleicht würde ich doch nicht sofort mit ihm schlafen, wenn ich ihn kennenlernen würde, vielleicht war er doch einfach nur ein Arschloch? Ich versuchte, diese bösen Gedanken schnell zu verdrängen, und am nächsten Tag war ich sie endgültig los, denn an jenem Tag hielt Schröder eine Rede vor einer Gruppe von Gewerkschaftlern.

»Ich weiß, wo ich herkomme«, sagte er, »und deswegen weiß ich auch, wo ich hingehöre.«

Oh, schön!, dachte ich, EIN ECHTER MANN, und wurde selber ein kleines bisschen nass.

Später an jenem Abend kam ein Liebhaber vorbei. Mein Kind war noch fast ein Baby, und ich bemühte mich immer, dass es einschlief, bevor Liebhaber vorbeikamen – an dem Abend war es ein Kampf gewesen. Aber ich hatte gesiegt.

Als der Liebhaber ankam, sagte ich: »Schröder hat heute so eine Rede gehalten vor einer Gruppe Gewerkschaftler. So schön. Er meinte, er wisse, wo er herkomme, und deswegen wisse er auch, wo er hingehöre. Schön, oder? Schön. Aber: Was heißt das eigentlich?«

»Es hört sich sehr schön an«, erklärte mir mein Liebhaber, »hat aber gar nix zu bedeuten.«

Dann machte er mit dem Fuß die Wohnzimmertür zu, während er mit der Hand ein Päckchen Kondome aufriss. Manchmal sind deutsche Männer so unromantisch, dass es fast romantisch ist.

»Wenn ich wüsste, woher ich komme, würde ich vielleicht

auch wissen, wohin ich gehöre«, sagte ich, und dann fingen wir an, ganz halbherzig zu ficken, so halbherzig, wie nur zwei Menschen ficken können, wenn sie einander wirklich nicht besonders mögen und wenn das Kind von einem der beiden im Nebenzimmer schläft.

Und jetzt fragt mich Jens noch mal: »Warum bist du nach Deutschland gekommen?«

Ich finde diese Frage so scheiße. Ich würde, ehrlich gesagt, alle anderen Scheiß-Fragen auf der Welt bevorzugen. All die beschissenen Fragen, all die Fragen, die dir Bauchweh bereiten: Warum hast du deinen Mann verlassen? Weil die Hebamme mir gesagt hat, dass ich ihn verlassen soll. Okay, was ist das Schlimmste, wozu du masturbiert hast? Vielleicht ein Sharking-Video – das habe ich mir angeguckt, oder Hundesex – das habe ich mir vorgestellt. Und einmal habe ich mir vorgestellt, ich würde eine Frau beim Ficken töten und sie dann weiterficken, aber nur einmal, und ich habe sie nur aus Versehen getötet, weil ich sie so hart gefickt habe. Okay. Gut. Würdest du lieber mit deinem Papa oder deiner Mama schlafen? Mit meinem Papa. Würdest du lieber mit deinem Papa oder deinem Stiefpapa schlafen? Meinem Papa. Woher kommst du eigentlich? Mein Papa ist Inder. Deswegen bin ich so dunkel. Woher kriegst du die Ideen für deine Geschichten? Von Gott, obviously. Zu wie viel Prozent sind deine Geschichten autobiographisch? 150 Prozent, meine Damen und Herren. 150 Prozent. Das hier ist 150 Prozent Autobiographie.

Alle diese Scheiß-Fragen sind mir lieber als: »Warum bist du nach Deutschland gekommen?« Warum bist du nach Deutschland gekommen? Jedes Mal, wenn mich das einer fragt, stirbt tief in mir ein bisschen Hoffnung ab. Warum bist du nach Deutschland gekommen.

Es ist so eine Scheiß-Frage, weil es darauf keine Antwort gibt.

Manchmal lüge ich. Ich erzähle Lügen über ein Deutschstudium und Praktika und ein Eiscafé und den palästinensischen Verticker, in den ich mich verliebt habe. Nicht, dass das alles nicht passiert ist, aber es ist keine Antwort auf die Frage »Warum«. Das ist einfach so passiert. Das »Warum« ist schwieriger zu beantworten, eigentlich unmöglich. Und ich merke, dass eigentlich alle wissen, dass ich lüge. Alle machen mit bei einem total verlogenen Gespräch.

»Ach so, du wolltest dein Deutsch verbessern, aha ...«

Verlogen. Und fake und unglaubwürdig.

Ungefähr so glaubwürdig, als würde ich sagen: Ich bin nach Deutschland gekommen, weil ich unbedingt Gerhard Schröders Schwanz lutschen wollte. Ich meine, das könnte auch sein. Ich hätte theoretisch nach Deutschland kommen können, um Helmut Schmidt einen zu blasen oder um mein Deutsch zu verbessern oder um ein Praktikum zu machen, und ebenso gut könnte es sein, dass ich wegen eines palästinensischen Vertickers geblieben bin. Könnte sein. Aber wir wissen alle, dass das nicht stimmt.

Meine größte Angst ist, dass ich nur nach Deutschland gekommen bin, um rauszufinden, warum ich nach Deutschland gekommen bin. So wie eine Quest, eine Gralssuche in einem ganz spannenden Märchen. Sobald ich herausgefunden habe, weswegen ich hier bin, darf ich sofort nach Hause gehen.

Aber bis ich es rausgefunden habe, werden meine Heimat und ich uns so verändert haben, dass wir einander nicht mehr erkennen.

Es ist klar, was das heißt, oder? Ich kann nie mehr nach Hause gehen. Ich werde nie mehr nach Hause gehen können. Scheiße.

»Was glaubt ihr denn? Warum ich nach Deutschland gekommen bin?«, frage ich Jens und Marek.

Jens zuckt mit den Schultern, Marek meint: »Du wolltest Deutsch lernen oder so was.«

Ich sage: »Es war nicht wegen dem Kindergeld oder um Deutsch zu lernen.«

»Dann sag uns, warum!«, fordert Jens.

»Ich wollte Gerhard Schröder einen blasen.«

»Ach so«, sagt er. Ich lächele. Was soll man sagen, wenn die Leute so doofe Fragen stellen?

UNSCHULD

»Wie alt warst du, als du deine Unschuld verloren hast?«, frage ich Jens.

Jens guckt mich an, als ob er ein bisschen überfordert sei von der Frage, aber er guckt eigentlich immer so, wenn man ihm Fragen stellt – zum Beispiel: Wie geht es dir oder wo bleibt Svenja eigentlich oder hast du das Buch, was ich dir letzte Woche gegeben habe, mitgebracht? Deswegen, denke ich, ist es eigentlich egal, ob man ihn tatsächlich mit Fragen überfordert.

»Sechzehn oder so«, sagt er.

»Mit einem Pionierleiter oder einem Lehrer oder einem Stasimensch oder so«, sage ich.

Jetzt guckt Jens sehr überrascht. Aber, ehrlich gesagt, guckt er oft sehr überrascht. Als ich ihm zum Beispiel einmal erzählte, dass ich alle Kinofilme auf Englisch gucke, schaute er mich genauso überrascht an wie jetzt. Um die Wahrheit zu sagen, guckt Jens immer entweder ein bisschen überfordert oder sehr überrascht oder total leer. Fällt mir jetzt gerade ein.

»Nee!«, sagt er. »Eigentlich nicht. Das war mit so einem Mädchen aus meiner Clique.«

»Ach so«, sage ich.

»Ja.«

Dann schweigen wir. Jens schweigt gerne, habe ich bemerkt. Ich schweige normalerweise nicht so gerne, aber mit ihm schweige ich doch ziemlich gerne.

»Aber warum bist du dann so geworden, Jens, wie du bist?«, frage ich.

»Wie meinst du das?«

»Du weißt, was ich meine.«

»Nee«, sagt er. »Wie bin ich denn?«

»So komisch«, antworte ich.

Er seufzt. »Ich weiß es auch nicht. Ich habe mich das auch schon gefragt, ab und zu. Jens, warum bist du so komisch.«

»Bestimmt hat dich ein Erzieher angefasst, als du ein Kleinkind warst, und du kannst dich daran nicht mehr erinnern«, sage ich.

»Nee«, meint er. »Das würde ich doch wissen, oder?«

»Deine Eltern haben dich immer geschlagen.«

»Nee.«

»Echt nicht?«

»Vielleicht ist meine Persönlichkeit einfach so? Vielleicht bin ich einfach ein komischer Mensch? Also, ein ganz normaler Mensch, eigentlich, der einfach ein bisschen komisch ist.«

»Ja!«, sage ich. »Bestimmt!«

Ich nicke begeistert und denke daran, was sie mit ihm gemacht haben müssen. Der Arme, so wie Jens kann kein normaler Mensch sein. Irgendwas muss damals passiert sein. Bestimmt im Ferienlager. Vielleicht kein Erzieher. Vielleicht nur ein größerer Junge.

»Wie alt warst du?«, fragt er.

»Vierzehn«, sage ich. Aber es interessiert ihn nicht wirklich. Und wenn Jens nicht mehr an einem Gespräch interessiert ist, dann ist es vorbei.

»Hat voll weh getan«, sage ich, aber er hört mir nicht mehr zu.

Ich weiß gar nicht, ob ich für englische Verhältnisse besonders frühreif gewesen bin. Die Engländer sind immer so verzweifelt.

»Hast du schon masturbiert?«, fragte mich meine beste Freundin Grace. Sie war das reichste Mädchen in der Grundschule. Ihre Eltern waren viel besser – also bessere Leute, also sozial höhergestellt als meine Eltern. Also, eigentlich waren ihre Eltern viel besser als all unsere Eltern. Ihr Papa war Beamter und ihre Mama Sozialarbeiterin. Und sie hatten ein Ferienhaus in der Nähe der Küste. Und außerdem waren sie Christen.

Ich war elf Jahre alt und gar nicht so sicher bezüglich der Antwort auf ihre Frage. Das Problem war, dass ich nicht genau wusste, was Masturbation genau beinhalten sollte.

»Ich bin nicht sicher«, sagte ich.

»Wenn du nicht sicher bist, dann hast du auf jeden Fall keinen Orgasmus gehabt«, sagte sie wissend, und ich nickte.

»Wir machen das heute Abend«, sagte sie. »Wenn meine Eltern schlafen.«

Ich nickte wieder.

Nachdem ihre Eltern schlafen gegangen waren, machte sie mir einen Cocktail aus Limonade und Eierlikör, einen sogenannten Snowball. Dann stiegen wir in die Badewanne, und sie zeigte mir, wie man sich die Beine rasiert.

»Ja, richtig«, sagte sie. »Wenn du alt genug bist, zu masturbieren, dann bist du alt genug, die Beine zu rasieren.«

»Aber bist du sicher, dass wir alt genug sind, zu mast…«

»Natürlich!«, bellte sie mir ins Gesicht.

Nachdem wir gebadet hatten, gingen wir ins Schlafzimmer. Sie legte sich auf ihr Bett und ich mich auf die Luftmatratze auf dem Boden. Sie fing an, sich die Muschi zu streicheln. Also, streicheln hört sich zu romantisch an. Reiben eher. Dabei stöhnte sie ziemlich laut.

»Es ist sehr wichtig, dass wir die Klitoris anregen«, sagte sie.

Ich nickte und machte es ihr nach. Oder versuchte, es ihr nachzumachen.

»Spürst du was?«, flüsterte sie.

»Es tut ein bisschen weh«, flüsterte ich.

»Ja«, sagte sie. »Es tut schon weh. Wenn es weh tut, dann weißt du, dass du es richtig machst. Es dauert so zwanzig Minuten, dann kriegst du einen Orgasmus.«

Sie guckte mich an. »Du musst das schon ein bisschen härter machen.« Sie rieb meine Hand für mich. Es tat richtig weh. Sie guckte auf die Uhr.

»Nur neunzehn Minuten noch, dann kriegen wir bestimmt einen Orgasmus.«

Ich hatte die ganzen neunzehn Minuten lang Angst, dass sie gleich anfangen würde, ahhh und oooh zu machen. Aber sie machte nur: ah, oh. Und ich imitierte sie, und Grace schien ganz zufrieden mit dem ganzen Ablauf zu sein.

Die Wahrheit ist, dass ich eigentlich früh angefangen habe, zu wichsen, nur wusste ich nicht, dass es tatsächlich wichsen war, denn ich war eine Matratzenfickerin. Langweilig. Peter, mein Exfreund, ist übrigens auch Matratzenficker gewesen, ich denke, wir, die wir als Kinder Matratzen gefickt haben, sind die langweiligsten Menschen auf der Erde, pervers, aber passiv, da unsere ersten Liebhaber Matratzen waren.

Das erste Mal habe ich richtig gewichst, nachdem ich den Film *Seven Brides for Seven Brothers* gesehen habe. Der deutsche Kinotitel ist ein bisschen pervers, wie ihr Deutschen eben seid, *Eine Braut für sieben Brüder*. Ich liebte diesen Film. Ich liebte den kleinsten Bruder. In der Nacht, nachdem wir den Film angeguckt hatten, als alle anderen schon schliefen, dachte ich darüber nach. Ich habe darüber nachgedacht, wie geil es sein muss, einfach gekidnappt zu werden von dem jüngsten der sieben Brüder und in einem schneebedeckten Häuschen gefangen gehalten zu werden, bis du einverstanden bist, mit ihm zu vögeln. GEIL. Und dann plötzlich – eigentlich total aus Versehen – habe ich die Matratze gefickt.

Später, als ich so acht oder neun Jahre alt war, hat meine Mama mir den Film *Return to Oz* aus der Kinder-Videothek ausgeliehen. Es gibt so eine Szene in diesem Film, in der die kopflose Hexe/Königin einen Kopf aussuchen muss aus allen Frauenköpfen, die sie in ihrem großen Frauenkopfschrank aufbewahrt hat. Sie sucht einen richtig hübschen Frauenkopf aus, und – KLICK – steckt ihn sich auf die Schulter.

An diesem Abend bin ich früh ins Bett gegangen. »Ich gehe schon jetzt ins Bett, Mama ...«

Also, ehrlich gesagt, bin ich eine Woche lang früh ins Bett gegangen.

Später wurde ich immer geil bei einer Boulevard-Sendung, in der die schlechtesten Bürgersteige Londons gesucht wurden, indem man ein Mädchen im Bikini in einer Schubkarre voller Wackelpudding über den Gehweg karrte. »So eine sexistische Kackscheiße«, sagte meine Mama. »Also ob es wirklich um die Qualität der Londoner Bürgersteige ginge. Sie wollen das arme Mädchen einfach quälen. Ihr muss voll kalt sein. Die Bürgersteige sind denen doch scheißegal.«

Die Idee, dass dem Mädchen total kalt sein musste, machte mich wahnsinnig geil.

»Mama, ist ihr wirklich kalt in der Schubkarre?«, fragte ich immer. »Friert sie? Friert sie *tatsächlich*? Ist ihr kalt, nur mit dem Bikini in der Schubkarre? Glaubst du, sie friert?«

Aber manchmal hatte ich auch ein schlechtes Gewissen wegen des Wichsens, obwohl ich es nicht benennen konnte. Ich wusste nicht, was ich da eigentlich machte, wusste aber schon, dass es schlimm war.

Zum Beispiel, nachdem ich zum Christentum konvertiert war. Als ich geboren wurde, war meine Mama Exkatholikin und mein Papa Exhindu, und beide lehnten Religion ziemlich ab.

Aber irgendwann lud mich meine beste Freundin Grace zu einem Billy-Graham-Konzert ein. Billy Graham ist einer dieser Amerikaner, dieser Evangelikalen, die immer predigen. Ich bin mitgegangen. Ich weiß nicht mehr genau, warum.

Es war langweilig. Total langweilig. Ich wäre fast gestorben vor Langeweile, wenn ich hingehört hätte. Glücklicherweise tat ich nix dergleichen, sondern saß da und malte mir Sachen in meinem Kopf aus. Dann war das Langweiligste, was ich je in meinem Leben hören musste, wenn ich hingehört hätte, endlich vorbei.

»Also, um es zusammenzufassen«, sagte Billy Graham, der berühmte amerikanische Prediger, »ihr könnt entweder da oben sitzen bleiben und für immer in der Hölle schmoren oder ihr kommt hier runter und werdet gerettet.«

Ich nickte. Scheiße. Was hatte ich verpasst? Irgendwie erschien seine Aussage ziemlich einfach und einleuchtend. Hier oben bleiben – für immer brennen. Da runtergehen – gerettet werden. Diese Auswahl war ziemlich einfach zu verstehen. »Also, ich sollte lieber runtergehen, oder?«, sagte ich zu Grace. Sie und ihre Mama nickten begeistert. Ich ging runter zu der Bühne und wurde gerettet und so.

Damit begann die religiöse Phase meines Lebens. Ich betete vor jeder Mahlzeit, was meine Mama immer ziemlich wütend machte.

»Ich bedanke mich bei Gott für das Essen, was ich gleich kriegen werde«, sagte ich zum Himmel.

»Mir kannst du danken«, schnaubte meine Mama, »und zwar dafür, dass ich es gekocht habe!«

»Lieber Gott«, flüsterte ich zum Himmel. »Bitte vergib ihr, dass sie so unchristlich ist. Ich weiß, tief drinnen in ihrer Seele glaubt sie doch an dich.«

Das einzige Problem war, dass ich so ein schlechtes Gewissen hatte, wann immer ich die Matratze ficken wollte. Ich spürte Gottes Augen, wie sie sich in meine Schultern bohrten. Dieses Gefühl hat mich manchmal beim Matratzenficken richtig abgelenkt, sogar total gestört. Manche Abende habe ich sogar zu Gott gebetet, dass ich es nicht mehr machen müsste, aber ich habe dann doch weitergemacht.

Am Ende entschied ich, nicht mehr Christin zu sein. Wenn es Gott nicht gibt, dachte ich, wäre der ganze Glaube eine Zeitverschwendung und total sinnlos, und gibt es ihn doch, wird er uns wahrscheinlich vergeben, dass wir nicht an ihn glauben, zumindest wenn er kein totales Arschloch ist. Diese Meinung vertrete ich heute immer noch.

»Hast du schon mal einen feuchten Traum gehabt?«, fragte mich Grace bei meinem nächsten Besuch nach unserem Masturbationsversuch.

»Ja«, sagte ich. »Ich habe auf jeden Fall schon mal einen feuchten Traum gehabt.«

Grace guckte mich skeptisch an. »Bist du dir sicher?«

»Jaaa«, sagte ich.

»Und was ist genau passiert?«

»Ich war gestorben«, sagte ich, »und bin in den Himmel gekommen. Und Gott sagte, ich dürfte nur in den Himmel rein, wenn ich zuerst mit ihm schlafen würde. Mit ihm und zwei Engeln. Sie hatten beide blonde Haare.«

Grace grinste. »Wie cool.«

»Er sagte mir, dass ich es nicht meiner Mama erzählen sollte.«

Grace lachte laut. »Dein erster feuchter Traum, und es ging um Gott«, sagte sie. Ich kletterte lächelnd ins Bett. »Und Gruppensex«, fügte sie hinzu. »Gar nicht schlecht für den Anfang.«

Jens hat doch zugehört, denn jetzt will er wissen, wie das war, als ich mit vierzehn meine Unschuld verloren habe.

»Aber Jacinta!«, sagt er. »Du musst mir erklären, wie es dazu kam, dass du mit vierzehn deine Unschuld verloren hast.«

»In England ist das normal«, sage ich. »Bei uns ist es völlig normal. Es ist sogar Brauch. Dreizehn, vierzehn, das ist Durchschnittsalter.«

Jens sieht für ein paar Sekunden ein bisschen schockiert aus. Dann fragt er: »Bist du dir sicher?«

»Ja. In England wollen die Jugendlichen immer unbedingt ihre Unschuld verlieren.«

»Weißt du was?«, sagt er. »Du solltest einen Text schreiben, in dem du erklärst, wieso das so ist. So eine sozialwissenschaftliche These, wieso Engländer ihre Unschuld im Durchschnitt mit dreizehn oder vierzehn verlieren. Das wäre der Hammer.«

Ich nicke. Ich tue im Allgemein alles, was deutsche Männer mir sagen, und deswegen gehe ich nach Hause und denke darüber nach.

In der achten Klasse hatten meine beste Freundin Diana und ich eine Abmachung. Wir würden mit dem ersten Jungen schlafen, der mit uns schlafen wollte und weder hässlich noch behindert oder rothaarig war. Ich und Diana, wir hatten eine furchtbare Angst davor, mit 20 oder eventuell 30 noch Jungfrau zu sein. Wir hatten beide das Buch zur Comedy-Sci-Fi-Fernsehserie *Red Dwarf* gelesen, in dem Rimmer erst mit 30 seine Unschuld an eine Roboter-Nutte verliert, und wir waren uns einig, dass wir dieses Schicksal unbedingt vermeiden wollten.

Ich habe mich brav an unsere Abmachung gehalten. Ich glaube nicht, dass es je schön ist, deine Unschuld zu verlieren, für Mädchen zumindest, aber betrunken mit vierzehn in einem Feld mit zwei Wildfremden, die einander Anweisungen in einer Fremdsprache zurufen, ist es wahrscheinlich besonders hässlich. Als es vorbei war, verspürte ich totale Erleichterung.

»Ist es jetzt vorbei?«, fragte ich. »Darf ich mich anziehen?«

Und dann kotzte ich.

Am nächsten Morgen rief ich Diana an.

»Bei mir ist es schon erledigt«, informierte ich sie. »Ich werde jetzt mit 20 oder 30 nicht mehr Jungfrau sein. Das mit dem Ficken kann ich jetzt lassen. Und zwar für immer.«

Ich erzählte Diana, wie es gewesen war. Die gekürzte Version.

»Also«, sagte sie. »Ich würde mit dem ersten Jungen schlafen, der weder hässlich, rothaarig, behindert oder Ausländer ist.«

»Hey!«, rief ich empört. »Das war nicht unsere ursprüngliche Abmachung!«

Ich war nicht mal die Erste in unserer Clique, die ihre Unschuld verlor. Kelly hatte es mit zwölf gemacht, Beth mit dreizehn. In England fängt man früh an. Die einzigen Deutschen, die ich kenne, die so früh angefangen haben wie wir, sind entweder in Kinderheimen oder Kommunen aufgewachsen.

Deswegen waren wir Mädchen in der Clique alle so furchtbar entsetzt, als ausgerechnet Diana bis zum fast unerträglich reifen Alter von SIEBZEHN wartete.

»Ich weiß nicht, was mit ihr los ist«, sagte Beth zu mir.

»Ja, komisch, ne«, sagte ich. »Worauf wartet sie?«

»Siebzehn, Jacinta. Siebzehn. Es gibt Nonnen, die mit siebzehn keine Jungfrauen mehr sind.«

»Glaubst du, dass sie frigide ist?«, fragte ich.

»Nee«, meinte Beth. »Ein medizinisches Problem hat sie nicht. Und weißt du noch, wie sie an Silvester Andrew Cleaver einen geblasen hat und letztes Wochenende dem Türsteher vom The Island auch?«

The Island war so eine Art Disko, wo die Türsteher Minderjährige nur reinließen, nachdem sie ihnen einen geblasen hatten.

»Sie hat so eine Blockade«, sagte ich. »So eine psychologische Blockade.«

»Ja«, sagte Beth.

»Wir sollten noch mal mit ihr reden«, schlug ich vor.

»Wir müssen noch mal mit ihr reden«, bestätigte Beth und schüttelte den Kopf.

Wir saßen da und schwiegen, dachten über die arme Diana und ihr trauriges Schicksal nach.

»Es tut mir voll leid für sie«, meinte Beth.

»Es ist nicht normal«, sagte ich.

»Normal ist es nicht«, sagte Beth. »Stell dir vor, Jacinta, wenn sie noch länger wartet, dann wird sie bald 18!«

Wir guckten uns an, der reine Horror glänzte in unseren Augen. ACHTZEHN. Achtzehn. Was gäbe es Fürchterlicheres, als eine achtzehnjährige Jungfrau zu sein?

Ich berichte nur. Ich kann nur berichten. Ich habe keine sozialwissenschaftlichen Thesen zu der Frage, warum junge Engländer so verzweifelt ihre Unschuld verlieren wollen. Aber irgendwie sind die Engländer immer ein bisschen verzweifelt oder zumindest ein bisschen verzweifelter als die Deutschen. Man denke an die Krawalle im Sommer vor ein paar Jahren. Oder an ihre Verzweiflung in Bezug auf Bier. Immer, wenn Engländer mich in Deutschland besuchen, merke ich, welche Angst sie haben, es könnte irgendwo einmal kein Bier geben.

»Werden wir da Bier kaufen können?«, fragen sie alle zwanzig Sekunden in der Schlange vor der Disko. »Ja«, sage ich. »In Deutschland verkaufen sie die ganze Nacht über Bier. Es wird da Bier geben. Alles in Ordnung.«

»Werden sie da wirklich Bier verkaufen? Könnten wir da ein

Bier kaufen? Sobald wir drinnen sind? Oh, wir hätten eine Flasche Beck's von der Tankstelle reinschmuggeln sollen, ich wusste es. Soll ich jetzt schnell zu der Tankstelle laufen? Ich kann nicht glauben, dass man in Deutschland Bier an der Tankstelle kaufen darf! Sie müssen ernsthafte Alkoholprobleme hier haben. Wir gehen wieder, wenn es kein Bier zu kaufen gibt? Oder?«

Aber wahrscheinlich ist das Verzweifeltste, was Engländer tun, im Winter ohne Jacke in die Disko zu gehen, nur um die zwei Pfund an der Garderobe zu sparen.

Beim ersten Mal, als wir das getan haben, war ich schon achtzehn. Diana hatte – Gott sei Dank – bis dahin doch noch ihre Unschuld verloren. Im Park mit Andrew Cleaver. Danach haben wir uns alle im Tesco's Coffee Shop getroffen. »Jetzt ist es erledigt«, sagte sie. »Das muss ich nie wieder machen.«

Jetzt waren wir achtzehn – alt genug, um zu wählen, ich sollte bald zur Uni gehen, Beth hatte einen Job in einem Kasino angenommen. Eines Abends, als wir in die Disko The Island gehen wollten, rief sie mich an.

»Bist du schon angezogen?«, fragte sie mich.

»Ja«, sagte ich. »Und geschminkt.«

»Und wirst du deine Jacke anziehen?«

Draußen war November. Die Frage irritierte mich ein bisschen.

»Na klar«, sagte ich. »Das hatte ich schon vor.«

»Weil ich eine wirklich gute Idee habe«, erklärte sie. »Wir lassen die Jacken zu Hause und sparen das Geld für die Garderobe. Dann können wir uns ein Taxi teilen.«

»Jaaa«, sagte ich, am Rechnen. »Aber was ist mit dem Heimweg? Wir müssen doch nach Hause kommen. Wenn wir zweimal ein Taxi nehmen, wird es teurer als die Garderobenkosten, die wir gespart haben.«

»Ja«, stimmte Beth mir zu. »Aber wir können doch nach Hause laufen. Bis dahin sind wir bestimmt so betrunken, dass wir die Kälte nicht mehr spüren.«

»Oh ja!«, sagte ich.

Ich erinnere mich noch an das Gefühl von Erleuchtung und Befreiung, das mich durchströmte, obwohl mir das jetzt ziemlich bescheuert vorkommt. In diesem Moment fand ich, dass diese Idee die beste seit der Erfindung von Toastbrot war.

»Das ist eine gute Idee!«, rief ich begeistert. Und dann sind wir rausgegangen, Mitte November, ohne Jacken, um die Kosten für die Garderobe zu sparen.

ENGLISCHLEHRER

Ich wohne in Deutschland seit dem Jahr 2000. Ich habe viele Jobs gehabt, aber nie so richtig Karriere gemacht. Zuerst war ich Fremdsprachenassistentin an einer Grundschule. Danach Dozentin in einer Sprachschule in Wilmersdorf. Dann ging ich für eine Weile zurück nach England. Wieder in Berlin, arbeitete ich zuerst in einer Eisdiele, und dann als Kindermädchen. Nachher als Englischlehrerin für Kindergartenkinder. Nachdem mein Sohn geboren worden war, lebte ich eine Weile von Hartz IV, dann fing ich an, Arbeitslose in Englisch zu unterrichten. Seit Lenny drei, vier Jahre alt ist, mache ich das. Manchmal, wenn die Kita oder der Hort zu ist, aber meine Sprachschule nicht, schleppe ich ihn mit. Als er klein war, hat er sich mehr darüber gefreut als jetzt. »Sie finden mich alle bestimmt süß!«, verkündete er einmal, als ich ihm gesagt hatte, dass er am nächsten Tag mit zur Schule kommen solle. »Bestimmt!«, sagte ich. Jetzt hat er weniger Bock drauf, aber solange er am Computer im Lehrerzimmer *Minecraft* spielen kann, beschwert er sich nicht zu sehr.

Mein schmutziges Geheimnis ist, dass ich meinen Job als Englischlehrerin eigentlich gerne mache. Manchmal schäme ich mich schon, dass ich so einen peinlichen Job habe. Wenn mir Engländer oder Iren in einer Kneipe sagen, dass sie Englischlehrer sind, laufe ich weg, empört, dass die Menschen so langweilig sein können. Aber eigentlich mag ich meinen Job total.

Wenn ich länger als eine Woche fehle, dann habe ich ganz doll Sehnsucht nach den Kollegen, den Studenten und auch nach meinem Chef. Das Einzige, was mir an meinem Job gar nicht gefällt, ist das Training, diese Quatsch-Weiterbildungs-Kurse. Wir müssen das alle sechs Monate machen, manchmal öfter. Und es nervt.

Der Trick bei so einem Training ist, die richtigen Sachen zu äußern, damit der Chef sagen kann, dass das Training absolviert ist, und alle nach Hause gehen können. Das haben eigentlich alle Teilnehmer kapiert. Verzweifelt suchen wir nach den richtigen Antworten, um nach Hause geschickt zu werden. Manchmal geht es zum Beispiel darum, wo die Feuerlöscher sind.

»In der Küche?«, sage ich zweifelnd. Mein Chef nickt begeistert.

»In dem Zimmer neben der Küche?«, fragt ein Kollege. Der Chef schüttelt den Kopf, unbegeistert.

»Im Korridor?«, schlägt eine Kollegin vor. Mein Chef nickt, wieder begeistert. »Fünf gibt es insgesamt«, sagt er.

»Fünf«, wiederhole ich. »Ernsthaft, fünf? Ähm … Neben den Toiletten?« Der Chef schüttelt den Kopf. »In den Toiletten?«

Wir machen so weiter, bis wir endlich alle Orte in dem Gebäude aufgelistet haben, und wenn wir zufällig einen erwähnen, an dem sich tatsächlich ein Feuerlöscher befindet, nickt er begeistert.

Dann fragt der Chef uns, was wir tun werden, wenn wir sehen, dass Studenten im Treppenhaus rennen. Stille herrscht im Lehrerzimmer. Eine unbehagliche Stille. Nach ungefähr sieben unerträglichen Minuten voller unerträglicher Stille sagt der Chef: »Ihnen erklären, dass es gefährlich ist, zu rennen, und ihnen mitteilen, dass sie nicht rennen sollen.« Wir nicken alle, total einverstanden, und unterschreiben, dass wir beim Training mitgemacht haben, und dürfen nach Hause.

Oft geht es um Kundenzufriedenheit. Unser Chef verteilt Kundenstatements auf kleinen Zetteln und wir müssen diese Statements wie »I like learning in small groups« in einen von zwei aufgemalten Kreisen kleben: entweder in den Kreis der Zufriedenheit oder den Kreis der Unzufriedenheit. Unser Chef fragt, warum Kundenzufriedenheit uns wichtig ist, und wir müssen sagen: Weil zufriedene Kunden selbstbewusster Englisch sprechen, und außerdem erzählen sie ihren Freunden davon, und dann haben wir noch mehr Kunden. Dann sagt er okay, und wir dürfen nach Hause gehen.

Wirklich schlimm ist diese Art Training aber, wenn amerikanische Kollegen dabei sind. Egal, wie nett und normal dir ein Amerikaner außerhalb der Training-Sessions vorkommt, egal, wie nett, egal, egal, total normale Typen, die in Bands sind und nur Englisch unterrichten, weil sie nicht von den Einnahmen ihrer CDs leben können, so richtig nette, normale Menschen, alles perfekt: feministisch, charmant, lustig, normal, die Art von Menschen, mit denen man gerne Pferde stehlen und MDMA-Pillen schlucken würde, EGAL, wie nett, egal: Sobald das Training anfängt, entwickeln sich alle Amerikaner zu komischen schleimigen Arschlöchern, die ihre Arbeit ernst nehmen.

»Und ein zufriedener Kunde ist ein glücklicher Kunde. Wenn die Kunden glücklich sind, können wir auch glücklich sein, denn dann erleben beide Parteien ein Erfolgserlebnis – und wir wissen genau, dass wir unsere Arbeit richtig machen!«

Sogar der Chef sieht aus, als müsste er gleich kotzen. Er nickt unbegeistert. Manchmal – noch schlimmer – stellt ein Amerikaner Fragen. »Kann ich kurz was fragen? Mir ist das mit dem dritten Feuerlöscher nicht ganz klar.« Alle Briten und Engländer und Australier gucken ihn schockiert an. Warum tut er das?

Und am Ende bedanken sich die Amerikaner immer beim Leiter des Trainings. Sie sind irgendwie echt krank.

Dieses Mal ist es aber ganz anders: Wir müssen eine Geschichte über unseren besten Englischlehrer schreiben. Ich finde das gar nicht so schlecht wie sonst, eigentlich ist es total interessant. Außerdem schreibe ich so schnell, dass ich in zehn Minuten mehr geschrieben habe als die anderen in zwanzig, und mein Kollege und ich gehen auf der Feuertreppe rauchen. Ich habe was über Mr Knightley geschrieben.

Mr Knightley. Mein bester Englischlehrer aller Zeiten. Mr Knightley war Alkoholiker. Ich finde, Alkoholiker sind immer großartige Lehrer, von denen man viel lernen kann, sie sind so weise. In der U-Bahn quatsche ich oft mit Pennern, und ich habe bemerkt, dass Alkoholiker viel weiser als Junkies sind. Mr Knightley, der war so was von weise. Am Ende ist er leider gefeuert worden, weil er mit einem Mädchen gefickt hat, aber echt, er war ein toller Englischlehrer. Ich denke, er war mein bester Lehrer aller Zeiten, bis heute.

Wir alle liebten Mr Knightley. Wie er Dramen unterrichtete, das war so toll.

Ich weiß nicht, wie man hier Theaterstücke liest. Bei uns in England verteilt der Lehrer am Anfang des Unterrichts die Rollen: So, Jacinta, du bist Touchstone, Terry, du bist Rosalind. Nicht Mr Knightley. Er ertrug es nicht, wie schlecht wir im Vorlesen waren. Er übernahm alle Rollen selbst, und wir saßen einfach da und guckten ihm beim Schauspielen zu. Zum Beispiel, als wir *A Streetcar Named Desire* durchnahmen. Er spielte alle Rollen, er war Stanley, er war Stella, er war Mitch, er war natürlich Blanche. Es war wie eine One-Man-Show. Einmal sagte er, Terry Fletcher dürfe ausnahmeweise den Fastfood-Verkäufer spielen. Aber Terry Fletcher machte es nicht gut genug, und Mr Knightley konnte sich das nicht anhören. Nach zwei Sekunden nahm er ihm die Rolle weg, und dann stand er da, Mr Knightley, vor der Tafel, und schrie: RED HOTS! Red, red, red, red RED HOTS!

Mr Knightley sprach auch immer offen mit uns über Performance Related Pay. 1992 wurde Performance Related Pay in England eingeführt. Das heißt, je mehr Schüler ihren Abschluss schaffen, desto höher der Bonus für den Lehrer. Mr Knightley suchte deswegen immer die einfachsten Theaterstücke und Romane des Rahmenplans aus.

»Ich werde euch nicht anlügen«, sagte er. »Ich will euch nicht anlügen. Dieses Buch ist Schrott. Es gehört nicht auf den Abitur-Rahmenplan. Aber es ist sehr einfach. Ich habe es ausgesucht, weil es so einfach ist, dass sogar ihr es zu Ende lesen könnt, und dann ist es wahrscheinlicher, dass ihr euer Abitur besteht. Und dann kriege ich mehr Geld.«

Das Buch war *The Go-Between* von L.P. Hartley. Es ist tatsächlich so was von Scheiße. Es ist eine langweilige Version von *Lady Chatterley's Lover*, Tochter des Schlossherrn fickt mit dem Jungen des Pächters. Mr Knightley kritisierte es immer. Er schmuggelte Adverbien in fast alle Dialoge: »She said, implausibly« oder »He claimed, rather unrealistically«. Manchmal sagte er auch einfach am Ende des Unterrichts: »Was für einen Haufen Scheiße lesen wir, ey, Kinder?«

Wir liebten Mr Knightley auch dafür, dass er unsere andere Englischlehrerin hasste und sie sich immer gegenseitig dissten. Unsere andere Englischlehrerin hieß Miss Mitcham, und sie war jung und streng mit uns. In London benutzen wir immer die doppelte Verneinung, wir sagen statt: »I don't want anything«, »I don't want nothing« oder »I don't want nuffink«. Aber bei Miss Mitcham sollten wir Hoch-Englisch sprechen. Sie sagte: Im Englischunterricht muss man deutlich kommunizieren, und wenn man eine doppelte Verneinung als echte Verneinung gebraucht, werden manche Leute denken, dass man es tatsächlich als doppelte Verneinung meint, also »I don't want nothing« gleich »I want something«. Mr Knightley war ganz auf unserer Seite. Er sagte uns, Leute, die so doof sind, dass sie nicht merken, dass jemand Dialekt spricht und eine doppelte Verneinung nutzt, um die Verneinung zu betonen, sind zu doof, als dass es sich lohnen würde, mit ihnen zu kommunizieren.

Am besten war Mr Knightley bei unserem Klassenausflug. Wir waren 1997 auf einer Poetry-Konferenz in der Stadtmitte von London eingeladen, sie hieß Edutainment Today, und als wir ankamen, ging Mr Knightley direkt in die Kneipe nebenan, um sich zu besaufen. Dann kam er rein und hörte sich ein paar Gedichte an. Er fand sie nicht gut. Er rief dazwischen und fragte die Dichter, wie viel sie dafür kriegen würden, dass sie bei dieser Konferenz mitmachten. Dann kam die Security und schmiss ihn raus. Den anderen beiden Englischlehrern, die mit uns auf der Konferenz waren, war das sehr peinlich. In der Mittagspause verkaufte Mr Knightley uns seine Essensgutscheine und ging noch mal in den Pub.

Danach durfte er zurück auf die Konferenz, wenn er versprach, nicht mehr zu stören. Nach der Pause kamen die Workshops. An dieser Konferenz nahmen ganz viele verschiedene Schulen teil, nur ein paar davon waren staatliche Schulen, wir sollten uns mischen, es war eine Idee der Konferenz, dass arme Kinder reiche Kinder kennenlernen und so. Aber wir waren so stolz auf Mr Knightley, weil er besoffen rausgeschmissen worden war, dass wir darauf bestanden, dass er in unsere Gruppe kam.

»Ich mache nicht bei dem Workshop mit, wenn Mr Knightley nicht in unserer Gruppe ist«, sagten wir. Die Veranstalter waren ein bisschen verzweifelt. Mr Knightley guckte uns an. Dann stand er auf. Er schwankte schon ein bisschen. »Ich will sowieso nicht bei diesem Workshop mitmachen«, erklärte er.

Er sagte zu den anderen Lehrern: »Erzählt mir, wie es war, ich geh in die Kneipe, holt mich ab, wenn der Bus da ist.«

Einer der Veranstalter sagte: »Was für eine Chance haben diese armen Kinder, wenn sie so einen Lehrer haben?« Da boxte Mr Knightley ihm ins Gesicht. Es war echt der beste Ausflug, den ich je mitgemacht habe. Nachher durfte Mr Knightley nicht mehr auf Klassenfahrt mitkommen, aber deswegen wurde er nicht gefeuert. Wie gesagt, Mr Knightley hat mit einem Mädchen gefickt. Sie war über 16 und alles. Wir haben eine Petition gestartet, damit er nicht gefeuert wird, aber das Problem war, dass es nicht das erste Mal war, dass er mit einem Mädchen gefickt hatte, und deswegen musste er doch gehen.

Als mein Kollege und ich von der Feuertreppe zurückkommen, muss jeder von uns seine Geschichte vorlesen. Ich schlage vor, dass wir das Vorlesen wie einen Poetry Slam gestalten und Punkte verteilen, aber der Chef sagt nein. Ich merke, dass ich jetzt wie eine Amerikanerin nerve, aber ich kann nix dagegen tun. Eigentlich habe ich sowieso gewonnen. Nachher muss ich fünf Sätze aufschreiben, die mich an Mr Knightley erinnern. Ich schreibe die besten Zitate von *A Streetcar Named Desire*. »Stella, Stella, Stella for Star« und so weiter. »I have always relied upon the kindness of strangers.« Dann müssen wir ein Formular ausfüllen. Was war die wichtigste Lektion oder Botschaft, die uns unser Englischlehrer mitgegeben hat? Ich schreibe: dass Alkoholiker sehr weise sind und die besten Lehrer. Wie kann ich das, was er mir beigebracht hat, in meinen eigenen Unterricht einbauen? Ich schreibe: mehr trinken. Gibt es Sachen, die ich nicht so machen werde wie er, mein bester Lieblingsenglischlehrer? Ich schreibe rein: mit Mädchen ficken. Dann gucken wir alle ein Video über glückliche Studenten, die ihren Englischkurs verlängert haben, und unser Chef zeigt uns eine PowerPoint-Präsentation, in der es darum geht, dass wir Lehrer die Webseite der Sprachschule mehr promoten sollen. Er fragt, warum.

»Weil es einfach eine geile Webseite ist?«, schlägt der Kollege vor, der mit mir geraucht hat.

»Weil die Meldungen auf der Website total interessant für unsere Schüler sein könnten«, sage ich. Mein Chef nickt begeistert.

»Weil glückliche Kunden Webseiten grundsätzlich gut finden?«, sagt ein anderer Kollege. Wir machen ein paar Minuten so weiter, dann unterschreiben wir, dass wir mitgemacht haben, und dürfen nach Hause.

Auf dem Weg denke ich über Mr Knightley nach. So ein toller Lehrer. Ich habe so viel von ihm gelernt. Er war ein toller Lehrer, und ein wunderbarer Mann. Ist es wohl mein größtes Versäumnis im Leben bis jetzt, dass ich nicht das Mädchen bin, deretwegen er gefeuert wurde?

An meinen Erdkundeunterricht kann ich mich hingegen nicht erinnern. An nichts. Nichts. Gar nix. Ich habe drei Jahre Erdkunde gehabt – in der siebten Klasse mit Mr Nicks, in der achten mit Mrs London und verschiedenen Vertretungslehrern und in der neunten wieder mit Mr Nicks. Drei Jahre. Zwei Stunden pro Woche. Und ich erinnere mich an gar nichts davon.

Ich kann mich ziemlich gut an andere Sachen erinnern, die wir in anderen Stunden gelernt haben. Ich glaube, dass ich mich an ziemlich alles, was wir jemals in Englisch gelernt haben, erinnere – was ein Substantiv ist und so weiter, Kommas und blablabla und dass *Der Kaufmann von Venedig* für seine Zeit nicht antisemitisch war. Wir Schüler waren sehr skeptisch, als wir im Unterricht lernten, dass *Der Kaufmann von Venedig* nicht antisemitisch sei. Für seine Zeit. Mrs Jackson so: »Also, Kinder, für seine Zeit war das kein antisemitisches Werk.« Skeptische und missbilligende Blicke. »Bist du dir sicher, Miss?«, fragten wir. »Wenn es nicht antisemitisch sein soll, warum muss Shylock dann zum Christentum konvertieren?« Mrs Jackson seufzte wehmütig.

Sie tat mir in diesem Moment sogar ein bisschen leid, aber nicht so sehr wie in der Stunde, als sie uns sagen musste, dass Shakespeare lustig sein soll. Eure Deutschlehrer tun mir nicht so leid wie unsere Englischlehrer. Goethe soll nicht lustig sein, oder? Auch zu seiner Zeit sollte das ein bisschen langweilig und sehr schwierig und traurig sein. Aber Shakespeare sollte kurzweilig und lustig sein, und die Lehrer müssen uns das immer beibringen. Sie müssen Sätze sagen wie: »Wenn Shakespeare heute leben würde, würde er Sitcoms für die BBC schreiben!«, und dabei Reihen über Reihen trotziger, skeptischer Schulkinder-Blicke ignorieren. Mrs Jackson hat bei Shakespeares Witzen ganz oft alleine gelacht. Wir haben sie schweigend beobachtet, und als sie fertig mit Lachen war, wischte sie sich die Tränen aus dem Gesicht und sagte leise: »Es ist natürlich wichtig zu verstehen, dass Rose damals ein Spitzname für Penis war. Dann ist es natürlich viel lustiger.«

Weniger gut kann ich mich an die Sachen erinnern, die ich in Naturwissenschaft oder Mathe gelernt habe. Aber ich erinnere mich daran, dass es manches gibt, woran ich mich nicht erinnern kann. Pi, zum Beispiel, und diese Sache mit Pythagoras und den Dreiecken. Aber ich habe das mal gelernt, das weiß ich. Manchmal denke ich daran, wenn mein Sohn etwas nicht versteht. Zum Beispiel sitzen wir im Zug, und draußen ist es heiß und drinnen ist es auch heiß, aber nicht ganz so heiß wie draußen, und die Fenster sind von innen nass und er fragt mich, warum, und ich sitze da und starre die nassen Fenster an und überlege und schweige und überlege und schweige und überlege und schweige und ich habe keine Ahnung, keine AHNUNG habe ich, warum die Fenster nass sind, aber wenn ich das zugeben würde, würde er später bestimmt kriminell werden, also sitze ich und gucke die Fenster an und schweige, er fragt noch mal, warum? Und ich schweige und überlege und fick mich mit dem Pürierstab, keine Ahnung, ey, aber ich weiß, dass ich das mal gelernt habe. Es gab eine Zeit in meinem Leben, in der ich so was wusste. Er fragt noch mal. Ich schweige 67 Sekunden lang und dann sage ich: »It's something … to do … with … condensation I think the air. The air … is … wet. The water … on the windows … is air. It was air. Now. It is … condensation. It's turning. Into steam. Or. Something.« Pause. Lennys Augen flackern verwirrt. »The water on the windows is wet air?«, fragt er. Ich sage: »We'll check it on the internet when we get home. I learned that in Science. Once.«

Ich kann mich an unseren Religionsunterricht erinnern. An Debatten über Homosexualität und so. An eine Klassenarbeit, in der es die Aufgabe war, unsere eigene Religion zu erfinden. Ich bekam bei dieser Klassenarbeit 98 Prozent. Ich habe Uniformen entworfen und alles.

Ich kann mich an *Home Economics* erinnern, an die Stunde, als Simon Havok eine lebende Spinne gegessen hat, und an den Kunstunterricht mit Miss Taylor, wo Kelly Redmond sich selbst mit einer Sicherheitsnadel und einem Kugelschreiber tätowiert hat. Oder wie Lucy Cooper bei dem Holocaust-Video gekotzt hat, bei der Stelle mit der Seife, und dann hat Mr Barker gesagt, das sei eigentlich sowieso nur Propaganda, und in der Woche drauf musste er sich entschuldigen.

Ich erinnere mich an Mr Patel, der uns Technik und Design beibringen sollte, und wie er immer fast geheult hat, wegen so eines Typen, der nackig die Straße entlanggelaufen war, weil er etwas herausgefunden hatte. »He was running naked down the whole street, naked. For Science. For knowledge. For discovery. You would not run naked for Science. You are lazy boys, lazy girls. You would not run naked for Science. You are not grateful, not one child in this room is grateful, to be alive in this world where men have run naked down the streets for them! For Science! For you! Naked! Be quiet, or I give your whole class detention ...«

Aber Erdkunde. Ich kann mich nicht an eine einzige Sekunde Erdkunde erinnern. Es könnte durchaus möglich sein, dass Mr Nicks uns in jeder Stunde hypnotisiert hat, und Aliens erlaubt, unsere Körper zu untersuchen. Ich kann mich einfach an nix erinnern.

Unter ein paar meiner alten Highschool-Freunden hat sich jetzt rumgesprochen, dass mein Freund mich verlassen hat. Abends rufen sie manchmal an und versuchen mich zu überreden, nach Hause zu kommen. Ich finde das peinlich, aber auch beruhigend. Sie waren alle so sehr dagegen, dass ich weggehe, damals im Jahr 2000, dass es mir jetzt manchmal so vorkommt, als hätte sich in der Zwischenzeit nichts geändert. Und ich mag es, angerufen zu werden. Ich telefoniere unheimlich gerne, und am liebsten, wenn ich nicht dafür bezahle.

Meine alte beste Freundin aus der Highschool, Diana, ist am Telefon. Sie war meine beste Freundin von der 8. Klasse bis zum letzten Tag der Schule. Dann haben wir uns gestritten. Aber dank Facebook bin ich jetzt mit fast allen Menschen auf der Welt befreundet, mit denen ich mich je gestritten habe.

»Alle denken, du solltest nach Hause kommen«, sagt sie. »Layla denkt das, Beth, Kelly, und auch Sunita und Sunitas Mama auch. Du kannst doch bei deiner Mama wohnen. Ihr könnt anbauen für dich und den Kleinen. Oder du beantragst eine Sozialwohnung. Meine Mama musste gar nicht so lange auf ihre warten. Und du könntest Lehramt studieren.«

»Ich kann nicht zurückkommen«, sage ich. »Mein Exmann

würde mich verhaften lassen, wenn ich Lenny nach England bringen würde.«

»Der Verrückte, der dich geschlagen hat?«, fragt sie.

»Genau«, sage ich.

»Ach, du Arme, alleine in Deutschland, du tust mir so leid.« Irgendwie will ich ihr nicht leidtun.

»Ich kriege voll viel Kindergeld«, sage ich.

»Hey, weißt du, wen ich gesehen habe, in Stratford im Shopping Center?«, fragt sie.

»Wen?«, frage ich.

»Mr Nicks!«, ruft sie. »Kannst du dich an ihn erinnern? Erdkunde.«

»Ja.«

»Ich habe ihm gesagt, du lebst in Deutschland und schreibst Bücher.«

»Sehr gut«, meine ich. Ich denke an Mr Nicks.

»Diana«, sage ich. »Kannst du dich daran erinnern, was wir in Erdkunde gelernt haben?«

»Nein!«

»Eine Sache?«, frage ich. »Eine einzige Sache?«

»Nein, überhaupt gar nicht!«

»Ich auch nicht.«

»Aber ich kann mich sowieso an nix erinnern, was wir in der Schule gelernt haben. An gar nichts. Am letzten Schultag, als ich zum letzten Mal aus dem Gebäude ging, habe ich versucht, alles zu vergessen, was mir jemals da drinnen gesagt wurde.«

»Vielleicht haben wir die Hauptstädte der wichtigsten europäischen Länder gelernt?«, frage ich. Ich denke, ich kenne doch die meisten, irgendwann und irgendwo muss ich sie mal gelernt haben, vielleicht ist das in Erdkunde passiert. Aber Diana lacht sich kaputt.

»Nein!«, sagt sie. »Definitiv nicht.«

»Die Kontinente?«, frage ich.

»Nein!«

»Es ist ein Rätsel.«

»Ich kann mich nur an eine Sache erinnern«, sagt Diana.

»Was!«

»An Jane Boultons 14. Geburtstag!«, erklärt sie. »Weißt du noch?«

»Nein.«

»Mr Nicks hat uns gesagt, wenn Männer mit Vierzehnjährigen vögeln wollten, wäre das nicht wirklich pädophil.«

Vage bildet sich eine Erinnerung in meinem Hinterkopf. Wir trudeln nach und nach in den Unterrichtsraum – eine Hütte, so eine moderne Hütte aus Beton, wie ein hässlicher billiger Plattenbaubungalow –, und wir waren voller Matsch, vor allem unsere Schuhe, und dann beschwerte sich Jane Boulton: Warum ist es da beim Schulkiosk immer so matschig, Sir? Und das an meinem 14. Geburtstag. Ich schreibe das Bezirksamt an, man kann kaum ein Mars kaufen, ohne voller Matsch geplatscht zu werden. Und er sagte: Bald bist du alt genug zum Vögeln, Jane. Und wir riefen: Oh, Sir, du bist pervers, du bist pädophil, und er war total sauer und sagte: Es ist nicht pädophil, wenn man ein vierzehnjähriges Mädchen sexuell attraktiv findet, wenn man das pädophil nennt, ist das eine Reduzierung von Pädophilie, und wir kicherten und kicherten, weil wir alle dachten, dass er mit Jane vögeln wollte.

Aber keine Ahnung, ey, was wir eigentlich im Unterricht hätten lernen sollen.

NICHTS GEGEN BLASEN

Ich finde Teenager faszinierend, Teenager und Teenagerinnen, beide finde ich faszinierend, aber auch beängstigend: Ich gucke sie manchmal in der U-Bahn an, mit ihren Smartphones und so, ihren Haaren und ihrer Kleidung und ihrer fremden Sprache und denke, sie sind einfach Monster, gefährliche Zombie-Monster-Aliens mit komischer Kleidung und ohne Moral. Manchmal habe ich Angst vor ihnen, nicht nur weil ich denke, sie wollen Kaugummi in meine Haare stecken oder sie könnten mich überfallen. Ich habe manchmal Angst vor ihnen, weil sie mir monströs erscheinen.

»Ich habe total Angst vor Teenagern«, sage ich.

»Zu Recht!«, meint Marek.

»Hey!«, sagt Jens, dessen Sohn jetzt siebzehn ist. »Wir waren alle mal Teenager!«

»Genau«, bestätige ich. »Deswegen habe ich so 'ne Angst vor denen. Ich war voll die Psychopathin, als ich Teenagerin war.«

Marek und Jens fangen an, sich darüber zu streiten, ob man das Wort Teenager gendern kann. Ich halte mich da raus, diese ganze Sache mit dem Binnen-i und so, das müssen die Deutschen für sich entscheiden, das ist so wie mit dem Waffengesetz in den USA, Ausländer haben da wenig zu sagen. Marek und Jens sind an sich beide keine großen Fans von gegenderter Sprache, es geht ihnen nicht ums feministische, sondern nur ums sprachliche Prinzip. Marek glaubt, Teenager sei wie Kind, man würde nicht Kindin sagen, oder? Jens glaubt, da Teenager auf -er endet, sei es ganz normal, Teenagerin zu sagen.

Als sie mit ihrem Sprach-Streit fertig sind, steige ich wieder ein.

»Als Teenager habe ich immer gelacht bei den Nachrichten, wenn Omis gefoltert oder vergewaltigt wurden«, sage ich. »Ich hatte überhaupt keine Ahnung von richtig oder falsch.«

»Ja, Teenager sind so«, sagt Marek. »Sie haben keine Ahnung, was richtig und falsch ist. Sie quälen Tiere und werden zu Neonazis.«

»Und heutzutage wird es noch schlimmer«, sage ich. »Weil sie die ganze Zeit zu Videos masturbieren, in denen Leuten mit Küchen-Instrumenten die Augen ausgestochen werden.«

»Ja«, sagt Jens. »Also netter sind sie jedenfalls nicht geworden.«

»Vielleicht sollten wir einfach alle Teenager töten?«, schlägt Marek vor.

»Oder vielleicht einfach wegsperren bis zu ihrem 20. Geburtstag«, sage ich. »Das wäre eine elegante Lösung.«

Eigentlich denke ich, wir haben Angst vor Teenagern, weil sie Kinder sind, die Erwachsene werden. Wir gucken zu, wie sie erwachsen werden, und uns wird klar, dass wir bald sterben müssen. Daher unsere Angst vor Teenagern, eigentlich ist es Todesangst. Trotzdem wegsperren, denke ich. Das wäre am besten für alle, vor allem für sie.

Es ist komisch, dass man Teenager so hasst, dass einem Teenager immer so hässlich vorkommen, hässlich und gefährlich, gleichzeitig kommt es einem vor wie gestern, dass man selbst Teenie war, das Monster im Bus. Als Teenager – und besonders als Teenagerin – ist man beides: schrecklich, aber auch unschuldig.

Ich hatte keine offiziellen Dates, bis ich so ungefähr 17 Jahre alt war, wir waren nicht wie Amerikaner oder so. Bis dahin fickten wir einfach im Schrebergarten oder bliesen Leuten einen an der Bushaltestelle oder im Park oder auf den Feldern hinter dem Park. Aber mit 17 fing ich an, Dates zu haben.

Was war passiert? Ich war gerade 17 geworden, da bekam ich statt einer Brille meine ersten Kontaktlinsen. Bis dahin waren nur Jungs aus meiner Klasse und irgendwelche wirklich alten Männer an mir interessiert gewesen: ein Türsteher, ein Fensterputzer, ein Busfahrer oder Zigarettenschmuggler. Und wenn ich »wirklich alt« sage, meine ich natürlich über 30. Für mich als Teenagerin waren Männer über 30 wirklich alt. Niemand wird mir jemals wieder so alt vorkommen wie damals, als ich Teenie war und verliebt in jemanden, der 32 Jahre alt war.

Mit 17 legte ich die Brille ab, und plötzlich änderte sich alles. Plötzlich wollten mich nicht mehr nur Mitschüler und alte Männer haben. Mann, war das aufregend. Plötzlich kriegte ich Dates mit Jungs, die nur ein paar Jahre älter waren als ich. Hübsche, ältere Jungs. Jungs, die nicht mehr zur Schule gingen, aber noch keine Frauen und Familien hatten. Mann, war das eine schöne Zeit.

Mein erstes Date mit einem älteren Jungen war mit einem Studenten. Er studierte Kulturwissenschaft an der Universität Ostlondon. Er kam aus Nordengland. Er hätte im Studentenwohnheim wohnen können, aber er entschied sich dagegen und zog in eine WG in der Nähe einer Disko, in die unsere Clique immer ging. In der Woche vor dem Date sagte ich beinahe alle zehn Minuten: »Er studiert Kulturwissenschaft an der Universität Ostlondon. Er hat ein Zimmer im Studentenwohnheim abgelehnt, ihm war ein WG-Zimmer lieber. Er kommt aus Leeds. Er wollte unbedingt nach London. Drei Unis hatten ihn akzeptiert, auch Leeds Metropolitan, aber er wollte zu Hause ausziehen.«

Die ganze Woche lang waren diese Sätze fast die einzigen, die aus meinem Mund kamen.

Am Abend des Dates sollten wir uns im Pub treffen, und ich aß mit meiner Mama und meinen Geschwistern Abendbrot. Meine Mama hatte Knoblauch-Hähnchen für uns gekocht. Meine Mama kochte immer mit Knoblauch, wenn ich mich mit Jungs traf. Einmal machte sie eine ganze Knoblauchzehe auf eine Portion gebackene Bohnen auf Toast. Ich denke, sie dachte, sie könne damit meine Unschuld schützen.

Beim Abendbrot sagte ich: »Ich habe heute ein Date mit einem Studenten. Er studiert Kulturwissenschaft an der Universität Ostlondon. Er hat ein Zimmer im Studentenwohnheim abgelehnt, weil ihm ein WG-Zimmer lieber ist. Er kommt aus Leeds. Er wollte unbedingt nach London. Drei Unis hatten ihn akzeptiert, auch Leeds Metropolitan, aber er wollte zu Hause ausziehen.«

Meine Mama nickte, kaute langsam.

»Wahrscheinlich muss er eine Diplomarbeit über Mischlingskinder aus der Arbeiterklasse schreiben oder so was.«

»Wir gehören nicht mal wirklich zur Arbeiterklasse!«, sagte meine kleine Schwester Lilly.

Totales Schweigen am Küchentisch.

»Wie?«, fragte mein Stiefvater Bob. Lilly war damals sehr jung, dreizehn Jahre alt. Sie hatte aber immer eine rebellische Natur.

»Ihr habt beide studiert«, sagte sie. »Wir besitzen ein Haus, wir haben ein Auto.«

»Du musst ihm erklären, wie Middle-Class wir eigentlich sind«, sagte meine Mama. »Dann wirst du sehen, ob er wirklich an dir interessiert ist oder nur Recherche betreibt. Erzähl ihm, dass wir dieses Haus besitzen und ein Auto und dass du keine kostenlosen School-Dinner kriegst, und wie ich meine Schlafzimmerwände mit Glyzinien-Muster dekoriert habe.

Wenn er dann das Interesse verliert, weißt du, dass er dich nur ausnutzen wollte, er suchte nur authentisches Material für seine Diplomarbeit.«

»Aber Mama, wir hätten doch kostenloses Schulessen beantragen können«, betonte ich trotzig, »wenn du nicht so ein stolzer Snob wärst, könnten wir jeden Tag in der Schule ein kostenloses Essen bekommen.«

»Erzähl ihm das bloß nicht«, sagte meine Mama. »Sonst tauchst du bestimmt in einer Diplomarbeit auf. Jacinta N., 17, aus Seven Kings, findet es manchmal schwer …«

Mein Stiefvater unterbrach sie und richtete sich an Lilly.

»Das ist egal, ob wir unser Haus besitzen oder nicht«, erklärte Bob ihr. »Wir bleiben immer Arbeiterklasse.«

»Ja, wir sind eigentlich immer noch Teil der Arbeiterklasse«, sagte meine Mama wehmütig. »Wegen dem Geld, und wie wir sprechen und so, das verrät uns immer.«

»Wir werden immer in der Arbeiterklasse bleiben!«, sagte mein Stiefvater. »Und wisst ihr, warum?«

»Warum?«, fragte Lilly.

»Das liegt in unserem Blut. Die obere Klasse, das sind alles Arschlöcher. Das liegt in ihrem Blut. Ich könnte Villen besitzen – Tausende Villen – und ich wäre nicht so ein Arschloch wie sie!«

Meine Mama verdrehte die Augen. Meine Mama glaubte schon, dass man die Arbeiterklasse verlassen könnte, wenn man reich und gebildet genug wäre. Aber Bob sah das fast als genetischen Unterschied.

»Er schreibt noch nicht an seiner Diplomarbeit!«, sagte ich.

»Sei vorsichtig, Mädchen«, sagte meine Mama. »Sei vorsichtig.«

Aber sie hätte keine Angst haben müssen. Im Pub stellte sich heraus, dass er dachte, Simone de Beauvoir wäre ein Mann.

Ich kaute brutal auf der Innenseite meiner Lippe herum.

»Bist du da supersicher?«, fragte ich höflich. »Ist das nicht die Frau von diesem anderen Franzosen, wie heißt er noch? Jean-Paul Sartre oder so? Hat sie nicht ein feministisches Buch geschrieben oder so was? Oder? Vielleicht liege ich ja auch falsch.«

»Nee, nee, nee«, sagte er. »Simone ist im Französischen ein Männername.«

»Ach, so«, sagte ich. »Echt? Wusste ich gar nicht.«

Ich war so enttäuscht in diesem Moment. Ich bin beinahe nie wieder so enttäuscht von einem Mann gewesen wie in diesem Moment. Wahrscheinlich war Hans-Christian Andersen weniger enttäuscht, als er bei den Grimm-Brüdern vorbeiging, und sie ihm keine Tasse Tee anboten. Ich sah den Studenten nie wieder. Meine Schwester hat dreimal für mich am Telefon gelogen, und das war's schon.

Aber das war nicht mein einziges Date mit einem älteren Jungen: Das nächste war mit einem Bauarbeiter. Er war 23, also nicht nur schon fertig mit der Schule, sondern auch mit der Ausbildung, hatte einen echten Job, eine kleine Wohnung und sogar ein Auto.

Auf der Date-Status-Skala in meinem Teenagerinnen-Leben war das so hoch, als ob eine normale deutsche Frau erzählen würde, dass sie mit einem Chefarzt verabredet ist. OFF THE FUCKING SCALE.

»Am Wochenende treffe ich mich mit einem Bauarbeiter. Er ist schon fertig mit seiner Lehre. Er ist qualifizierter Bauarbeiter. Er hat ein Auto. Wir werden nach Southend fahren. Mit dem Auto schafft man das in einer Stunde.«

Southend ist total geil. Das ist von Ostlondon aus der nächste Strand. Es ist ein bisschen wie Ostlondon-am-Meer. Es gibt einen ganz kleinen Streifen Sand, schmutziger Sand, dekoriert mit alten Autoreifen und voller Öl, Müll und benutzten Kondomen. Man darf nicht schwimmen, das Wasser ist gesundheitsgefährdend. Aber das macht nix, denn dort gibt es so viele tolle Sachen zu erleben, dass man gar nicht schwimmen muss – man kann Münzen gewinnen und Teddybären, in kleinen Autos fahren und Tischhockey spielen, Zuckerwatte und kandierte Äpfel essen, Aalpastete mit Kartoffelpüree, gelierten Aal oder essbare Herzmuscheln und Wellhorn im Glas. Hierher kommen die Jungs mit ihren ersten Autos und machen illegale Autorennen. Und hier hat mein leiblicher Papa einmal entschieden, dass er es hasste, Inder zu sein. Er hat mir oft davon erzählt. Er war am Strand, in der Nähe von London, Southend-on-Sea, in einem Pub bei einem Karaoke-Abend, so Old-school-Karaoke, wo sie die Lieder aus Ostlondon in der Vorkriegszeit gesungen haben. Es war so ein Wettbewerb. Ein Inder mit einem richtig starken indischen Akzent machte mit und sang diese alten Ostlondon-Lieder auf der Bühne, und die Leute lachten ihn aus, genossen aber auch seine Show. Sie lachten und jubelten. Mein Papa meinte, in diesem Moment habe er den Inder gehasst, er habe das lachende Publikum gehasst und am meisten wahrscheinlich sich selber. »Ich guckte ihn an«, sagte mein Papa immer, »und ich dachte: Ich hasse es, Inder zu sein.«

Ich hingegen liebe Southend. Ich liebe alles an Southend, aber am meisten die Aale in Aspik. Sie sind so lecker.

Der Bauarbeiter holte mich ziemlich früh zu Hause ab. Ich fühlte mich elegant und erwachsen. Ich glaube, nicht einmal die ersten Frauen, die in den 20er Jahren von Männern in Autos abgeholt wurden, um sich zum Strand fahren zu lassen, fühlten sich eleganter und erwachsener. Ich setzte mich in sein Auto und spielte sexy mit meinen Haaren.

»Ich muss tanken«, sagte er.

»Soll ich dir Geld fürs Tanken geben?«, fragte ich. Oh Gott, wie geil. (Englische Männer kann man übrigens ruhig fragen, ob man ihnen Geld fürs Tanken geben soll, es ist nicht so gefährlich wie bei deutschen Männern, die immer ohne Ausnahme »ja, gerne!« sagen.)

»Ach nein. Das ist nicht nötig«, sagte er und dann, als wir zur Tankstelle an der Autobahn kamen: »Ich zahle sowieso nicht für Benzin.«

»Ach so.« Ich wusste, dass er Katholik war. Sein Cousin war der Stiefbruder einer Freundin. Wahrscheinlich hatte er so eine riesige katholische Familie.

»Bist du mit den Besitzern der Tankstelle verwandt?«, fragte ich.

»Hmn«, sagte er und tankte. Dann sprang er zurück ins Auto und fuhr sehr schnell weg. Die Tankstellen-Arbeiter kamen raus und riefen uns wütend hinterher, wie Palästinenser, wenn ein Journalist ihnen eine amerikanische Flagge zeigt. Der Bauarbeiter fuhr aber sehr schnell, und bald waren wir weit entfernt auf der Autobahn.

»Ich zahle nie für Benzin«, sagte er. »Ist mir zu teuer.«

»Bist du nie verhaftet worden? Sie haben doch Überwachungskameras, oder?«

»Nee. Bis jetzt noch nicht. Aber ich bin sehr vorsichtig. Ich habe Vaseline auf das Autokennzeichen geschmiert.«

Ich lachte. Mann, war das aufregend.

»So«, sagte er. »Erzähl mal. Was lernst du in der Schule?«

»Deutsch, Französisch und englische Literatur.«

»Trägst du immer noch Schuluniform?«

»Nee«, sagte ich. Er sah ein bisschen enttäuscht aus. »In der Abiturklasse müssen nur Privatschulkinder noch Schuluniform tragen.«

»Ach so«, sagte er. »Über das Abitur weiß ich nichts. Ich durfte schon mit fünfzehn von der Schule abgehen, um die Ausbildung auf der Baustelle anzufangen.«

Ich nickte. Mit fünfzehn von der Schule! Nicht nur, um wie meine Freundin Jenny zum Job Centre zu gehen, sondern um richtig zu arbeiten. Ich rechnete. Er hatte bestimmt schon über acht Jahre gearbeitet. Zu dem Zeitpunkt war das der wahrscheinlich aufregendste Tag meines Lebens.

Ich guckte aus dem Fenster auf die Landschaft. Es war jetzt sehr ländlich. Keine Hochhäuser mehr. Bald würden wir am Southend-Strand sein, wo es wieder hochhausmäßiger wird. Ich konnte es kaum erwarten.

»Weißt du eigentlich, wer Simone de Beauvoir ist?«, fragte ich ihn.

»Keine Ahnung, wer das ist«, sagte er. Er fuhr über eine rote Ampel. »Erzähl mir etwas über ihn.«

Als ich für das Abitur gelernt habe, haben wir – die Abiturienten, die Freunde in Ausbildungen, aber auch die mit Bürojobs in London – manchmal bei meiner Freundin Beth übernachtet und Pillen genommen, wenn ihre Eltern weggefahren sind. Beth war ein halb-chinesisches Mädchen, das ein bisschen cooler und beliebter war als ich. Eines Abends habe ich zu viele Pillen genommen und konnte nicht schlafen und alle außer mir sind eingeschlafen, denn sie waren alle viel routinierter im Drogenkonsum als ich. Ich war alleine wach, ging aufs Klo und bemerkte ganz viel Muschischleim in meinem Höschen. Sofort wusste ich, dass es eigentlich Sperma war und ich eigentlich ein Mann. Ich weckte Beth.

»Wach auf«, sagte ich. »Ich bin ein Mann. Eigentlich.«

»Ach, Jacinta«, sagte sie. »Iss mal was. Iss eine Banane. Und dann schlaf.«

»Beth«, sagte ich. »Ich bin ein Junge geworden. Oder vielleicht bin ich als Junge geboren, und meine Klitoris ist eigentlich ein sehr kleiner Pimmel. Guck mal, was ich in meiner Unterhose habe.«

Ich zeigte ihr mein schleimiges Höschen.

»Sperma«, sagte ich. »Das ist Sperma.«

Sie starrte das Höschen eine Weile an und dann mich. Auf ihrem Gesicht eine Mischung aus Horror und Entsetzen.

»Sperma«, sagte sie nickend. »Ich habe darüber gelesen. Über Menschen wie dich. Ihr habt den Schwanz versteckt im Körper, tief drinnen, und bei eurer Geburt haben die Ärzte das für eine Klitoris gehalten.«

»Genau«, sagte ich und fing an zu heulen. »Ich bin ein Klitoris-Penis-Mädchen.«

»Heul nicht«, sagte sie, legte sich zu mir ins Bett und streichelte mir das Gesicht. Plötzlich stand sie auf und erklärte mit sehr entschiedener Stimme: »Wir müssen in der Notaufnahme anrufen. Wo ist das Telefon?«

»Carl hatte es«, sagte ich. »Er wollte die Frau bei der Auskunft überreden, mit ihm Telefonsex zu haben.«

Beth ging aus dem Zimmer, und ich lag da und heulte. Dann hörte ich, wie sie im Flur telefonierte.

»Ein KLITORIS-PENIS-MÄDCHEN«, sagte sie langsam und deutlich. Pause. Dann: »Ein Klitoris-Penis-Mädchen, verstehen Sie mich? Sollen wir sie zur Notaufnahme bringen oder nicht?« Eine Pause. Dann sagte Beth: »Sie sind eine sehr unhilfreiche Person und eine sehr unfreundliche Frau. Ich frage mich, ob Sie sich den richtigen Beruf ausgesucht haben.«

Als sie zurück ins Zimmer kam, sprang sie auf das Bett und umarmte mich.

»Die Frau bei der Notaufnahme hat aufgelegt«, sagte sie.

»Was können sie in der Notaufnahme schon tun?«, gab ich zurück. »Ich bin einfach ein Mann.«

»Aber, Jacinta, rate mal, woran ich mich erinnert habe?«, fragte sie grinsend.

»Was«, sagte ich traurig und müde.

»Letzten Sommer. Deine Abtreibung. Du bist doch eine

Frau. Diese Klitoris-Penis-Frauen können gar nicht abtreiben, oder? Die haben nix im Bauch, was weggemacht werden muss. Nur einen Pimmel. Wie ein dickes, dickes Würstchen.«

Ich lächelte. Nie hatte die Erinnerung an meine erste Abtreibung mir so viel Trost gebracht.

»Schlaf jetzt«, empfahl mir Beth, und ich schlief in ihrem Bett ein, ziemlich erleichtert, doch kein Klitoris-Penis-Mädchen zu sein.

An diese Geschichte denke ich, als ich mit einem deutschen Mann in einer Bar in Mitte sitze. Es ist Samstagabend, er ist ungefähr zehn Jahre älter als ich, hat zwei Kinder, die Tochter ist ungefähr so alt wie mein Sohn, und sein Sohn ist ein bisschen jünger, vier oder fünf. Samstagabend, wobei, was heißt hier Abend? Es wird bald Mitternacht. Wir sitzen und trinken und quatschen und plötzlich sagt er: »Ich finde Teenie-Mamas nicht gut.«

»Was?«, frage ich.

»Ich finde es nicht gut, wenn Teenager Mütter werden.«

»Ach ja«, sage ich.

»Ich finde das überhaupt gar nicht gut.«

»Ja«, sage ich.

»Ich finde das scheiße für sie – und scheiße für die Kinder.«

»Ja«, sage ich.

»Es ist vor allem so scheiße für die Kinder.«

»Ja«, sage ich.

»Sie sind eigentlich selber Kinder. Sie kriegen Kinder, obwohl sie selbst noch Kinder sind. Das ist nicht okay. Das ist nicht in Ordnung.«

Mein Gott, denke ich. Kann dieses Gespräch noch langweiliger werden? Bald wird er mir erzählen, dass Wasser kocht, wenn man es auf 100 Grad erhitzt. Oder dass katholische Priester, die kleine Kinder ohne Kondome ficken, Arschlöcher sind. Oder dass Mario Barth unlustig und sexistisch ist. Ich sterbe vor Langeweile, wenn ich noch eine Sekunde länger über Teenie-Mamas reden muss. Ich kann genau den Ort in meinem Gehirn spüren, der vor Langeweile explodieren wird. Ich STERBE. Ich weiß das. Ich muss das Thema wechseln, um mein Leben zu retten.

»Als Teenager habe ich abgetrieben«, sage ich. »Und wenn ich jetzt Teenie-Mamas in der U-Bahn sehe – die sind doch immer so dünn und blass, oder?, mit dünnen blassen Hänsel-und-Gretel-Beinen, dürr, weißt du, und so unglücklich, tod-unglücklich; wässrige leere Augen und dann das dicke Baby im Kinderwagen, und sie gucken es an und lächeln fast dabei – und dann denke ich immer: Du warst zu feige, Jacinta, um dieses Mädchen zu sein. Dieses Mädchen ist tausendmal tapferer, als du es warst, und sie ist noch ein Kind. Und manchmal will ich sie umarmen und sagen: ›Dein Kind ist so süß, und du bist so tapfer, und ich war so feige, ich bewundere dich mit deinen dünnen blassen Hänsel-und-Gretel-Teenie-Mama-Beinen.‹«

Das war nicht die richtige Aussage, um das Thema zu wechseln, Jacinta, sage ich mir.

Mein Kumpel guckt mich schockiert an.

»Tapfer?«, sagt er skeptisch. »Du findest diese Mädchen tapfer?«

»Ja«, sage ich. »Ich finde, sie sind tapfer wie Leute, die Juden versteckt haben während des Holocausts. Ich hab's nicht getan. Ich hab's überhaupt gar nicht getan. Ich hätte es auch nicht tun können. So jung und dann ein Baby haben. Ich wäre wahrscheinlich eine geworden, die das Baby im Kühlschrank aufbewahrt oder so was. Und weißt du: gesundheitlich – ich meine nicht gesellschaftlich oder moralisch oder praktisch oder so – ich meine gesundheitlich. Besser vierzehn als 40. Rein gesundheitlich. Ich finde sie tapfer, die Teenie-Mamas.«

»Sie sind nicht tapfer«, sagt er. »Am Wochenende geben sie ihre Kinder doch immer bei der Oma ab, so dass sie ordentlich Party machen können.«

Ich gucke ihn an. Es könnte wirklich durchaus möglich sein, dass ich keinen Mann je so sehr gehasst habe wie ihn in diesem Moment, während überall in Berlin irgendwelche alleinerziehenden 16-Jährigen nachts mit ihrem Baby in ihrem Zimmer hocken wie im Knast – und er hier in Mitte in einer Bar, in der Freiheit und ER lästert über sie. Das ist so wie bei Marie Antoinette mit dem Kuchen.

»Du bist heute Abend nicht gerade bei deinen Kindern«, flüstere ich wütend. Wenn er meinen Hass spüren könnte, würde er jetzt zu Stein erstarren. Er guckt mich verwirrt an.

»Sie sind doch zu Hause. Meine Kinder sind doch bei ihrer Mama. Meine Freundin ist zu Hause.«

»Ach so«, sage ich. »Dann ist es ja gut.«

Ich weiß, dass Teenager schlechte Mütter abgeben. Es ist total gegen die Natur eines Teenagers, an jemand anderen zu denken. Wenn ich zurückschaue auf meine eigene Teenie-Zeit, auf die Sachen, die ich gemacht habe: mich prügeln und Leute schikanieren und mobben; Schaufenster einwerfen und in gestohlenen Autos rumfahren und Penner bezahlen, damit sie strippen – und jetzt bin ich so langweilig und spießig, schmeiße nicht mal Müll auf die Straße, wegen der Umwelt. Damals war ich total amoralisch und jetzt bin ich im Grunde genommen Mutter Teresa gemischt mit Sarah Palin gemischt mit Angela Merkel. Ich schaue zurück und denke, mein Gott, Jacinta, wenn du damals ein Baby bekommen hättest, hättest du es am Ende vielleicht wirklich im Tiefkühlschrank aufbewahrt. Also, ich weiß, dass Teenie-Mamas schlechte Mütter sind. Aber ich finde, dafür, dass sie Teenager sind, sind sie nicht so superschlecht. Dafür, dass sie Teenager sind, sind sie doch ganz Ordnung, jeden Tag schaffen es die meisten von ihnen, ihre Babys nicht zu töten. Das ist schon eine Leistung.

Außerdem hatte ich an der Highschool eine Freundin, Kelly, und Kellys Mutter war Teenie-Mama gewesen und die coolste Mutter der ganzen Schule. Kelly und ich waren in einem Club für kluge, aber ungezogene Kinder. Es war eine Idee von Miss Dewsbury, die war Head of Year. Sie versammelte alle Kinder, die ungezogen waren, aber klug, und gab ihnen Aufgaben, wir mussten über Schmetterlinge debattieren und so ein Zeug. Schwierige wissenschaftliche Experimente machen. Kelly und ich haben den Club aber nicht sehr ernst genommen. Wir nahmen teil, weil wir ein bisschen geschmeichelt waren, als klug eingestuft zu werden, aber mitgemacht haben wir nicht.

Kellys Mama war so cool. Ich glaube, sie dachte, Schule wäre optional. Wenn Kelly nicht hinwollte, musste sie auch nicht. Und wir durften sie immer besuchen kommen, wenn wir Schule schwänzten. Außerdem durften wir trinken, rauchen und auch manchmal kiffen. Bei Kelly zu Hause war es wie im Paradies. Es gab immer Alkohol. Kelly durfte alles tun, was sie wollte. Ihre Tapete hatte sie abgerissen und überall wütende Graffitis hingeschmiert. FUCK YOU GOD und Courtney-Love-Zitate.

Immer, wenn wir zu Besuch kamen, um die Schule zu schwänzen, war Kellys Mama im Wohnzimmer. Sie lag auf dem Sofa, manchmal mit einer Quarkmaske auf dem Gesicht und zwei Gurkenscheiben auf den Augen, so wie Kleopatra. Sie stand nie auf. Kelly musste immer zur Haustür gehen, wenn jemand mit einem Paket oder so klingelte, und ihrer Mama zurufen, was los war.

Manchmal, wenn Kellys kleiner Bruder Leroy im Bett war, fragte ihre Mama uns über Jungs aus.

»Hauptsache, nicht ficken, Mädels«, sagte sie. »Blasen reicht völlig. Nichts gegen blasen. Sag mal, Kelly, sind deine Titten gewachsen?«

»Mutter«, sagte Kelly.

Einmal hatte Kellys Mama sich verliebt, aber der Typ war viel jünger als sie. Er war Grieche, und sie fand ihn richtig geil.

»Hast du Jacinta von meinem Neuen erzählt?«, fragte sie Kelly eines Morgens, als sie auf dem Sofa lag. Sie war dabei, sich die Fußnägel zu lackieren.

»Mutter ist verliebt«, sagte Kelly trocken und gleichgültig.

»Echt?«, fragte ich.

»Ja, ich glaub schon«, sagte Kellys Mama. »Also fast. Ein Grieche. Aber er ist zu jung. Der ist so jung. Der ist ein Kind. Kelly, sag Jacinta, wie alt mein Neuer ist.«

Kelly guckte mich missbilligend an.

»Der ist im Grunde genommen ein fucking Fötus«, sagte sie.

Kellys Mama setzte sich auf das Sofa auf und guckte mich an, zündete sich eine Zigarette an.

»Der ist 23«, sagte sie.

»Oh«, meinte ich. »Das ist wirklich jung.«

»Kelly, mach mal eine Tasse Tee für uns alle. Nicht in der Mikrowelle, mit dem Wasserkocher und so. Wir sind keine Zigeuner. Findest du, Cint, findest du ihn zu jung für mich?«

»Ja«, sagte ich.

Kelly meinte sarkastisch aus der Küche: »Ich musste ihm sagen, ich wäre ihre kleine Schwester und unsere Eltern wären tot.«

»Was?«, fragte ich.

Kellys Mama lachte. Sie lachte immer wie ein Maschinengewehr.

»Besser wäre es, wenn sie tot wären, die Wichser. Oder, Kelly? Besser, diese Wichser wären tot. Mich würde es freuen, wenn ich die Zeitung aufmachen würde, und da stünde drin, dass beide tot sind. Ja, und er hat's geglaubt, oder, Kelly? Er hat's geglaubt.«

Kelly kam mit dem Tee zurück.

»Warum soll er es nicht glauben, wenn wir ihm so was erzählen? Die Leute glauben meistens, was man ihnen erzählt.« Sie gab mir eine Tasse Tee.

»Jacinta, lass uns zur Schule gehen heute Nachmittag. Oder? Es kommt sowieso nichts im Fernsehen.«

»Kelly, holst du deinen Bruder von der Schule ab? Bitte, bitte, bitte, bitte? Ich bin so müde.«

Kelly guckte genervt, sagte aber ja.

»Oh, du braves Mädchen«, sagte ihre Mama. »Als Belohnung darfst du dir eine Zigarette aus meiner Tasche nehmen.«

Nachdem ihre Mama den Griechen kennengelernt hatte, ging Kelly öfter zur Schule, und wenn Kelly zur Schule ging, gingen wir auch, weil es nicht viele Eltern gab, die so relaxed bezüglich des Schulbesuchs waren wie ihre Mama.

Ein paar Wochen später war sie echt wütend, als sie zur Schule kam.

»Meine Mama, ey«, sagte sie. »Sie ist so eine nutzlose Schlampe. Die Frau sollte einfach erschossen werden.«

»Warum denn?«, fragte ich. »Du hast die coolste Mama der ganzen Schule. Du bist die Einzige in der ganzen Schule, die in ihrem Schlafzimmer rauchen darf.«

Kelly blickte mich wütend an.

»Meine Mama fährt mit ihrem griechischen Liebhaber in den Urlaub. Er zahlt.«

»Oh«, sagte ich. »Dann musst du alleine auf Leroy aufpassen, oder? Deswegen bist du sauer.«

»Och, das ist mir scheißegal mit Leroy, außerdem kann meine Cousine kommen, um mir zu helfen. Nein, das Problem ist, dass sie ihm erzählt hat, sie wäre 27.«

»Oh«, sagte ich.

»Und er will mit ihr nach Spanien fliegen.«

»Oh«, wiederholte ich.

»Und die doofe Kuh will nicht, dass er ihr echtes Alter auf dem Reisepass sieht.«

»Ach so«, sagte ich.

»Also hat sie sich von meinem Onkel Harry einen falschen Pass machen lassen. Sie fährt mit einem gefaketen Pass in den Urlaub. Das ist so scheiße von ihr. Ich habe sie angebettelt, es nicht zu tun. Sie könnte ihm einfach sagen, dass ihr echter Pass gefälscht ist. Aber die doofe Schlampe hört nicht auf mich. Also fährt sie in den Urlaub – und was passiert, wenn sie verhaftet wird? Was passiert dann? Ich hasse sie. Ich hasse diese Frau.«

»Oh, es wird schon gutgehen«, sagte ich.

Kelly guckte mich an. Sie hatte blonde Haare, so weißblond, und wütende, dünne Lippen und weiße Haut. Ihre Augen waren kalt.

»Und wenn nicht?«, fragte sie. »Was wird aus mir und Leroy, wenn sie verhaftet wird? Mein Onkel Harry ist auch ein Penner. Ich hasse meine ganze Familie. Ich hasse sie.«

Kellys Mama kam aber aus dem Urlaub zurück. Die Sache mit dem Griechen ging auch nicht weiter. Es gab aber andere Männer, viele. Jüngere, ältere, Bauarbeiter, auch Leroys Papa zog für eine Weile zurück nach Hause, das gefiel Kelly gar nicht. Aber nach ihrem 16. Geburtstag zog meine Freundin sowieso zu einem Cousin in einen anderen Bezirk. Sie war sehr klug, sie machte Abitur. Später studierte sie Medizin. Damals gab es keine Studiengebühren für Kinder alleinerziehender Eltern. Sie schrieb mir zwei Briefe aus der Uni, aber wir verloren den Kontakt.

»Kannst du dich an deine alte Freundin Kelly erinnern?«, fragt meine Mama mich am Telefon. »Sie war auch so klug wie du, sie war auch in dieser Hochbegabtengruppe.«

»Ja«, sage ich.

»Sie ist jetzt Hausärztin«, erzählt meine Mama. »Wohnt in Westlondon. Hat zwei Kinder. Ihre Mama darf ihre Enkelkinder nicht sehen. Die Kelly schämt sich wahrscheinlich, weil ihre Mutter in einer Sozialwohnung lebt und nicht arbeiten geht.«

»Ja«, sage ich.

»Ich hab sie im Supermarkt getroffen. Sie ist sehr traurig, würde ihre Enkel gern kennenlernen und so. Aber Kelly ist jetzt so richtig Mittelschicht, die schämt sich für ihre Herkunft. Ist voll die Bio-Tante und so. Ihre Mama hat mir erzählt, bei ihrem letzten Besuch sollte sie irgendeinen komischen Tee trinken, keinen normalen Tee, sondern was Komisches, wo man keine Milch rein tut. Nicht Kräutertee oder so. Was anderes.«

»Hmm«, sage ich. Ich denke, meine Mama redet von Grünem Tee, aber ich will es ihr nicht sagen, weil es dann eine anstrengende Konversation wird.

»Aber sie sieht Kellys Bruder noch. Der arbeitet im Baumarkt in Goodmayes.«

»Ach, das ist schön«, sage ich und denke an Leroy.

»Sie reden immer so viel über social mobility, oder, Jacinta? Die Politiker. Wir sollen alle socially mobile sein. Aber diese sogenannte social mobility, die reißt Familien auseinander, oder? Wie ein Erdbeben. Eine Bio-Tanten-Tochter in Westlondon, die du nicht sehen darfst, nur weil du ab und zu ein bisschen tagsüber trinkst und keinen komischen Tee zu Hause hast.«

Ich lächele.

»Sie war eine ganz tolle Mama, Kellys Mutter«, sage ich. »Sie hat immer ihr Bestes gegeben.«

»Ja«, meint meine Mama. »Sie trinkt aber, oder? Sie trinkt schon ein bisschen.«

»Ja«, sage ich. »Glaube ich auch, eigentlich.«

FRAUENHAUS

Bei Lennys Geburt haben die Ärzte mich mit Drogen vollgestopft. Weil ich so ein Weichei war. Ich hatte immer wieder zu der Ärztin gesagt: »Ich will eine Vollnarkose, und dann schneidet ihn mir einfach raus. Weckt mich auf, wenn es vorbei ist.« Das war ziemlich nervig für die Ärzte. Also stopften sie mich so voll mit Drogen, dass nicht mal *ich* ein Feigling sein konnte.

Das einzige Problem war, dass Lenny bei seiner Geburt lila aussah. Ziemlich dunkellila. Ziemlich hässlich, ehrlich gesagt. Ich wusste nicht, dass er wegen des Kaiserschnitts so lila angelaufen war. Ich dachte, dass er schwarz sei. Mein Exmann Markus ist ein weißer Deutscher, er weinte und küsste mich und weinte noch mehr.

»Was für ein prächtiger Junge«, sagte er.

Ach, schön, dachte ich. Obwohl der Junge offensichtlich nicht von ihm kommt, findet er ihn trotzdem prächtig. Das ist nett. Das einzig Komische war, dass ich mich gar nicht erinnern konnte, mit einem Schwarzen fremdgegangen zu sein.

Nach einer Weile stellte ich fest, dass Lenny doch weiß war, nur ein bisschen lila, und doch von Markus, höchstwahrscheinlich zumindest, aber dann bemerkte ich, dass er nur acht Finger und zwei Daumen hatte.

Ich war so high von den Drogen, dass ich dachte, man sollte zehn Finger und zwei Daumen haben.

»Ach, schade«, sagte ich mir. »Ein behindertes Kind. Ich

werde ihn trotzdem lieben, denke ich. Für immer lieben und beschützen und so weiter.«

»Was für ein tolles Baby«, sagte die Hebamme. »Das hast du gut hingekriegt. Was für ein prächtiger Knabe! Er ist wirklich prächtig.«

Ich guckte mein behindertes Baby an und wiederholte das Wort prächtig. Bevor ich einschlief, sagte ich mir: Die Deutschen gehen deswegen so politisch korrekt mit deinem behinderten Baby um, weil sie ein schlechtes Gewissen haben, wegen der Art und Weise, wie sie Behinderte im Dritten Reich behandelt haben.

Die Wirkung der Geburtsdrogen hat ein paar Tage angehalten. Ich schwamm durch die ersten Tage der Mutterschaft, glücklich, aber ein bisschen taub. Immer noch high halt. Aber an dem Tag, als ich mich zum ersten Mal wieder im Spiegel angeschaut habe, da war sie definitiv weg. In meinem ganzen Leben hatte ich noch nie etwas so Hässliches gesehen. Binnen einer Sekunde war ich nüchtern und blieb es auch ziemlich lang. Ich guckte mich an und sagte mir: »Das bist du im Spiegel, und du siehst verdammt hässlich aus, Mädchen.«

Die Zeit für peinliche Fehler war jetzt vorbei. Ab jetzt würde alles nur noch ernsthaft und richtig sein. Die Schwangerschaft war ein peinlicher Fehler, damit hatte ich mein ganzes Peinliche-Fehler-Guthaben aufgebraucht.

Ich habe Markus in einer Cocktailbar kennengelernt. Oh, was für ein Klischee. Das Erste, was Markus zu mir gesagt hat, war, dass er den Beruf wechseln wolle, weil sein Leben als Graphiker zu anstrengend sei. Ich ging nach Hause und schrieb in mein Tagebuch: Ich habe einen sehr interessanten Mann kennengelernt.

Eigentlich war ich da auch noch mit meinem palästinensischen Vertickerfreund zusammen. Wir lebten in einer kleinen

Wohnung mit Klo auf dem Gang und ohne Dusche. Wir mussten uns immer in der Küche über der Spüle waschen.

Geküsst haben Markus und ich uns aber erst, nachdem ich Schluss mit dem Palästinenser gemacht hatte. Obwohl er ein ziemlich schlechter Freund gewesen ist, tut er mir doch leid. Meine Haupterinnerung an unsere gemeinsame Zeit ist, wie er mich irgendwo wegsperrt – auf dem Balkon, in der Wohnung –, um dann mit meiner EC-Karte ganz viel Geld abzuheben. Einmal hat er mich so lange auf den Balkon gesperrt, dass ich in einen Eimer pissen musste. Auf diese Weise hat er das ganze Erbe meiner Oma ausgegeben, und ich konnte meinen Eltern nicht sagen, dass ich schon wieder pleite war, sechs Monate nachdem ich das erste Mal in meinem Leben Geld hatte. Aber ich spüre keinen Groll ihm gegenüber. Ich sehe ihn manchmal auf der Karl-Marx-Straße und fühle keinen Hass, nur Liebe und Schuld. Wahrscheinlich weil er so dunkel ist, schwarz eigentlich, und die Gesellschaft so rassistisch. Diese ganzen weißen deutschen Frauen mit ihren schwarzen Männern und ihren halb-schwarzen Babys, natürlich wollen sie auch sexy Typen und süße Babys, aber ich denke, sie wollen auch ihre Männer nicht so sehr hassen. Du kannst einem schwarzen Mann viel leichter vergeben als einem Weißen.

Als ich Markus zum ersten Mal sah, saß ich mit einer deutschen Frau und ihrem deutschen Freund zusammen. Svenja war meine beste Freundin, dachte ich zumindest, aber eigentlich war sie vor allem eine »Beste Freundin«-Junkie. Alle sechs Monate tauschte sie ihre aktuelle beste Freundin gegen eine neue aus – wie eine Handtasche. Aber das wusste ich damals noch nicht, als ich glücklich genug war, mich ihre beste Freundin zu nennen. Ihr Typ hieß Thilo, er war Markus' bester Freund. Wir saßen zusammen und tranken Cocktails, ich trank Sex on the Beach. Später war ich alleine mit Markus und erzählte ihm meine Lebensgeschichte. Ich war besoffen, und meine Lebensgeschichte wird immer interessanter für mich, je mehr ich trinke.

»Und meine Eltern«, sagte ich, »haben seit ihrer Scheidung keine Tasse Tee mehr zusammen getrunken!«

Er nickte. »Weil du Engländerin bist, weiß ich, dass das was sehr Schlimmes ist.«

»Keine Tasse Tee in 22 Jahren!«, rief ich.

»Ja, ja«, sagte er. »Ich weiß. Sehr schlimm.«

Markus war sehr hübsch, ich habe ein Baby gemacht mit dem hübschesten Mann, der je bereit gewesen ist, mit mir zu schlafen.

Ich habe Markus während der Schwangerschaft geheiratet. Ich hätte eigentlich abtreiben sollen, aber der Arzt zeigte mir eine Aufnahme von meinem Sohn, wie sein Herz pochte, und ich hatte plötzlich keinen Bock mehr. Außerdem meinte der Arzt, dass ich so eine Störung hätte, bei der man immer wieder schwanger wird, bis man ein Baby bekommt, weil man sich heimlich ein Kind wünscht. »Ach so«, sagte ich. »Ich dachte, ich werde immer schwanger, weil ich zu blöd zum Verhüten bin?«

»Kommen Sie schon!«, sagte er. »So schwer ist es nicht, zu verhüten!«

Es ist ein großes Problem in der westlichen Welt, dass ein Teil der Eltern nur deswegen Eltern geworden ist, weil sie es nicht geschafft haben, ordentlich zu verhüten, während die anderen Eltern wurden, weil sie es jahrelang geplant und gehofft und erwartet und gewünscht haben. Die Hälfte der westlichen Bevölkerung wird von nutzlosen Idioten erzogen, die andere Hälfte von paranoiden Kontroll-Freaks.

Das ist ein großes, wenn auch unlösbares Problem. Normale Menschen kriegen keine Kinder mehr, wieso sollte man das auch tun, wenn man normal wäre? Eigentlich sollten wir alle Frauen, die schwanger werden wollen, wegen Geisteskrankheit sterilisieren und allen Mamas, die aus Versehen schwanger werden, die Kinder abnehmen. Aber das geht natürlich nicht, weswegen wir so viel über Eltern lästern.

Eigentlich habe ich nur wegen der Krankenversicherung geheiratet. Ich bin nach Deutschland gekommen mit einer komischen Privatversicherung, die ungültig wurde, als ich schwanger war. Und ich wollte unbedingt familienversichert sein. Bei uns in England gibt es den Brauch, dass Frauen Männer am 29. Februar bitten dürfen, sie zu heiraten, und 2004 war ein Schaltjahr. Ich bat Markus – eigentlich flehte ich ihn an, und er sagte okay.

Meine Mama wollte, dass ich in Weiß heirate.

»Du solltest in Weiß heiraten!«, sagte sie.

»Aber Mama!«, sagte ich. »Ich habe so einen dicken Bauch. Man trägt Weiß, um zu zeigen, dass man Jungfrau ist. Weiß mit einem dicken Bauch, das sieht doch trashig aus.«

»Du hast vielleicht komische Vorstellungen, Jacinta Nandi!«, sagte meine Mama. »Es ist Brauch, dass man schwanger heiratet! Deswegen sind die Hochzeitskleider so dick und flauschig! Was denkst du denn?«

Aber meine Ehe hielt nicht lange. Wir haben im Sommer geheiratet, und fünf Wochen nach der Geburt meines Sohnes ging ich ins Frauenhaus. Zwei Wochen nachdem ich mich im Frauenhaus angemeldet hatte, traf ich in der U-Bahn eine Kinderkrankenschwester aus der Klinik.

»Eigentlich wohne ich jetzt im Frauenhaus«, sagte ich zu ihr.

Sie sah mich triumphierend an. »Hab ich's doch gewusst!«, rief sie zufrieden. »Das erzähl ich den anderen Schwestern, ich hab doch gesagt, dass du im Frauenhaus endest!«

»Ich kann nicht glauben, dass so eine tolle Frau wie du ins Frauenhaus musste«, sagt Jens. Wir trinken Jägermeister und er schmeckt mir nicht. Ich tue, was ich immer tue, wenn man diesen Satz zu mir sagt – ich breche sofort, und ich meine SOFORT, in Tränen aus.

»Oh mein Gott!«, sagt er. »Warum weinst du? Warum tust du das? Du hast so nah am Wasser gebaut, ey.«

Ich höre auf zu weinen, um Jens darüber zu informieren, dass ich diesen deutschen Spruch hasse. Ich höre genauso schnell auf zu weinen, wie ich angefangen habe, aber meine Nase produziert immer noch Schleim, den ich mit dem Handrücken wegwische. Dann tue ich so, als wäre meine Hand nicht voller Rotz.

»Ich hasse diesen deutschen Spruch!«, sage ich. »Ich finde es so unpassend als Metapher. Das Wasser in einem Fluss oder in einem Meer ist so kalt und sauber und frisch, und das Wasser, das aus deinen Augen kommt, ist so heiß und salzig und schwer. Es ist wie Sperma. Oder wie das Wasser im Thermalbad. Dieser Spruch ist von irgendeinem Arschloch erfunden worden, das nie geweint hat. Dabei fühlt es sich so gut an, wenn das heiße Wasser dein Gesicht herunterläuft. Das ist eigentlich voll der Nazispruch. Haben die Nazis diesen Spruch erfunden? Sie haben schließlich den Muttertag und das Jugendamt und die Autobahn erfunden.«

»Ja«, sagt Jens. »Aber Jacinta, wie ist es dazu gekommen, dass du dahin musstest? Was ist passiert? Das verstehe ich nicht.«

Manchmal kann ich mich nicht entscheiden, ob Jens oder Marek mein bester deutscher Freund ist. Ich glaube, Marek ist ein bisschen klüger. Jens verstehe ich aber besser. Marek nuschelt. Und bei Jens langweile ich mich nie. Niemals. Bei den meisten Leuten spüre ich die ganze Zeit so ’ne panische Angst vor Langeweile. Ich fürchte mich vor der kommenden

Langeweile, aber auch vor der Erkenntnis, dass ich mich vielleicht bereits langweile, es aber noch nicht bemerkt habe. Bei Jens denke ich überhaupt kein bisschen an Langeweile, obwohl er sehr, sehr langsam spricht.

»Ich weiß es nicht«, sage ich. »Die Hebamme hat mir gesagt, dass es am besten wäre. Markus wollte unbedingt, dass ich stille, hat mich dabei aber immer angeschrien.«

»Warum hat er dich denn angeschrien?«

»Wegen dem Winkel«, sage ich.

»Wegen dem Winkel?«, fragt Jens, total überrascht.

»Wegen des Winkels«, sage ich.

»Ja«, sagt Jens. »Wegen des Winkels. Aber welchen Winkel meinst du?«

»Wegen dem Winkel meiner Brustwarze«, sage ich, und Jens fängt an, zu lachen. Das mag ich so an ihm, dass er die Sachen, die ich erzähle, fast immer lustig findet.

»Und dann bist du ins Frauenhaus gegangen? Wegen dem Winkel?«

»Er hat mich geschlagen«, sage ich. »Aber ich hatte keine Angst um mein Leben oder so was. Ich brauchte nur eine Unterkunft, so lange, bis ich eine Wohnung gefunden hatte.«

»Ja«, sagt Jens. Er trinkt sein Jägermeister-Glas aus. »Wegen dem Winkel!«

»Sie waren immer gegen mich«, erzähle ich. »Er und die Hebamme. Man musste stillen, sechs Monate voll stillen, und die Wassertemperatur mit einem Thermometer messen, und den Babypopo mit einem Fön statt mit einem Handtuch trocknen und so.«

»Ja«, sagt Jens. »Sie sind schon wahnsinnig, die Hebammen.«

»Und dann wollte ich Lenny Hipp-Milch geben. Eines Abends. Weil Lenny immer geschrien hat, und mein Ex noch lauter. ›Guck mal den Winkel an, ich kann mir den Winkel nicht mal angucken, so wird er nie satt, sieh dir an, was du ihm antust! Ich kann mir den Winkel deiner Brustwarze nicht angucken! Bitte, Jacinta, ich rufe die Hebamme an, und du stillst vor ihr, du zeigst ihr deinen Winkel, und sie sagt dir, ob dieser Brustwarzenwinkel der richtige ist.‹ – ›Geh weg, Markus‹, sagte ich, ›lass mich in Ruhe.‹ – ›Zumindest solltest du vorm Spiegel stillen!‹ – ›Geh weg, Markus‹, sagte ich noch mal. Nachdem ich mit dem Stillen fertig war, ging ich in sein Bürozimmer und sagte: ›Wenn ich so schlecht im Stillen bin, dann werde ich die Hebamme anrufen und sie fragen, ob wir künstliche Milch zufüttern können.‹ Er schrie mich an: ›Du willst Hipp-Milch benutzen! Stillen ist das Einzige, was ich nicht machen kann, das ist das Einzige, was du machen musst, und das schaffst du nicht! Du hättest abtreiben sollen! Du bist völlig krank im Kopf!‹«

Jens lacht sich wieder tot.

»Ach!«, sagt er. »Völlig irre!«

»Ich rief die Hebamme an, ich wollte, dass sie vorbeikommt und Markus sagt, dass Hipp-Milch nicht vergiftet ist. Ich fragte sie: ›Kannst du Markus sagen, dass Hipp-Milch nicht vergiftet ist?‹ Und sie so: ›Sechs Monate voll stillen, das ist das Beste für Sie und Ihr Kind.‹«

»Und dann schlug er dich?«

»Und dann habe ich sie noch mal angerufen, und sie gab mir die Telefonnummer eines Frauenhauses und ich ging weg.«

»Du hast einen sonderbaren Männergeschmack, Jacinta«, sagt Jens. Und ich weiß, dass er recht hat.

Denn: Mein Exmann ist geisteskrank. Ich meine das als Beleidigung. Ich meine das als behindertenfeindliche Beleidigung. Es ist ein, wie die Amis sagen würden, *ableist slur*. Ich mache voll die *ableist slurs* ihm gegenüber. Der ist völlig psychisch gestört. Der ist krank. Der ist irre. Der ist verrückt. Der braucht

Hilfe. Ich meine das als Beleidigung, deswegen ist es geisteskrankenfeindlich.

Vor ein paar Jahren hatte ich echt vor, nie wieder etwas politisch Inkorrektes zu schreiben. Weil ich es satthabe, dass deutsche Leute mir ständig sagen: »Deine Texte sind so herrlich politisch inkorrekt!« Etwas, das Deutsche so glücklich macht, kann nicht gut sein. Ich glaube, dass ich nie besonders frauenfeindlich oder ausländerfeindlich gewesen bin, aber jetzt versuche ich eigentlich, auch nicht mehr schwulenfeindlich, transphob oder behindertenfeindlich zu sein. (Ich gönne mir eine kleine Ausnahme bei Dickenfeindlichkeit, weil ich selbst dick bin und abnehmen könnte, wenn ich aufhören würde, ständig zu essen.)

Für meinen Exmann muss ich meine politisch korrekten Vorsätze aber leider total brechen. Der ist ein geisteskrankes Arschloch, und Deutschland wäre eine glücklichere, gesündere Nation, Deutschland wäre sicherer, wenn Exehefrauen ihre Exehemänner zwangsinhaftieren und zwangsgehirnamputieren lassen könnten.

Markus ist so krank. Der hat so viele kranke Sachen gemacht. Eine Woche vor der Geburt weckte er mich auf, um mich zu informieren, dass manche Teller in der Wohnung böse seien und manche nicht. Ich wollte einfach nur meine Ruhe, also bin ich aufgestanden und in die Küche gegangen, um die Teller in böse und nicht-böse zu sortieren. Am Tag vor der Geburt warf er mir vor, ich würde Fliegen töten und die Fliegenleichen über die Wände unserer Wohnung schmieren, obwohl er Vegetarier sei. Nach der Geburt schrie er mich dann immer wegen meiner Stilltechnik an.

Mein Mann ist so krank im Kopf, dachte ich, und nachdem er mich geschlagen hatte, hörte ich auf meine Hebamme und ging ins Frauenhaus. Ich respektiere Hebammen eigentlich nicht, aber meiner bin ich voll gehorsam gefolgt.

Nachdem ich aus dem Frauenhaus kam, zog ich in eine Zweizimmerwohnung in Friedrichshain. Ich ging fast jeden Tag zum Spielplatz – das Tolle an Friedrichshain sind die vielen Spielplätze, es gibt mehr Spielplätze als Judensteine. Ach, vielleicht ist diese Metapher auch nicht politisch korrekt.

Einmal rief mein Ex mich auf dem Handy an und hinterließ eine Voicemail-Nachricht. »Ich vermisse Lenny so sehr!«, schniefte er ins Telefon. »Ich habe ihn seit sechs Tagen nicht gesehen! Meine Beziehung zu ihm geht total kaputt!«

»Komm vorbei!«, schrieb ich. »Wir sitzen auf dem Spielplatz, auf dem Spielplatz in der Schreinerstraße.« Markus kam vorbei. Lenny saß auf seinem Bobby-Car – es gab so einen Pfad aus Holzbohlen, der den Spielplatz teilte, und die Kinder hatten ihn zu ihrer Rennstrecke für Bobby-Cars gemacht. Mein Ex sah den Kleinen auf dem Bobby-Car – hoch, runter, hoch, runter, sehr konzentriert, total beschäftigt. Sein Gesicht sank in sich zusammen, wie bei einem Kind, das mitgekriegt hat, dass die Pizza, die du versprochen hast, eigentlich Flammkuchen ist, oder die Nudeln aus Vollkorn sind oder das Pesto hausgemacht. Sein Gesicht ist grau geworden und in sich zusammengefallen.

»Bobby-Cars sind total gefährlich!«, rief er panisch.

»Was?«, sagte ich.

»Ich habe es gelesen!«, rief er. »Wenn Kinder so lange auf einem Bobby-Car sitzen, wachsen ihre Beine nicht richtig! Man muss so ein Lenkrad aus Holz kaufen! Ich war heute in einem Spielzeugladen! Der Ladenbesitzer hat es bestätigt! Es ist total leichtsinnig, dass du ihm das erlaubst!«

Eine deutsche Mama, mit der ich gerade über meinen Psychoex gelästert hatte, guckte hoch. Ich verdrehte die Augen, ich dachte, wenn sie sieht, was für einen Kranken ich aus Versehen geheiratet habe, wird sie sich sofort mit mir solidarisieren.

»Sei nicht albern, Markus«, sagte ich. »Sie sitzen nicht lang genug auf ihren Bobby-Cars, als dass es der Beinentwicklung schaden könnte, nicht einmal, wenn das stimmen würde. Der Spielzeugladenbesitzer wollte dir einfach ein Lenkrad verkaufen.«

Ich widmete mich wieder meiner Zeitschrift und sah aus dem Augenwinkel, wie die deutschen Eltern zu ihm gingen. Jetzt wird er sehen, dachte ich, wie normale Leute auf so was reagieren. Jetzt wird er erkennen, dass er ein Problem mit Panik und Paranoia hat. Aber die deutschen Eltern lehnten ihn gar nicht ab. Stattdessen wurde er zum Star des Spielplatzes. Alle wollten etwas über die Gefahren von Bobby-Cars erfahren, sie glaubten ihm sofort, manche hatten es schon geahnt, andere schmissen die Bobby-Cars ihrer Kinder gleich in die Mülltonne. Mein Ex stand da und predigte, er war wie Martin Luther King: Ich habe einen Traum. Ich träume davon, dass eines Tages keine Kinder mehr mit deformierten, geschädigten Beinen durch Deutschland watscheln werden. Die Eltern hörten zu und notierten die Adresse des Spielzeugladens, wo man das teure hölzerne Gut-für-Kinderbeine-Lenkrad kaufen konnte.

Am Abend rief ich meine Mama an. Zuerst musste ich ihr erklären, was ein Bobby-Car ist.

»So wie mein Tut-Tut-Auto«, sagte ich.

»Der ist krank«, erklärte sie. »Kannst du ihn nicht zwangseinweisen lassen? Der braucht Hilfe. Der braucht medizinische Hilfe. Der braucht Pillen zur Beruhigung und eine Therapie, um die Ursachen seiner Angst zu erforschen.«

»Der ist nicht krank«, sagte ich. »Also, na ja, er IST krank, aber das ganze Land ist so. Der ist normal für sein Land.«

»Das ganze Land ist krank«, sagte sie.

Ich nickte am Telefon. »Das Land ist ganz okay eigentlich«,

meinte ich. »Aber die Menschen, die da leben, die spinnen echt.«

»Schade eigentlich!«, sagte meine Mama.

»Ja«, gab ich zu. »Eigentlich schade.«

Es gefiel mir, in Friedrichshain zu leben, und ich habe viele neue Freunde gefunden, auch Ausländer, Engländer und Amerikaner und so, aber nicht nur. Eines Abends, Lenny war bei seinem Papa, war ich bei einer britischen Freundin zum Abendessen eingeladen und lernte eine amerikanische Alleinerziehende kennen. Sie hatte Haar, das schwang und tanzte wie in einer Shampoo-Werbung. Ich war ein bisschen neidisch. Meine Haare tanzen nicht. Sie haben nie getanzt. Da diese Frau Ami war, erzählte sie viele Geschichten und Anekdoten, und wenn sie bei den wichtigsten Momenten ihrer Anekdoten ankam, machte sie eine Bewegung mit dem Kinn, um diese wichtigsten Momente zu betonen, und da schwang ihr schwungvolles Haar noch mehr und ich wurde noch neidischer.

Wir redeten über Kinder, über Kindsväter, über Geld und Unterhalt und auch über Trennungen. Sie lachte wie eine selbstbewusste böse Frau in einem Hollywood-Kinderfilm.

»Irgendwann war mal Schluss bei mir«, sagte sie. »Und ich wusste, dass Schluss war. Mit diesem Mann konnte ich überhaupt nicht mehr zusammenwohnen. Und ich wusste, ich wusste sofort, dass es vorbei war, und für mich war total klar, dass ich in der Familienwohnung bleiben würde. Also sagte ich zu ihm: Freundchen, deine Zeit ist um. Pack deine Koffer und verschwinde. Deine Kinder kannst du sehen, wann immer du willst – aber nicht unter meinem Dach. Ciao, ciao. Da. Da ist die Tür. Ach, wie er gestaunt hat! Der hat gestaunt! Aber meine Würde ist nicht verletzt worden. Und wie war es bei euch?«

Während sie sprach, hatte sie ihr Kinn so sehr rumgeschmissen, dass mir beim Beobachten schwindlig wurde.

Ich sagte: »Was?«

Sie meinte: »Als du deinen Mann verlassen hast. Wie war das?«

Ich guckte sie an. Nach einer Pause sagte ich: »Ziemlich ähnlich.« Ich öffnete meinen Mund mit einer Kinnbewegung, um noch mehr zu sagen, aber dann schloss ich ihn wieder.

Es war auch die Wahrheit, mit dem ziemlich ähnlich. Zum Beispiel mit der Würde. Das war ziemlich ähnlich. Meine Würde ist auch nicht verletzt worden, als ich meinen Exmann verlassen habe. Allerdings lag das bei mir an der Tatsache, dass ich während meiner Ehe keine Würde hatte. Eine sterbende Kakerlake besitzt mehr Würde als ich damals. Meine Würde konnte gar nicht mehr verletzt werden. Stimmt schon, als ich gegangen bin, bin ich feige und würdelos gegangen. Ich habe sogar einen Lügen-Zettel hingelegt. »Ich bin morgen wieder da. Ich schlafe bei Cerian.« So einen Lügen-Zettel, den nur ein wahrer Feigling schreiben kann. Und dann kroch ich weg, mit der Würde eines kaputten Insekts. Mit der Würde von Gregor Samsa, nachdem sein Papa ihn mit einem Apfel beworfen hat, und ein Stück faulender Apfel blieb in seinem Rücken steckengeblieben.

Auch das mit dem Freundchen und da ist die Tür und so war anders. Ich glaube, ich habe nie in meinen über 30 Jahren auf diesem Planeten zu einem Mann Freundchen gesagt, oder ihm gezeigt, wo die Tür ist, es sei denn, er war Handwerker und kam in meine Wohnung, um eine Tür zur reparieren.

Was aber ziemlich ähnlich war, ist, dass mein Ex so richtig gestaunt hat.

Erst haben wir uns zwei Wochen nicht gesehen. Und dann trafen wir uns, im Dunkin' Donuts am Zoo.

»Ich dachte, du würdest mich nicht in einer Milliarde Jahren verlassen«, sagte er.

»Aber du warst so gemein«, sagte ich. »Du warst so gemein zu mir.«

»Ich habe niemals an die Möglichkeit gedacht, dass du weggehen könntest. Ich habe drei Tage lang deinem Zettel geglaubt, weißt du das?«

»Aber du warst so gemein zu mir.«

»Ich hätte nie geglaubt, dass du weggehen könntest.«

Ich war wütend. »Ich komme nicht aus einem Dritte-Welt-Land. Natürlich geht man weg, wenn jemand so ist, wie du warst. Ich hätte nicht mehr bleiben können. Ich wäre gestorben.«

»Ja«, sagte er. »Aber das dachte ich nie. Also, ist mir nie eingefallen. Ich dachte, du bist so schwach, du bleibst immer bei mir.«

In der ersten Zeit im Frauenhaus wohnte eine türkische Frau im Zimmer neben mir. Sie hatte es zehn Jahre bei einem Psychopathen ausgehalten. Komisch, dass man immer denkt, dass diese Frauen, diese Frauenhausfrauen, schwach seien. Sie war eine der stärksten Frauen, die ich je kennengelernt habe. Ihre Haut war gelb und ihr Körper abgemagert und hart. Der Mann hatte sie und die Kinder jahrelang gefoltert. Nicht nur geschlagen, sondern richtig gefoltert. Es war schwer, Details in Erfahrung zu bringen. Ich hatte etwas von Zucker und heißem Öl gehört, das langsam auf die Haut tropft. Alle Frauen waren begeistert, wenn eine mehr Details rausgekriegt hatte. Er hatte sie nachts aufgeweckt, um sie zu foltern. Um drei, um vier, um fünf. Manchmal folterte er sie, manchmal schlug er sie bloß mit dem Gürtel. Sie blieb bei ihm, Jahr um Jahr ist sie geblieben. Ich bewunderte sie dafür, alle im Frauenhaus bewunderten sie dafür. Wie hat sie das ausgehalten, hieß es, wie hat sie es bloß ausgehalten? Sie war die Königin, die gelbe, harte, abgemagerte Königin des Frauenhauses.

Einmal saß sie in der Küche und rauchte. Das war verboten, aber sie hatte keine Angst. Wer Folter übersteht, erträgt auch eine selbstzufriedene Sozialarbeiterin-Fotze.

Ich kochte eine Baby-Flasche aus, um sie zu desinfizieren.

»Was machst du?«, fragte sie mich.

»Ich muss Flasche desinfizieren«, sagte ich.

»Was?«

»Wegen Gesundheit.«

Sie schüttelte den Kopf. »Manche Kinder sterben. Manche nicht. Muss nicht desinfizieren. Muss warten, gucken, ob sie sterben oder nicht.«

»Ich will nicht, dass er stirbt«, sagte ich.

Sie bleckte die Zähne. »Er stirbt nicht«, sagte sie. »Hör auf jetzt. Du nervst.«

Wer denkt, dass die Opfer häuslicher Gewalt schwach sind, hat diese Frau einfach nicht kennengelernt. Sie hätte Kristina Schröder zum Frühstück verspeisen können. Sie hätte Alice Schwarzer mit einem Tritt töten können. Sie war die härteste kleine gelbe Frau, die ich je in meinem Leben kennengelernt hatte.

Nachts sind ihre Kinder aufgewacht und haben geschrien. Die Sozialarbeiterinnen fragten uns, ob es uns nervte, erklärten uns, dass die Kinder gestört seien.

»Sie sind sehr gestört«, erklärte Silke, langsam, vorsichtig, supernett, geduldig, mitleidsvoll. »Die Kinder sind sehr gestört. Sie schreien wegen ihrer psychischen Störung. Wir bitten alle Mitbewohnerinnen um ihre moralische Unterstützung. Hat es eigentlich eine von euch gestört? Wen denn? Ich will eine Liste machen, einfach fürs Protokoll.«

Ich war noch nicht so lange im Frauenhaus, hatte mich

noch nicht so sehr in die Sozialarbeiterinnen-Fotzen verliebt. Damals war mir klar: Eigentlich wollten sie bloß lästern. Und obwohl ich zugebe, dass ich so ziemlich von Anfang an eigentlich immer bereit war, zu tun, was die Sozialarbeiterinnen von mir verlangten, zu dieser Zeit, also, wenn es um die Türkin im Zimmer neben mir ging, da war meine Bewunderung für diese starke Frau viel größer als mein Verlangen nach Anerkennung der Sozialarbeiterinnen.

»Ich höre nix«, sagte ich. »Ich höre nie was.«

Ich hörte doch was. Ich hörte, wie die Kinder wach wurden und dann wie am Spieß schrien und wie die Türkin im Zimmer nebenan zuerst versuchte, sie zu beruhigen, dann aber die Kontrolle verlor und sie schlug. Am meisten den Jungen. Sie schlug ihn, bis er schlief, so wie in alten Märchen, wo die Kinder so hungrig sind, dass die Mütter sie nur zum Einschlafen bringen können, indem sie sie schlagen. Mein Baby schlief neben mir und ich lag wach und hörte zu, wie die Türkin im Nebenzimmer ihre Kinder schlug.

Ich bin keine starke Frau. Ich habe kein schwungvolles Haar. Nicht mal gelbe Haut habe ich. Ich habe nie zu einem Mann Freundchen gesagt. Aber ich hätte auch keine jahrelange Folter ertragen können. Ich bin sofort gegangen, sofort, als ich konnte. Und ich habe einen Lügen-Zettel hinterlassen. Aber wenn ich nicht wie eine kaputte würdelose Kakerlake weggekrochen wäre, hätte ich nicht weggehen können. Und da ich zu schwach zum Bleiben war, war der Kakerlaken-Abgang meine einzige Möglichkeit, um zu überleben. Aber ich bin glücklich, dass ich weggegangen bin.

Mit Jens und seinem Kumpel Paul fahre ich irgendwann lange nach dieser Zeit nach Westberlin. Es ist sehr früh an einem Sonntagvormittag. Jens sagt die ganze Zeit, dass es ihn in

Westberlin schaudert. Paul und ich lachen ihn aus. Er sagt, es schaudert ihn wegen der Architektur. Paul ist am Fahren, er macht dann immer Witze wie: Guck weg, Jens, es gibt da vorne so ein hässliches Westhaus! Mich schaudert es auch, weil wir am Frauenhaus vorbeifahren, in dem ich gewohnt habe, nur darf ich nichts sagen, weil die Location Top Secret ist und so. Man darf die Adresse niemandem sagen. Vielleicht schlagen Jens oder Paul irgendwann mal ihre Frauen oder Freundinnen, dann sollen sie nicht wissen, wo das Haus liegt.

Die Sozialarbeiterinnen, die in diesem Frauenhaus gearbeitet haben, waren selbstzufriedene Fotzen. Sie waren nicht nur Fotzen, sie waren selbstzufriedene Fotzen – und das ist die schlimmste Art Fotzen, die es nur geben kann, oder? Gibt es eine schlimmere Art Fotze als eine selbstzufriedene?

Einmal kam zum Beispiel der Chef der ganzen Stiftung vorbei. Man wusste immer, wann ein Mann im Gebäude war – egal, ob ein Klempner, Arzt oder der Chef der ganzen Stiftung –, weil die Kinder dann total aufgeregt durch die ganze Einrichtung rasten, um allen Bewohnerinnen zuzurufen: »Da ist ein Mann im Haus! Ein Mann ist im Haus! Heute ist ein Mann im Haus!«

Für die Kinder im Frauenhaus war das sehr aufregend. Das war, wie wenn es in England schneit. In England wird der Unterricht bei Schnee immer eine Stunde lang unterbrochen, so dass die Kinder eine Schneeballschlacht machen können. Wenn es anfängt zu schneien, gucken die Kinder die ganze Zeit raus, um zu kontrollieren, ob bald genug Schnee für eine Schneeballschlacht-bedingte Pause da ist. »Miss! Es schneit! Miss! Guck auf den Schulhof! Schnee! Der Schnee bleibt liegen! MISS! Es schneit wirklich!«

Eine Ausnahmesituation also.

Als an jenem Tag also der Chef der Stiftung zu Besuch kam,

rannten die Kinder durch das ganze Gebäude und klopften an jede Tür. »Da ist ein Mann im Haus! Ein Mann ist im Haus!«

Wenn du die Tür geöffnet hattest, riefen sie: »Jacinta! Da ist ein Mann im Haus! Wirklich!« Und dann rannten sie schnell weiter.

Mein Sohn schlief und ich saß mit einer Ukrainerin auf meinem Bett, und wir unterhielten uns. Ich will nicht kitschig klingen, aber diese Ukrainerin, Natalyia, war wirklich das hübscheste Mädchen, das ich je kennengelernt hatte, trotz einer kleinen Narbe am Kinn. Dafür war sie nicht besonders intelligent. Die *Zitty* hatte einmal einen Leserbrief von mir veröffentlicht, und für sie war das der Beweis dafür, dass ich überdurchschnittlich intelligent war. Sie las ihn immer wieder und fragte mich staunend, voller Bewunderung: »Aber wie kamst du darauf, so einen Brief zu schreiben? Woher nimmst du solche Ideen? Aus deinem Kopf? Und dann hast du sie einfach so aufgeschrieben? Und dann hast du den Brief weggeschickt? Und sie haben es gedruckt? Wow. Vielleicht bist du ein Genie.« Aber wie gesagt, Natalyia war wunderschön, und in der Politik oder sogar in der Literatur sind viele genauso dumme oder noch dümmere Menschen beschäftigt und sehen dabei teilweise richtig hässlich aus, also schämen brauchte sich dieses Mädchen wirklich nicht.

Sie hasste Polinnen. Wenn deutsche Männer ihre Türkenfeindlichkeit durch die Tatsache, dass ein Türke ihre Ex gefickt hat, rechtfertigten, sind sie für mich normalerweise auf der Stelle gestorben. Du Nazi-Muschi, denke ich mir, man darf Nazi sein, oder Muschi, aber beides, beides geht nicht, beides ist eine Frechheit. Und ich stecke die Männer in eine Schublade, auf der ein Sticker mit den Wörtern »Eigentlich tot« klebt. Bei der Ukrainerin war's anders, das gebe ich zu. Ihr Mann hatte sie mit 19 aus der Ukraine geholt und mit 22 aus der Wohnung geschmissen, zwei Wochen bevor sie den langfristigen Aufenthaltstitel kriegen sollte, um eine 18-jährige Polin bei sich einzuquartieren. Natalyia vergab ich immer, und zwar ziemlich sofort, wenn sie über Polinnen lästerte: »Jacinta. Hast du jemals eine Polin gekannt, nur eine, die keine Schlampe war? Ich kenne keine. Ich kenne wirklich keine. Nicht mal eine.«

»Was ist mit dem Papst?«, fragte ich

»Ich meinte doch die Frauen, Jacinta«, sagte Natalyia, und ich vergab ihr. Ich weiß nicht, ob ich heuchlerischer bin, als sie schön war, oder umgekehrt.

Also, an diesem Tag saßen wir zusammen, und die Kinder klopften und Lukas rief: »JACINTA! Ein Mann ist im Haus! EIN MANN!« Und sie waren schon weitergelaufen, um an die anderen Schlafzimmertüren auf dem Korridor zu klopfen, da rief die Ukrainerin ihnen hinterher: »Lukas! Lukas! Wie sieht er aus? Der Mann im Haus? Ist er Doktor? Ist er hübsch? Sollen wir uns schminken?«

Lukas kam wieder ein paar Schritte zurück.

»Das ist kein Arzt«, sagte er. »Das ist der Chef der ganzen Stiftung.«

Natalyia kam wieder zu mir rein, trug neues Lipgloss und frische Mascara auf.

»Komm, Jacinta«, sagte sie. »Ich will den sehen, den Chef der ganzen Stiftung. Den will ich mal sehen.«

Wir schlichen runter, ich ließ Lenny noch schlafen, hoffte, dass er nicht wach würde. Wir setzten uns auf die kalten Steintreppen und sahen uns den Chef der ganzen Stiftung an.

Die Sozialarbeiterinnen zeigten ihm alles: die Küche, das Wohnzimmer, das Mütterversammlungszimmer und das Hausversammlungszimmer. Überall hingen Zettel mit Mahnungen und Drohungen. Warnungen, zu spät zur Hausversammlung zu kommen, die Mütterversammlung oder den Beratungstermin zu verpassen. Verbote, in der Küche zu rauchen oder

Waschpulver statt Waschgel zu benutzen. Aufforderungen für den Putzdienst und den Bürodienst, die Ankündigung der nächsten Mütterversammlung und so weiter und so fort. Überall Zettel. Es gab kaum noch einen freien Zentimeter Wand.

Der Chef der ganzen Stiftung sah sich die ganzen Zettel an, ein bisschen verblüfft.

»Aber wie sollen die vielen Ausländerinnen diese Zettel verstehen?«, fragte er. »Wäre es nicht sinnvoll, die wichtigsten zu übersetzen? Vielleicht würden zum Beispiel türkische, arabische und russische Übersetzungen ausreichen? Sie müssten ja nicht alle Zettel übersetzen. Nicht den mit dem Waschpulver zum Beispiel. Aber die wichtigsten.«

Silke, die selbstzufriedenste Fotze der ganzen selbstzufriedenen Fotzen, grinste, die pure Freude.

»Nein«, sagte sie strahlend. »Irgendwie klappt es immer. Also, meistens. Meistens klappt das. Ab und zu schafft eine Frau es nicht, sich an diese Regeln zu halten. Es sind oft Ausländerinnen, die es nicht schaffen. Aber die meisten schaffen es schon, irgendwie. Und wir übersetzen nicht, die Frauen müssen das zwischen sich klären. Wir übersetzen grundsätzlich nicht. Und meistens – oder oft – klappt es ja auch.«

Sie strahlte den Chef der ganzen Stiftung an. Keine Oma hat Hitler in Nazi-Deutschland glücklicher angestrahlt. Sie war so glücklich und zufrieden, wie die meisten Frauen nur sein würden, wenn sie entdeckten, dass sie von Brad Pitt schwanger wären. Glücklich war sie. Zufrieden war sie. Sie freute sich tatsächlich.

Aber sie freute sich nicht wegen der Tinte oder wegen des Papiers, das sie gespart hatten. Oder weil es einfach nicht machbar war, irgendeinen weiteren Zettel an der Wand unterzukriegen, außer an der Decke. Nee, sie freute sich, weil es ihr gelungen war, Leuten das Leben ein kleines bisschen schwieriger zu machen, Leuten, die ganz offiziell die hilflosesten machtlosesten Verlierer in der offiziellen Geschichte der hilflosen machtlosen Verlierer waren. Sie war wie jemand, der zuguckt und sich totlacht, wenn ein Behinderter im Schnee aus seinem Rollstuhl fällt. Sie war eine selbstzufriedene Fotze.

Wahrscheinlich denkt ihr jetzt, ich muss sie gehasst haben. Nicht nur Silke, sondern jede von ihnen, alle selbstzufriedenen Fotzen. I WISH. Die Wahrheit ist, ich liebte sie. Ich wollte ihre Anerkennung und Zuneigung, Lob und Liebe und so. Ich tat alles, was von mir verlangt wurde. Ich kam nicht mal zu spät zur Hausversammlung. Ich habe nie die Mütterversammlung geschwänzt. Ich habe beim Wäschewaschen nie Waschpulver statt Waschgel benutzt. Und noch dazu habe ich die Ausländerinnen verpetzt, die Waschpulver statt Waschgel benutzten. Ich habe eigentlich alle verpetzt. Manchmal auch heimlich. Einmal anonym. Zum Beispiel, wenn in der Küche geraucht wurde, oder auf den Zimmern. Wenn bei der Mütterversammlung abgestimmt wurde, ob eine Frau rausgeschmissen werden sollte, weil sie abends in die Disko gegangen war und ihre Kinder alleine im Zimmer gelassen hatte, gab ich meine Stimme ab. Ich wählte immer, sie solle ausziehen. Ich wollte den Sozialarbeiterinnen gefallen, und denen gefiel es, wenn wir uns nicht mochten.

Die Location dieses Frauenhauses ist Top Secret. Niemand darf es erfahren. Aber sie ist in Westberlin. Und manchmal, wenn ich eine bestimmte U-Bahn-Linie in Westberlin entlangfahre, komme ich an dem U-Bahnhof vorbei, wo dieses Top-Secret-Location-Frauenhaus top secretly located ist. Und dann schmecke ich in der Kehle immer ein kleines bisschen alte Kotze. Hinten im Hals. Wenn du besoffen zur Arbeit gehst und dann musst du kacken, so eine schwarze, schleimige Kacke, und danach bist du plötzlich nicht mehr besoffen, sondern verkatert, und schmeckst Kotze hinten im Hals – genauso ist das. Ich weiß, was dieser Kotzgeschmack ist. Das bin ich selber. Ich kotze mich selber an. Weil ich diese Menschen hasse, die ich mal geliebt habe. Weil ich weiß, dass sie Fotzen sind. Selbstzufriedene Fotzen. Und die einzige Fotze, die noch schlimmer ist als eine selbstzufriedene Fotze, das ist die, die sich selber hasst. Und das bin ich.

MEIN KOMISCHER FREUND

Nach Lennys Geburt war ich lange Zeit alleine und hatte kein Interesse an Sex. Ich habe nicht mal masturbiert. Aber als Lenny ein Jahr alt war, habe ich mich in einen verheirateten Mann verliebt. Wie alle Männer, deren Ehefrauen Sex verweigern, wollte er eigentlich nur, dass ich einen Orgasmus bekomme. Das war das Hauptziel seines Lebens. Manchmal kam er kurz vorbei, nur um mir die Muschi zu lecken, er hatte nur eine halbe Stunde Zeit, und in dieser halben Stunde wollte er nur, dass ich komme. Das war Ficken als Wellness, das gefiel mir.

Und dann habe ich mich in Peter verliebt.

Das erste Mal habe ich mit Peter gefickt, nachdem wir einen ganzen Abend im Treppenhaus einer Schwulenbar geknutscht hatten. Deutsche Jungs sind so gut im Ficken, dass sie Frauen nicht austricksen, um sie rumzukriegen. Sie haben es nicht nötig, weil die Frauen wissen, dass sie höchstwahrscheinlich einen Orgasmus kriegen. Sie sagen zum Beispiel: »Wir könnten zu mir gehen, ich habe Kondome und Bier, was meinst du?« Britische Jungs sind nicht so talentiert im Bett, die Frauen haben nicht so viel davon, mit ihnen zu ficken, nur 20 Prozent Orgasmus-Rate, deswegen müssen britische Jungs immer tricksen. Sie erfinden dann, was sie so alles in ihren Wohnungen hätten, Gitarren oder DVDs und so. Peter hat mir damals auch Lügen erzählt.

»Ich kann nicht zu dir kommen«, sagte ich. »Ich bin überhaupt nicht rasiert.«

»Ich habe alles, was wir brauchen«, sagte mein Ex. »Rasierklinge, Geld fürs Taxi, Wodka und alle Zutaten für einen White Russian. Ab jetzt musst du keine Entscheidungen mehr treffen.«

Im Taxi sagte er, er werde niemals einen Roman schreiben können, weil er sich mit Autos und Bäumen nicht auskenne. Ich liebte ihn dafür, ich weiß nicht, warum. Zu Hause hatte er aber keine White Russian-Zutaten, außer Milch und Wodka, und vor allem keine Rasierklinge. Dafür verkleidete er sich als Inspector Clouseau. Mit Hut und Trenchcoat und allem. Er tanzte für mich. Wir waren ziemlich besoffen. Ich lag in seinem Bett und sah ihm zu. Ich wusste nicht, wer Inspector Clouseau war. Ab und zu klatschte ich ein bisschen.

»Gleich vergewaltige ich dich«, sagte er, aber dann fiel er hin und blieb ein paar Minuten auf dem Boden liegen. Wir waren wirklich ziemlich betrunken. Als er aufstand und ins Bett kroch, flüsterte er mir zu: »Ich vergewaltige dich sofort, wenn ich aufwache, versprochen«, und dann schlief er ein, noch in seinen Schuhen und mit Inspector-Clouseau-Hut und Rain-Mac. Der Vergewaltigungswitz machte mir keine Angst, aber frühmorgens war ich zu verkatert zum Ficken, mein Bauch tat so weh, dass ich dachte, ich würde wieder Wehen kriegen. Ich meldete mich bei der Arbeit krank und brauchte den ganzen Tag, um zu kotzen und kacken und mich zu erholen, und erst um drei haben wir dann gefickt, und um halb fünf musste ich den Kleinen von der Kita abholen. Und ich ging hin voller blauer Flecken und Sperma und brachte ihn nach Hause, und ich sprach nicht genug mit ihm, weil ich so müde war.

»Der ist ein bisschen komisch, dein Freund«, sagte Jens zu mir.

»Nein, der ist ganz, ganz toll!«, korrigierte ich.

»Er spricht so wenig«, sagte Jens.

»Hmn.«

»Warum spricht er so wenig?«, fragte Jens.

»Er ist schüchtern«, sagte ich.

»Er ist absolut nicht interessiert an deinen Texten!«

»Das stimmt gar nicht!«

»Er ist null interessiert an dir als Mensch oder als Frau!«

»Doch, er liebt mich als Mensch und als Frau.«

»In deinen Texten kommt er immer ziemlich gut weg«, erklärte Jens. »Klug, witzig, sarkastisch, aber geduldig. Aber im echten Leben ist er ziemlich langweilig und total kalt dir gegenüber.«

»Er ist nicht kalt!«, protestierte ich, und zeigte Jens die blauen Flecken, die ich vom Ficken mit Peter hatte. »Haben die Freundinnen kalter Männer solche blauen Flecken?«

Jens sah total überrascht aus.

»Hat er dir das beim Ficken zugefügt?«, fragte er.

»Ja!«, sagte ich.

»Was ist passiert?«

»Ich kann mich gar nicht mehr daran erinnern. Ich war so besoffen, dass ich einen totalen Filmriss habe.«

Jens fasste mich am Ellbogen an, rollte meine Hemdsärmel runter, so dass meine blauen Flecken nicht mehr zu sehen waren.

»Sei dankbar für diesen Filmriss«, meinte er. »Dein Freund liebt dich überhaupt nicht. Ich tue Frauen auch manchmal weh beim Ficken. Aber nicht so.«

»Ich bin nicht dankbar für den Filmriss«, sagte ich. »Ich bin voll dankbar für meinen Freund. Ich liebe ihn so sehr. Ich bin so dankbar für seine Anwesenheit in meinem Leben. Er ist der perfekteste Freund der Welt, und wir haben die beste Beziehung aller Zeiten. Abgesehen von zwei Tatsachen. Es gibt nur zwei Probleme an ihm. Er mag meinen Sohn nicht und er leckt meine Muschi nie.«

Jens sah mich jetzt total, total, total schockiert an. Und ein bisschen missbilligend.

»Er leckt deine Muschi nicht?«, fragte er und schüttelte entsetzt den Kopf. »Was ist mit ihm los? Das ist krank. Du hast echt einen komischen Freund, Jacinta.«

Manchmal denke ich, dass ich vielleicht in Jens verliebt bin. Aber nur manchmal.

Ein anderes Mal kam nach einer Lesung eine Frau zu mir und meinte: Du bist sehr tapfer, und sehr ehrlich. Ich guckte sie einfach nur an und dachte: Aber du bist ein bisschen doof.

Ich bin nämlich überhaupt nicht tapfer oder ehrlich. Die hatte keine Ahnung. Ich bin eine feige Lügnerin. Da es in der Geschichte, die ich vorgelesen hatte, um den Verlust meiner Unschuld ging, erzählte sie mir, wie sie ihre Unschuld verloren hatte.

»Oh, wie schrecklich«, sagte ich.

»Aber die Therapie hat mir viel geholfen«, erklärte sie. »Deine Geschichte war ja auch schrecklich. Willst du nicht auch eine Therapie machen? Mir hat das voll geholfen.«

»Ach nein«, antwortete ich. »Mein Freund will nicht, dass ich eine Therapie mache. Nicht, dass er es mir verbietet! Aber er will das nicht. Er denkt, wenn ich eine Therapie mache, zerbricht unsere Beziehung.«

»Warum denkt er das?«

»Er glaubt, wenn ich geheilt wäre, würde ich nicht mehr so viel Sex brauchen. Ich will überdurchschnittlich viel Sex, und er denkt, dass ich diese Bedürfnisse habe, weil ich total gestört bin. Und dann, wenn ich geheilt wäre, wäre unsere Beziehung vorbei. Das will er nicht.«

Und das war nicht mal gelogen.

Peter selbst brauchte keine Therapie. Er hatte nichts, was er einem Therapeuten hätte erzählen können, hatte niemals Alpträume. Er träumte immer, er wäre Tom Cruise aus *Mission Impossible* oder James Bond. Meistens rettete er die Welt, und manchmal nur England. In seinen Träumen hatte er nie Probleme.

Ein paar Wochen später knutschte ich aus Versehen mit Jens rum. Ich weiß nicht, wie das passiert ist, es war ein Versehen. Ich weiß auch gar nicht, warum es passiert ist. Er sieht ein bisschen aus wie ein Rabe, Jens, ein bisschen wie ein Rabe gemischt mit Bibo aus *Sesamstraße*. Die ganze Woche drauf, immer wenn ich mit Peter ficken wollte, kamen mir die unschuldigen, einsamen Augen und die spitzige Vogelnase von Jens in den Kopf. Ich hoffte sehr, dass er nicht wieder mit mir knutschen wollte, ich liebte Peter so sehr und so.

»Dein Freund vernachlässigt dich!«, sagte Jens. »Und er ist nicht nett zu dir. Ihr guckt euch zu viele Pornos zusammen an.«

»Ach«, sagte ich.

»Frauen mögen auch Pornos, das stimmt. Aber trotzdem sollte man ihnen manchmal Schokolade schenken und sie massieren und so. Sogar Frauen, die Pornos mögen, mögen Schoko und massiert werden noch mehr.«

»Ich bin nicht so drauf«, sagte ich. »Ich bin voll romantisch – ich liebe Jane Austen, *Dirty Dancing* und *Pretty Woman*. Aber ich brauche keine Schoko.«

Jens guckte mich an. Er hatte die Haare bestimmt in diesem Jahr noch nicht gekämmt, vielleicht auch nicht gewaschen. Er sieht nicht aus wie Bibo, dachte ich, er sieht aus wie Woyzeck.

»Alle Frauen brauchen ein bisschen Schoko«, sagte er.

»Wollen wir nicht knutschen?«, schlug ich vor. »Jetzt, wo alle gegangen sind?«

»Nein«, sagte er höflich. »Nein.«

Ich seufzte.

»Ich bestelle dir ein Taxi«, erklärte er.
»Okay«, sagte ich.
»Du bist unglücklich«, sagte er.
»Nein«, gab ich zurück. »Ich glaube nicht, dass unglücklich das richtige Wort ist.«

EINE HOFFNUNGSLOSE ROMANTIKERIN

Mein Problem ist eigentlich, dass ich zu romantisch bin. Das hat mir im Leben schon viele Probleme bereitet. Ich bin überromantisch.

»Noch nie hat mir ein Mann die folgenden Sachen gekauft, niemals«, erzähle ich meiner Freundin Lizzy, total stolz: »Schmuck, Parfüm, Schokolade oder Blumen!«

Lizzy sieht schockiert aus. »Nie?«, fragt sie. »Auch Peter nicht?«

»Peter niemals!«, rufe ich trotzig. »Er hat mir einmal eine Korsage gekauft, und das war's!«

Ich beschwere mich zwar ständig darüber, dass Männer mir so was nicht kaufen, aber insgeheim finde ich das total in Ordnung, insgeheim freue ich mich drüber, insgeheim war ich immer stolz darauf, dass ich nicht zu der Sorte Mädchen gehöre, denen Männer Schmuck, Parfüm, Schokolade oder Blumen schenken.

Weil ich weiß, dass ich Schmuck, Parfüm, Schokolade und Blumen eigentlich total unromantisch finde.

Das sind so unnötige Sachen – und ich finde unnötige Sachen unromantisch. Ich finde notwendige Sachen viel romantischer. Ich finde die NOT romantisch. Notwendigkeit.

Zum Beispiel finde ich es romantisch, wenn ein Mann dir nach dem Sex Toilettenpapier bringt. Oder wenn du nach dem Analverkehr weinst, und er entschuldigt sich. Oder wenn er sagt, es sei okay mit dem Menstruationsblut auf seiner Matratze, die sei sowieso total alt, die würde er bald wegschmeißen. Zum Beispiel. Oder wenn ein Fußballspieler einer Nutte eine private Abtreibung finanziert. Romantisch! Oder wenn ein CDU-Politiker eine Nutte heiratet, weil sie schwanger ist und ihn erpresst.

Überhaupt finde ich CDU-Politiker romantisch. Wenn sie sich in Teenager verlieben, sich wegen der Karriere trennen, und dann in Pressekonferenzen sagen: Es war die wahre Liebe. Das finde ich romantisch.

Ich find's romantisch, wenn ein Kidnapper einen Teenager im Keller mit Vitamin-D-Tabletten versorgt. Romantisch. Oder wenn im 19. Jahrhundert ein Adeliger seine Magd heiratet und sie bei sich schlafen lässt, aber wenn Besuch da ist, schickt er sie zurück in die Dienstbotenkammer. Das finde ich romantisch.

Überhaupt nicht romantisch finde ich, wenn ein Mann für mich kocht. Eeeeh. Vielleicht ist das ein bisschen sexistisch von mir, aber ich weiß nicht, wo ich dann hingucken soll, das ist noch schlimmer, als wenn du ihm einen runterholst, so peinlich und langweilig, wohin mit den Augen?

Dafür finde ich es sehr romantisch, wenn Frauen für Männer kochen, zum Beispiel nach dem Sex. Er hat all sein Sperma aufgebraucht und dir geschenkt, und jetzt mangelt es ihm an Eisen und Eiweiß und du kochst für ihn Fleisch. Oder du schläfst mit einem deutschen Mann – er kommt zu dir nach Hause und erzählt dir, dass Engländer nicht kochen können, ey, ihr könnt überhaupt nicht kochen, was ist die traditionelle britische Küche, gibt es die überhaupt, und blablabla, wie traumatisiert er ist von seiner Reise als Jugendlicher nach Bournemouth, wo sie ihn gezwungen haben, Lamm mit Minzsoße zu essen, und es war überhaupt nicht lecker, blabla. Und am Morgen, nachdem ihr gefickt habt, sagst du ihm, du hast mir so viel Sperma geschenkt gestern Nacht, es mangelt dir bestimmt an Eisen und Eiweiß, und dann kochst du ihm ein englisches Frühstück, Speck und Bohnen und Champignons und Kartoffelpuffer und Würstchen und Eier und Tomaten und gebratenes Brot und braune Soße, und dann isst er alles auf und sagt: Schmeckt tatsächlich. Schmeckt tatsächlich gut. Und isst alles auf.

Das finde ich romantisch.

Oder: Du schläfst bei ihm, und morgens sagt er: »Du darfst meine Zahnbürste benutzen.«

»Nee«, sagst du, »du sagst das nur, weil du kein Kondom benutzt hast, aber Zahnbürsteteilen ist für einen Mann viel schlimmer als ungeschützter Sex, das ist wissenschaftlich erwiesen. Wegen der Mundbakterien. Es gibt viel mehr Bakterien im Mund als in der Muschi. Ist wissenschaftlich erwiesen. Ich habe es in der *Cosmo* gelesen.«

»Mir doch egal«, sagt er. »Ich will alle deine Mundbakterien.«

Das find ich romantisch.

Nicht romantisch finde ich, wenn deutsche Männer dir sagen, dass sie Ersatzzahnbürsten haben. Was für Schlampen, hey. Mit wie vielen Frauen müsstest du jeden Monat ficken, bis es sich lohnt, Ersatzzahnbürsten zu besitzen? Was. Für. Schlampen.

Ich finde übrigens Romeo und Juliet auch nicht romantisch. Sie waren zu jung. Sie 13, er 14. Total langweilig. Mir wäre es viel lieber, wenn sie 17 wäre und er ein CDU-Politiker.

Aber ich wusste immer, dass ich nicht normal bin. Ich habe es immer geahnt. Meine Freundin Lizzy, zum Beispiel, sie ist da viel normaler: »Und dann hat er Brötchen geholt«, erzählte sie einmal, total begeistert. »Ich war kaum wach, da hat er mir zugeflüstert: Ich geh schnell Brötchen holen. Und dann war er weg. Und dann kam er wieder, und hatte Rosen gekauft! Und er hat sie mir ans Bett gebracht. Rosen. Rosafarbene Rosen. Und er meinte: Schöne Blumen für die schönste Blume in meinem Leben. Und er hatte Brötchen geholt und Champagner und er machte mir Frühstück im Bett, Brötchen mit Kaviar und Frischkäse und Lachs und Crème fraîche und Schnittlauch, er hatte den Schnittlauch ganz klein gehackt, und dann saß ich im Bett, während er Gitarre spielte, und dann, nachdem ich aufgegessen hatte, kämmte er mir die Haare und las mir Liebesbriefe vor. Es war sooo romantisch.«

Ich guckte skeptisch.

»DAS findest du romantisch?«, fragte ich missbilligend.

»Findest du es nicht romantisch?«, fragte sie.

»Kommt drauf an«, erwiderte ich. »Von wem waren die Liebesbriefe? Von Adolf Hitler und Eva Braun?«

Lizzy ignorierte meine Frage.

»Zum Nachtisch gab's Schokolade. Er hatte sie in Herzchenform auf das Kopfkissen gelegt. Und dann haben wir zusammen gebadet. Wir sind so lange in der Badewanne geblieben, dass das Wasser kalt geworden ist. Es war das romantischste Erlebnis meines Lebens.«

»Na klar«, sagte ich.

»Und nachher«, sagte sie, »hat er mir eine halbe Stunde lang die Muschi geleckt. Am nächsten Tag hatte er richtig Muskelkater im Kinn.«

Ich nickte und lächelte. »Ja«, sagte ich zufrieden. »Das muss ich zugeben. DAS ist wirklich sehr romantisch.«

»Warum wollen Frauen immer Romantik?«, fragte mich Marek.

»Weil es romantisch ist!«, rief ich. Ich war total schockiert, dass er das überhaupt zu fragen wagte.

»Männer mögen Romantik auch«, sagte Jens. »Männer haben nur eine andere Vorstellung von Romantik.«

»Was finden Männer romantisch?«, fragte ich.

»Männer können sentimental sein, manchmal«, sagte Marek.

»Was findest du romantisch?«, fragte ich ihn.

Es war die Frage, auf die er gewartet hatte.

»Ich finde es romantisch«, erzählte er, »wenn ein alter Schriftsteller, ein alter Dichter, jemand, der echt gut schreiben kann, aber kein Geld hat, der nie Erfolg hatte, krank wird. Und dann kommt ein Mädchen, um ihn zu pflegen, bis zu seinem Tod. Das ist für mich romantisch.«

»Ach ja«, sagte ich. »Da hast du recht.«

Später am selben Abend, als wir besoffener waren, fing Jens an, mir Vorhaltungen zu machen über meine Beziehung.

»Du bist überhaupt nicht glücklich mit deinem komischen Freund«, sagte Jens vorwurfsvoll. Ich war beleidigt, was wusste Jens überhaupt vom Glück?

»Ich bin superglücklich!«, erklärte ich beleidigt.

»Du bist überhaupt nicht glücklich!«, sagte Marek. »Und kein Wunder, der ist voll komisch.«

»Er ist ein voll talentierter Schriftsteller!«, sagte ich, und Marek lachte so sehr, dass ihm beinahe Rotz aus der Nase lief, und er sah dabei sehr hässlich aus, sehr hässlich und kindisch, wie ein hässliches Kind, und normalerweise ist er eigentlich voll hübsch.

»Was ist daran so lustig?«, fragte ich.

Marek sagte: »Ein voll talentierter Schriftsteller – was für eine Beleidigung! Man sagt: groß. Er ist ein großer Schriftsteller. Nicht: Er ist ein talentierter Schriftsteller. Du hast keine Ahnung, Jacinta. Du zum Beispiel, du bist eine große Schriftstellerin. Vielleicht. Na ja, du könntest eine werden, wenn du das wolltest. Wenn du bereit wärst, aufzuhören, eine Frau zu sein. Im Moment bist du zu sehr Frau, um eine richtige Schriftstellerin zu sein.«

»Ich bin ein Mädchen«, sagte ich. »Ich will ein Mädchen sein.«

»Willst du das?«, fragte Jens.

»Oder die Frau eines großen Schriftstellers«, erklärte ich. »Ich könnte ihm Omelett mit Kartoffeln machen und ihm in seine Writing-Hut bringen. Und ab und zu Kaffee. Und wenn er sich gerade in einer genialen Phase befindet, merkt er nicht mal, dass der Kaffee kalt ist. Und ich werde den Kaffee wegbringen und neuen Kaffee holen, ohne ein Wort zu sagen.«

»Wenn das dein Plan ist, dann brauchst du einen neuen Freund!«, sagte Marek. Totally bitchy, dachte ich, Männer sind immer so gemein zueinander. Wenn Frauen so gemein sind wie Männer, dann heißt es immer: Stutenbissigkeit. Deswegen müssen wir armen Frauen so raffiniert und kompliziert und hinterfotzig sein, wenn wir lästern. Nein, du siehst schön aus! Ich? Nein, du! Du siehst schön aus. Außer deine Arme, vielleicht. Es ist voll anstrengend.

»Ich will keinen neuen Freund. Ich behalte meinen jetzigen Freund für immer und ich werde ihm gehören und gehorchen und ihm den Penis lutschen, bis er stirbt, und wenn ich die Spermien runterschlucke, ist das eine Ehre für mich, und sie wandern meinen Hals hinunter und vielleicht – vielleicht werde ich dadurch klüger.«

»Durchs Blasen?«, fragte Jens. Er sah überrascht aus.

»So wie bei der Osmose«, sagte ich. »Die Klugheit seiner Spermien überträgt sich auf meine Gehirnzellen.«

»Du bist überhaupt nicht glücklich!«, sagte Marek. »Wenn Frauen glücklich sind, haben sie keine sexuellen Gedanken mehr. Eine Frau, die sexuell denkt, ist unzufrieden mit ihrem Leben. Sie ist auf der Suche. Du bist auf der Suche nach irgendetwas. In deiner Seele bist du zutiefst unglücklich. Glückliche Frauen suchen nichts, sie bleiben zu Hause und beschützen ihre Liebe.«

»Ach«, sagte Jens. »Ich weiß nicht. Es gibt Frauen und Frauen. Manche sind einfach Schlampen.«

»Ich bin Zelda Fitzgerald!«, verkündete ich.

»Du denkst zu viel«, sagte Marek. Ich hasse es, wenn er das sagt. Es ist so unfair. Ich denke, ich würde mit ihm ficken, wenn er mich ließe, und das weiß er, und das will er nicht, und deswegen denkt er, dass ich zu viel denke.

»Ich liebe meinen Freund so sehr!«, sagte ich. »Er ist das Beste, was mir in meinem ganzen Leben passiert ist!«

»So ein armes Leben hast du gehabt?«, fragte Marek.

»Ein Armutszeugnis«, sagte Jens.

Der DJ kam zu uns und gab uns Wodka aus. Ich dachte an die Zukunft, wenn Alkohol verboten sein würde. In 150 Jahren oder so. Zigaretten würden sie nicht verbieten müssen, Zigaretten würden von alleine aussterben, oder alle Menschen, die sie rauchten, würden sterben, und weil es immer weniger Kinder gäbe, würden immer weniger Menschen anfangen zu rauchen. Aber Alkohol würden sie in der Zukunft verbieten müssen. Sie taten mir ein bisschen leid, die Menschen aus der Zukunft. Solche Konversationen ohne Alkohol. Das wäre voll anstrengend.

Mein Problem ist, dass ich zu romantisch bin. Meine romantischen Phantasien verschmutzen mein Leben. Sie zerstören meinen Alltag. Sie behindern mich. Weil ich so romantisch bin, bin ich verliebt in diese Idee, dass ein Mann einer Frau Sachen erklären sollte: Grammatik, Magneten, Waschmaschinen, ganz egal. Aber eine Frau darf einem Mann nichts beibringen. Das wäre unromantisch. Das Einzige, was eine Frau einem Mann beibringen darf, ist wie man liebt.

Hat diese romantische Idee mein Leben verschmutzt? Manchmal denke ich, ja. Und ich denke, der Preis, den man für diese Selbstverarsche zahlt, ist ein Leben in Unglück. Auf der anderen Seite hätte ich in Deutschland nicht viele männliche Freunde, wenn ich mir nicht gerne Dinge erklären ließe.

Deutsche Männer erklären gerne Sachen, die deutsche

Grammatik, zum Beispiel, oder wie es war, schwul zu sein in der DDR, oder warum es rassistisch ist, zu behaupten, dass alle Schwarzen tanzen können, aber nicht rassistisch, dass Chinesen keine Milch vertragen.

Ich mag es auch, Dinge erklärt zu bekommen. Ich will Dinge verstehen, will die Erklärungen anderer Leute hören. Wenn ich im Lehrerbüro sitze und höre, wie nebenan meine Kollegen unterrichten, fällt mir immer auf, dass sie ihren Schülern alles erklären. »No, listen to me. I am the teacher. I will tell you how it is in Australia«, sagt meine australische Kollegin, wenn jemand das Aborigine-Problem in Australien kritisiert. Wenn ich unterrichte, frage ich nur: Was ist der Unterschied zwischen der CDU und der CSU? Oder: Warum wird das Betreuungsgeld eingeführt, obwohl niemand es haben will? Ich erkläre die englische Grammatik, aber die meiste Zeit über frage ich meine Schüler aus. Ich mag es, mir die Erklärungen anderer Leute anzuhören, manchmal denke ich, ich wäre eine gute Nutte, bis auf den Sex.

Im Grunde basierte die ganze Beziehung von Peter und mir darauf, dass er mir Sachen erklärte. Deutsche Politik, englische Literatur, die Premier League. Ich war nur zum Zuhören und Verstehen da.

Und weil er normalerweise mein Lehrer war, fiel mir so stark auf, wenn er mal ahnungsloser als ich war. Das tat so weh, als wäre mein Herz zu Stein geworden – ich hätte Peter aufessen mögen, wie eine Katze, die ihre Katzenbabys nach der Geburt auffrisst.

»Geht ihr heute Abend in den Puff oder nur in eine Striptease-Bar?«, fragte ich eines Freitagvormittags.

An dem Abend sollte Peters bester Kumpel aus England nach Berlin kommen, um hier seine Bachelor-Party zu feiern. Eine schreckliche Sitte.

Peter sah mich schockiert und ahnungslos an.

»Wir gehen nur in einen Nachtclub!«, sagte er.

Ich nickte. »Also, benutz ein Kondom, wenn du mit einer Nutte oder Stripperin fickst«, sagte ich. »Sie haben mit so vielen Männern geschlafen und so. Ist voll unhygienisch. Auch wenn du nur einen geblasen bekommst, solltest du vielleicht lieber ein Kondom benutzen, für den Fall, dass die Haut an deinem Penis kaputt ist und ihr Zahnfleisch blutet.«

»Ich gehe doch nicht in eine Striptease-Bar oder in einen Puff«, sagte er.

»Ja«, sagte ich.

»Der Simon ist voll feministisch.«

Ich sah meinen Freund skeptisch an.

»Du findest Simon feministisch?«, fragte ich.

»Ja«, sagte er.

»Hmn«, machte ich.

»Findest du Simon nicht feministisch?«, fragte er.

»Doch. Aber zu feministisch, um am Wochenende vor ihrer Hochzeit in eine Striptease-Bar zu gehen, sind nur wenige Männer auf dieser Welt.«

»Ja?«

Ich guckte ihn an, und mir fiel auf, wie ahnungslos er aussah. »Ja.«

Am Abend ging ich früh schlafen, um elf oder so. Die Woche macht mich immer kaputt, diese Mischung aus Abendveranstaltungen mit Alkohol und einem schulpflichtigen Kind, das zu unmenschlichen Zeiten durch Berlin geschleppt werden muss, das macht mich am Freitagabend tot. (Ich denke manchmal, der Mittwoch ist mein Freitag oder so.)

Peter kam am Samstagvormittag um sechs Uhr früh nach Hause.

»Willst du koksen?«, fragte er. »Ich hab noch Kokain übrig.«

»Wie spät ist es?«, fragte ich.

»Sechs.«

»Ich kann doch nicht um sechs Uhr früh koksen«, erklärte ich. »Was mache ich denn dann den ganzen Tag über?«

»Okay. Wir waren in einer Striptease-Bar. Ich hatte eine Ukrainerin. Sie hat mir aber keinen geblasen.«

»Sie hat dir keinen geblasen?«

»Sie wollte nicht, sie hat es nur mit der Hand gemacht. Können wir ficken? Sie war so hübsch und jung und geil.«

»Willst du die Augen zumachen und dir vorstellen, dass ich sie bin?«, fragte ich.

»Ja«, sagte er, und dann fickte er mich mit geschlossenen Augen und kam *buchstäblich* nach dreißig Sekunden. Er fickte mich so hart, so HART, so richtig hart, dass mir die Ukrainerin schon nach nur dreißig Sekunden ganz doll leidtat.

»Das ist das Gute an dir, dass du immer noch schnell kommen kannst, trotz Kokain«, sagte ich.

»Findest du?«, fragte er.

»Ja.«

»Sie war so geil, die Stripperin.«

»Ja«, sagte ich. »Hey«, fügte ich nonchalant hinzu. »Wollen wir vielleicht doch eine offene Beziehung haben?«

Mein Freund guckte mich total schockiert an.

»Aber warum?«, fragte er total ahnungslos.

»Ist nur so eine Idee von mir«, sagte ich.

»Sie hat mir doch keinen geblasen. Nur mit der Hand.«

»Dann könntest du morgen Abend ins Puff, im Puff müssen sie dir einen blasen«, sagte ich mit Überzeugungskraft.

»Und mit wem fickst du?«

»Ich weiß nicht. Mit Jungs, manchmal, vielleicht, manchmal darf ich irgendwo übernachten und so, manchmal, nicht mehr als ein-, zweimal pro Monat, so vielleicht, manchmal. So Jungs. Vielleicht. So.«

Peter sah so wirklich schockiert und ahnungslos aus.

»HEY! Das war Simons *Bachelor*-Party«, erklärte er mir. »Ich *musste* in die Striptease-Bar. Ich *musste* das machen. Und sie hat mir *keinen* geblasen.«

»Ja.«

»Also bleiben wir beim Alten. Dass wir keine offene Beziehung haben. Oder?«

Ich sagte, wieder mit Überzeugungskraft: »Im Puff gibt's lauter osteuropäische Teenagerinnen. Im Puff, wo die Schwester von Caroline arbeitet, sind alle außer ihr Osteuropäerinnen. Du brauchst nur hinzugehen, eine aussuchen, und dann *müssen sie* dir einen blasen, sie dürfen nicht nein sagen, sie haben gar keine Wahl – das ist das Konzept eines Puffs.«

Peter stand auf.

»Du willst wirklich eine offene Beziehung, oder?«, fragte er.

»Nicht wirklich, ich denke nur, wär vielleicht 'ne gute Idee«, sagte ich.

»Okay. Aber ich mache ein paar Regeln.«

»Okay.«

»Der Typ muss ein Kondom benutzen.«

»Kondom benutzen, okay.«

»Er darf nicht älter sein als ich.«

»Der soll nicht älter als du sein?«

»Nein, warum willst du überhaupt fremd ficken, wenn der Typ sowieso älter als ich ist? Warum begehrst du jemanden körperlich, der älter ist als ich?«

»Okay.«

»Aber er soll auch nicht jünger sein als du.«

»Der soll nicht jünger als ich sein?«

»Nein, nein, nein, dann gewöhnst du dich noch an jemanden, der öfter ficken kann als ich, das wäre schlimm für mich.«

»Okay.«

»Sein Penis darf nicht größer als meiner sein.«

»Ach, das ist machbar, aber wie soll ich das vorher rausfinden, ob er größer ist?

»Du kannst beim Knutschen rumspielen und dann entscheiden.«

»Ja, okay.«

»Es wäre schlimm für mich, wenn du mit jemandem fremdgehen würdest, dessen Penis größer als meiner ist. Vielleicht würde deine Muschi dann ausgeleiert.«

»Ja, okay.«

»Er soll keine Bücher geschrieben haben.«

»Keine Bücher geschrieben haben?«

»Ja, weil ich mein Buch noch nicht geschrieben habe. Du darfst nicht mit jemandem ficken, der schon ein Buch geschrieben hat.«

»Was, wenn er ein Buch geschrieben hat, es ist aber noch nicht veröffentlicht?«

»Ja, das ist okay.«

»Darf er einen Blog haben?«

»Ja, natürlich darf er irgendeinen Blog haben! Aber … er darf keinen Doktortitel haben.«

»Keinen Doktor?«

»Nein, weil ich meinen Doktor abgebrochen habe, darf er keinen Doktor haben.«

»Aber Magister geht.«

»Ja.«

»Und Ausbildung und so?«

»Ja.«

»Führerschein?«

»Ja.«

»Aber du hast keinen Führerschein.«

»Ja, aber das ist egal.«

»Okay.«

»Du darfst nicht mit ihm auf Facebook befreundet sein.«

»Ich darf nicht mit ihm bei Facebook befreundet sein?«

»Nein, dann liked er alles, was du schreibst, und ich muss mir die ganze Zeit überlegen, ob alle, die irgendwas liken, was du geschrieben hast, dich gefickt haben.«

»Ja, okay.«

»Und du darfst nur einmal mit ihm ficken, und dann nie wieder.«

»Nur einmal?«

»Und du musst mir die Puffbesuche bezahlen, weil du diejenige bist, die eine offene Beziehung haben wollte.«

»Die kommt mir nicht sehr offen vor, unsere offene Beziehung.«

»Und du darfst auch mit keinem deiner Lesebühnen-Freunde schlafen.«

»Die Lesebühnen-Jungs haben eh alle Bücher geschrieben.«

»Gut.«

»Außer Denny.«

»Und du darfst nicht mit Denny schlafen.«

»Okay.«

»Und mit keinem Schwarzen. Ist das rassistisch?«

»Ja, total. Was ist mit Halb-Schwarzen?«

»Gibt es einen Halb-Schwarzen, mit dem du schlafen würdest?«

»Vielleicht.«

Und dann setzte er sich aufs Bett und sagte: »Guck mal. Ich will keine offene Beziehung, Jacinta. Ich gehe nie wieder in Striptease-Bars oder Puffs, wenn du nicht fremdgehst. Ich verspreche es. Ich verzichte drauf. Ich will das nicht. Weißt du, sie sind keine Menschen, die Frauen im Puff. Die Frauen im Puff und in Strip-Bars sind eigentlich wie Roboter, aber die Männer, mit denen du schlafen willst, das sind immer echte Menschen, und ich will nicht, dass du dich in einen anderen

Menschen verliebst. Das will ich nicht. Ich will nicht, dass ein anderer Mensch dich anfasst und so.«

Ich sah ihn an, und mir war bewusst, dass ich ihm das jetzt erklären sollte, dass es jetzt in meiner Verantwortung war, mal einem Mann etwas zu erklären; nämlich das mit den Frauen und der Menschlichkeit. Dass jemand nicht seine Menschlichkeit verliert, nur weil er eine osteuropäische Teenagerin ist und bezahlt wird. Für dich verlieren sie ihre Menschlichkeit, also von deiner Seite aus, sollte ich sagen, aber für sie fühlt sich das Leben total menschlich an.

Mir war auch bewusst, dass ich eine offene Beziehung wollte, ich wollte es sehr, sehr, aber ich wusste nicht, warum. Warum reichte es mir nicht, mit Peter zu ficken?

Aber nee. Ich erklärte ihm nichts. Ich hasse es, Männern Dinge zu erklären.

Stattdessen sagte ich: »Ach, okay. War nur so 'ne Idee von mir.«

Er meinte: »Ist bald sieben. Willst du doch eine Nase Koks?«

»Nein. Ich schlafe noch eine Stunde.« Dann schlief ich ein und hatte Alpträume.

Ich träumte, dass konservative Politiker aus England kamen und mir mit einem Messer die Haut abziehen wollten, und niemand war da, der mich beschützte, und ich war alleine, in der Nähe einer Autobahn, und sie hatten mir die Haut abgezogen, vor allem an den Titten und komischerweise an den Ellenbogen.

Damals dachte ich, dass ich für immer mit Peter zusammen sein würde. Bis zu seinem Tod.

NORMAL

Ich wollte nur mit meinem Exfreund zusammenziehen, weil ich als normal gelten wollte. Ich meine, ich habe ihn auch gemocht und so. Aber eigentlich wollte ich vor allem normal sein. Eine Freundin wohnte damals in einer Alleinerziehenden/Lesben-WG, ich wohnte in einer Zweizimmerwohnung, die zu teuer geworden war, und sie fragte mich, ob ich bei ihr einziehen wolle. Mein Exfreund und ich, wir hatten immer gesagt, dass wir im Juni, nach zwei Jahren Beziehung, zusammenziehen würden. Jetzt war Dezember. Ich traf mich mit meinem Ex zum Abendessen, ganz schickimicki und so, während der Kleine bei seinem Papa war.

»Bei Lisa in der Lesben-WG sind anderthalb Zimmer frei«, sagte ich nonchalant.

Peter guckte begeistert.

»Dann kannst du ja da einziehen, oder? Weil deine Wohnung zu teuer ist?«

Die Wut durchzuckte mich wie ein Blitz.

»ICH SOLL BEI DEN LESBEN WOHNEN, ABER DIR TROTZDEM EINEN BLASEN!«, schrie ich im Restaurant rum. »Bei den Lesben mit den afrikanischen Kopftüchern! Und ich soll trotzdem vorbeikommen, um dir einen zu blasen, zweimal pro Woche! WAS. SOLL. DAS.«

Peter sah mich panisch an. »Nee, nee«, sagte er. »Wir ziehen zusammen. Ein bisschen früher, als wir vorhatten, wenn deine Wohnung zu teuer ist.«

Ich sagte nix. Der Wut-Blitz war verschwunden. Ich sagte: »Nur, wenn du wirklich willst.«

Und er sagte: »Ist schon okay.«

Nachdem wir zusammengezogen waren, haben wir eine Party geschmissen, zu der niemand kam. Dann haben wir alleine, wir beide, in dieser riesigen Wohnung gekokst und ein bisschen brutal gefickt.

Peter sagte: »Ich bin jetzt ein Feminist.«

Ich sagte: »Ja.«

»Ich lebe in einer Wohnung mit einer Frau zusammen, die sich als Feministin bezeichnet.«

»Ja.«

»Wenn die Leute mich fragen, ob ich feministisch drauf bin, sage ich, ja, meine feministische Freundin ist so gut im Blasen, dass auch ich feministisch geworden bin.«

Ich sagte: »Ja. Was für eine Verantwortung ich jetzt auf den Schultern trage.«

Dann spielte ich *Tetris*. Wenn ich gekokst habe, bin ich so gut in *Tetris*. Das ist immer so.

Er sagte: »Du musst mich aber noch von dem Binnen-i überzeugen. Wäre es nicht viel einfacher, wenn Ausländer einfach Ausländerin bedeuten würde? Also wenn man einfach die weibliche Version abschafft?«

Ich sagte nix, das Binnen-i ist mir scheißegal, aber ich denke schon, dass alle Männer, die sich drüber aufregen, kleine Schwänze haben, und das I ist für sie wie der große Dildo einer männlichen Lesbe. Aber Peter hat sich nicht beschwert, er hat es nur kommentiert.

»Ich denke, alle sollen sagen, was sie wollen!«, sagte ich.

»Ja«, sagte er.

»Als ich neu in Deutschland war, habe ich immer Gästin gesagt«, sagte ich.

»Mach mal deinen Computer aus.« Peter sieht mich auffordernd an. »Lass uns noch mal ficken.

Nachdem wir zusammengezogen waren, tat es mir sechs Monate lang beim Ficken weh. Ich weiß nicht, warum. Manchmal tat mir meine Muschi so weh, dass ich fertig blasen musste. Und ich hatte Angst vor den Schmerzen. Aber nach sechs Monaten ging es wieder. Der Körper meines Exfreundes war hässlich – irgendwie reptilienmäßig, seine Haut war trocken, aber auch feucht, irgendwie schleimig, fettig, und er sah alt und dick aus. Aber ich mochte es, dass er so hässlich war. Es beruhigte mich.

Wenn ich nachts später als er nach Hause kam, kroch ich zu ihm ins Bett und fasste das Fleisch an seinem Bauch an, diesen Streifen Fleisch, der über seine Jogginghose hing. Das beruhigte mich. »Dieser Mann ist so dick und hässlich«, sagte ich mir, »er wird mich nie verlassen können.«

Einmal im Jahr machten wir immer etwas Normales. Zusammen. Mit etwas Normalem meine ich zum Beispiel, bei einem anderen Pärchen zu Abend essen, oder mit einem anderen Pärchen in ein Restaurant gehen. Zum Beispiel. Insgesamt waren wir sechs Jahre zusammen, und wir haben das sechsmal gemacht. Genauso oft hat er mich übrigens auch geleckt, aber ich denke, das ist nur Zufall.

Auf dem Weg zu dem normalen Pärchen-Abendessen dachte mein Freund sich sehr phantasievolle Ausreden aus.

»Wir könnten sagen, dass ich krank bin«, schlug er vor. »Ich könnte krank sein. Vielleicht bin ich es.«

»Sollen wir das sagen?«, fragte ich. »Vielleicht bist du wirklich krank? Oder vielleicht wirst du krank?«

»Nee, es ist ein bisschen spät, plötzlich zu sagen, dass ich krank bin«, überlegte er. »Wir könnten sagen, dass dein Stiefvater versucht hat, sich umzubringen, und dass du mit deiner Mama telefonieren musst. Bestimmt werden sie das nie erwähnen, falls sie ihn je kennenlernen. Sie werden nicht sagen: Ein Glück, dass dein Selbstmordversuch nicht geklappt hat.«

»Hoffentlich nicht«, sagte ich.

»Oh mein Gott, Jacinta. Ich hasse andere Pärchen!«, rief er. »Ich hasse sie alle. Lass uns nach Hause gehen und ein Gramm Koks bestellen und eine Nutte. Ich rufe bei ihnen an und erkläre, dass wir nicht kommen können, weil ich andere Pärchen hasse und lieber zu Hause sitzen und Koks und Nutten bestellen möchte. Und außerdem habe ich jetzt bei Media-Markt alle vier *Alien*-Filme gekauft. Sie waren im Angebot.«

»Echt?«

»Ja.«

»Wir können keine Nutte bestellen«, erklärte ich, nur so zur Erinnerung. »Ich bin Feministin, erinnerst du dich nicht?«

»Du kannst ja zugucken«, sagte er. »Ich will dich in deinem Feminismus hundertprozentig unterstützen, das weißt du doch. Oh Gott. Ich hoffe, das Essen schmeckt wenigstens halbwegs lecker. Wir verzichten dafür auf Nutten, Koks und Sigourney Weaver. Gott, wie ich andere Pärchen hasse.«

»Ich hasse andere Pärchen nicht«, sagte ich. Dann fügte ich ganz unsolidarisch hinzu: »Nur die Frauen hasse ich. Ich hasse, wie sie die Namen ihrer Männer sagen. Jason! Paul! Lukas! SteFAN! Sage ich deinen Name so?«

»Ja.«

»Bei den Indern darf die Frau ihren Ehemann nicht mit Vornamen anreden. Sie muss ihn anreden, wie ein Dienstmädchen ihren Herrn anredet. Meine Oma hat immer gesagt: Nandi Sahib. Wie Meister oder so. Aber dabei hat sie total rumgezickt. Nandi Sahib, was hast du jetzt schon wieder angestellt? So. Oder sie rief einfach: »He, du da!« Mein Papa dachte als Kind immer, der Name seines Vaters wäre He-du-da!«

»Bestimmt werden sie uns den anderen als Paar vorstellen«, sagte mein Ex. »Hier ist Peter, Jacintas Partner. Fuck. Wann sind wir so alt geworden? Partner. Das ist Peter, er ist Jacintas Partner. Jacinta ist Peters Partnerin. Sie sind Partner. Aber nicht in einer Firma. Sondern in einem Paar. Scheiße. Gott, ich hasse Pärchen.«

Das Abendessen war langweilig. Pärchen sind langweilig, da hatte Peter schon recht. In ihrer Gesellschaft überlegst du nicht, mit wem du in einem U-Boot ficken willst, wenn draußen Atomkrieg herrscht. Man könnte darüber nachdenken, man will es nicht. Weil Pärchen langweilig sind. Die Vorstellung, mit anderen Pärchen in einem U-Boot zu sitzen, während Atomkrieg herrscht, treibt dich in den Selbstmord.

Ich fing an, mich zu betrinken. Es gab rosafarbene Cocktails und Sekt und andere Cocktails, die noch besser waren. Ich trank viel und schnell. Ich trank so viel und so schnell, dass ich meine Langeweile fast nicht mehr spüren konnte. Mein Ex ging zur Gastgeberin. Sie sprachen über Politik und so, ich hörte weg. Ein deutscher Mann erzählte mir von seiner polnischen Exfrau. Seine polnische Exfrau war angeblich eine gnadenlose Schlampe, die ihn nur wegen der Aufenthaltserlaubnis ausgenutzt hatte. Plötzlich merkte ich, dass ich total besoffen war. Ich fing an zu weinen. Der deutsche Mann guckte ein bisschen besorgt.

Peter kam zu mir und fragte, warum ich weinte.

»Der Mann, mit dem ich gesprochen habe. Seine polnische Exfrau war so eine Schlampe«, erklärte ich. »Sie war eine gnadenlose Schlampe. Es ging ihr nur um die Aufenthaltserlaubnis. Aber ich weine nicht deswegen. Merke ich gerade. Eigentlich weine ich wegen etwas anderem.«

Peter guckte mich vorsichtig an. »Warum weinst du eigentlich?«, flüsterte er mir zu.

Ich dachte nach. Warum weinte ich eigentlich? Wahrscheinlich ging es darum, dass meine Kindheit beschissen war. Oder? Bestimmt.

»Ich weine, weil meine Kindheit so beschissen war«, heulte ich. »Das finde ich voll scheiße. Es war nicht okay. Es war einfach nicht okay. Meine Kindheit war nicht okay, und ich finde das unfair, ich finde es total unfair und nicht okay.«

Peter lächelte den deutschen Mann mit der gnadenlosen polnischen Schlampen-Exfrau höflich an und flüsterte mir zu: »Irgendwann, wenn wir schon richtig lange zusammen sind, wenn wir richtig alt sind, dann werde ich wissen, ab wie viel Gläsern Wein du gerne auf Knien bläst und ab wie viel Gläsern Wein du anfängst, über deine beschissene Kindheit zu weinen. Aber ich hab's noch nicht drauf.«

Ich heulte und mein Ex bestellte uns ein Taxi.

»Ich muss sie nach Hause bringen«, erklärte er der Gastgeberin. »Sie ist betrunken und außerdem hatte sie eine beschissene Kindheit.«

»Die war nicht okay. Die war überhaupt nicht in Ordnung. Deswegen bin ich nicht normal. Deswegen bin ich totally fucked-up. Und stellt euch vor«, sagte ich zu der Gastgeberin und dem deutschen Mann mit der gnadenlosen polnischen Schlampe als Exfrau, »stellt euch vor, wie glücklich ich sein würde, wenn ich normal wäre. Weil ich eigentlich jetzt schon ganz glücklich bin, die meiste Zeit, und ich bin totally fucked-up.«

Sie nickten verständnisvoll, und niemand sagte besonders viel außer mir.

»Ich klaue immer Sachen«, erzählte ich. »Weil meine Kindheit so beschissen war und ich nie Schmerzensgeld bekommen habe. Ich klaue immer Sachen, wenn ich irgendwo zum Essen eingeladen bin, aus dem Badezimmer. Weil ich mir denke: Ich habe niemals einen Pfennig Schmerzensgeld für meine beschissene Kindheit bekommen, deshalb brauche ich jetzt dieses Shampoo.«

»Ich hatte eine völlig normale Kindheit«, sagte Peter. »Die war total okay so. Und ich klaue trotzdem. Zum Beispiel in Buchhandlungen, die auch ein Café haben. Es ist ganz einfach, du nimmst die unbezahlte Ware mit ins Café, bestellst einen Kaffee, setzt dich hin und fängst an zu lesen. Und dann, wenn du fertig bist, packst du das Buch so selbstverständlich weg, als ob es deins wäre. Ich klaue nur, um Geld zu sparen. Für Geburtstage und Weihnachten und so. Man muss für so viele Verwandte Geschenke kaufen, das wird sonst total teuer.«

»Manchmal klaue ich Mascara«, erklärte ich. »Aber dann benutze ich sie nicht mal, aus Angst vor Augen-Infektionen.«

Im Taxi sagte ich Peter, während Tränen und Nasenschleim mein Gesicht runterliefen: »Du fändest es besser, wenn ich normal wäre, oder? Du fändest es viel besser, wenn ich normal wäre. Eines Tages verlässt du mich für jemand Normalen, und ich hasse sie jetzt schon.«

»Nee.«

»Stell dir vor, wie normal ich wäre, wenn ich normal wäre.«

»Du wärst total selbstbewusst, wenn du normal wärst«, sagte Peter. »Und wir wären nie zusammengekommen, wenn du selbstbewusst wärst. Denn ich hasse selbstbewusste Menschen. Und die Frauen am meisten. Die sind so selbstzufrieden. Ich weiß nie, was ich zu solchen Frauen sagen soll. Mir fällt einfach nix ein. Ich mag dich, wie du bist. Ist doch alles super. Und weißt du was?« Er guckte auf seine Armbanduhr. »Es ist noch nicht zu spät. Wir könnten noch einen *Alien*-Film angucken.«

»Okay.« Ich hörte auf zu weinen.

»Und weißt du noch was?«, fragte er. »Weil deine Kindheit so beschissen war, darfst du aussuchen, welchen.«

»Den zweiten.«

»Eine interessante Wahl«, sagte er. Und ich wischte den Rotz aus meinem Gesicht und blickte aus dem Fenster, auf die Straßen und Häuser. Alles ist silbern, wenn du nachts rausschaust, das mag ich so sehr an Taxis. Die Leute auf der Straße sahen eigentlich gar nicht glücklicher oder normaler aus als ich. Nur ein bisschen weniger besoffen. Vielleicht.

Manchmal passte Peter abends auf Lenny auf, so dass ich ausgehen konnte.

In einer dieser Nächte traf ich in einer Kneipe in Neukölln meinen Kumpel Denny. Denny war damals noch ein neuer Kumpel von mir. Denny ist immer glücklich und optimistisch, nicht wie die anderen pessimistischen Arschlöcher um mich herum. Ich mag Denny, er hat etwas Unschuldiges an sich. Jens mag ihn nicht so sehr, Jens denkt, er ist ein Stino, ein Stinknormaler, ich liebe Jens dafür, dass das für ihn eine Beleidigung ist, aber ich mag an Denny gerade, dass er so normal ist. Warum ist er so normal?, überlege ich manchmal, wie schafft man das, ich versuche so hart, normal zu sein, und bin so komisch, Denny muss ein Talent dafür haben.

»Jacintaaa!«, rief er und wir umarmten uns.

»Was machst du in Neukölln?«, fragte ich.

»Ein Freund von mir hat eine Ausstellungseröffnung«, sagte er, lachte. »Komm mit mir aufs Klo, Jacinta, ich hab was Schönes für dich.«

Ich erwartete eine Nase Koks, aber stattdessen fing er an, mit mir zu knutschen, und dann leckte er meine Muschi, bis ich kam, und ich kam so laut, dass ich dachte, die Barmänner würden die Polizei rufen. Nachdem ich gekommen war, fühlte ich mich ein bisschen eklig und so, ich kam mir vor wie diese Sorte Mädchen, die sich von einem Kumpel die Muschi lecken lässt, in einer Kneipentoilette, bis sie einen Orgasmus hat, während ihr Sohn und ihr Freund nichtsahnend zu Hause auf sie warten. Also schon eklig. Aber das sagte ich Denny nicht, ich wollte ihm gegenüber nicht undankbar sein.

»Warum hast du das gemacht?«, fragte ich ihn.

»Mir war danach«, sagte er. Gott. Manchmal denken deutsche Jungs wirklich, sie wären in einer Aftershave-Werbung. Ich setzte mich auf den Toilettensitz und wir knutschten weiter, ich will nicht eingebildet klingen, aber er schmeckte schon ziemlich gut. Gott, dachte ich, hoffentlich sieht mich hier nicht einer der Freunde von Peters Bruder, die hängen immer in solchen Kneipen rum.

»Ich muss nach Hause«, erklärte ich.

»Ja?«, fragte er. »Musst du nach Hause?« Er flüsterte mir ins Ohr: »Du schmeckst so gut.«

Ich lächelte. »Ich schulde Peter einen Blowjob.«

»Ja?«, fragte Denny. »Hast du jetzt ein schlechtes Gewissen, Jacinta?«

Ich guckte ihn verständnislos an. »Ach so!«, sagte ich. »Nee, nicht wirklich. Ich meine, schon. Aber nicht deswegen. Der leckt mich nie, mein Freund, da ist es selbstverständlich, dass ich fremdgehe, oder? Warum ist Bill Clinton immer fremdgegangen? Weil Hillary nicht bläst, oder? Nein, ich gehe davon aus, dass mein Freund davon ausgeht, dass ich fremdgehe. Aber ich schulde ihm trotzdem einen Blowjob. Jedes Mal, wenn er auf den Kleinen aufpasst, und ich weg darf, muss ich ihm auf Knien einen blasen, wenn ich nach Hause komme. Wir haben eine Vereinbarung.«

Denny lachte mich jetzt aus.

»Eure Beziehung ist echt nicht normal, oder«, sagte er.

»Echt nicht?«, fragte ich.

»Überhaupt nicht! So was schuldet man niemandem. Nie. So was kann man nur machen, wenn man Bock dazu hat.« Er grinste. »So wie ich gerade eben.«

»Du hast keine Ahnung! Wir haben die perfekte Beziehung,

abgesehen von der Tatsache, dass ich immer fremdgehe und er mich nie leckt.«

»Ach, was weiß ich«, sagte Denny. »Meine letzte längere Beziehung ist ewig her, das war in der Oberschule. Ich muss zurück zu meinen Freunden.«

»Ich muss nach Hause«, wiederholte ich. »Ich muss nach Hause.« Ich seufzte. »Ich muss zurück zu meinem Nachhause.«

Ich küsste Denny auf den Hals, und für einen Moment dachte ich, ich wäre sehr unglücklich, aber dann ging das Gefühl weg, ich bin normal, ich bin normal, ich gehe jetzt nach Hause in meine Wohnung zu meinem Freund und meinem Kind und ich fühle mich total normal, so wie immer, eine Stino, würde Jens sagen, eine Stinknormale.

Zu Hause blies ich Peter einen auf Knien und nachher umarmten wir uns im Bett. Er sagte: »Das war nett von dir.«

Ich streichelte seinen dicken Bauch und fühlte mich beschützt. Das Fett an seinem Bauch beschützte mich, diese klebrige, trockene Haut. Ein so dicker Mann wird mich nie verlassen, dachte ich, da kann ich sicher sein. Plötzlich schoss mir ein Bild von Peter in den Kopf, bei einem Autounfall, projiziert auf die Innenseite meines Augenlids. Ich machte die Augen auf. So was will ich gar nicht sehen.

GELUNGENE KONVERSATIONEN

Einmal war ich in der Küche, als Peter nach Hause kam. Unsere Küche ist direkt neben der Eingangstür. Peter kam rein, um mit mir zu reden.

»Oh, hallo!«, sagte ich. »Wie geht's dir, wie war dein Tag und so? Weißt du was, ich glaube, die Frauenfeindlichkeit der modernen Gesellschaft hat meine Seele penetriert.«

Peter setzte sich an den Tisch, und ich hockte mich auf die Arbeitsfläche.

»Echt?«, fragte er.

»Echt!«, sagte ich. »Ich bin voll penetriert von der Frauenfeindlichkeit der modernen Gesellschaft, das ist, als wäre die Frauenfeindlichkeit ein schwarzer Mann und ich ...« Ich stoppte abrupt. »War das gerade eben eine rassistische Metapher?«

»Ja«, sagte Peter. »Auf jeden Fall.«

Er stand auf und ging zum Spülbecken. Er sagte: »Ich wünsche mir übrigens, dass die Frauenfeindlichkeit der modernen Gesellschaft dich beim Putzen und Aufräumen und so ein bisschen mehr penetrieren würde. Eigentlich ist die moderne Gesellschaft total frauenfeindlich, was putzen und so angeht. Eigentlich müssen immer die Frauen putzen und nicht die Männer.«

»Ich habe doch geputzt!«, sagte ich.

»Ja, aber, Jacinta, guck dir mal diesen Waschlappen an.«

Er zeigte mir den Waschlappen. Ich guckte ihn neugierig an und dann nickte ich.

»Merkst du etwas?«, fragte er mich. »Fällt dir auf, was an diesem Waschlappen nicht okay ist?«

Ich betrachtete eingehend den Waschlappen. Dann guckte ich Peter an.

»Nein?«, sagte ich, als ob es eine Frage wäre.

Peter sagte langsam: »Was ist los mit diesem Waschlappen?«

Ich betrachtete noch mal den Waschlappen. Dann atmete ich aus.

»Ähm«, sagte ich. »Ist es eine Art Waschlappen, der eigentlich für das Badezimmer entworfen worden ist?«

Peter sprach jetzt sehr langsam und deutlich mit mir. Manchmal war das bei uns, als lebten wir in Betreutem Wohnen, und ich wäre geisteskrank und er mein Betreuer. Peter war immer so geduldig.

»Nein. Jacinta, guck dir den Waschlappen an. Ist irgendetwas an diesem Waschlappen, das dir nicht gefällt?«

Ich schüttelte den Kopf.

»Er sieht ganz okay aus für mich!«, sagte ich.

Peter seufzte. Dann erklärte er mir, nachdem man einen Waschlappen benutzt habe, müsse man ihn auswaschen und auswringen und über den Hahn hängen, sonst sammelten sich darin die Bakterien.

»Echt?«, fragte ich.

»Echt!«, sagte er. »Guck mal, wie eklig dieser Waschlappen ist.«

»Echt?«, fragte ich.

»Merkst du nicht selber, dass der voll eklig ist?«, fragte er.

»Ich weiß es nicht«, sagte ich. »Ich sehe mir nie die Waschlappen anderer Leute an. Ich habe keinen Vergleich.«

»Wir schmeißen diesen Waschlappen weg«, erklärte er. »Und wir benutzen jetzt diesen hier.« Er holte einen frischen aus der Waschlappensammlung. »Und jetzt zeigst du mir, was man tut, wenn man mit einem Waschlappen fertig ist.«

Wir übten ein paarmal, was man tun sollte, wenn man fertig mit einem Waschlappen war.

»Sehr gut!«, lobte Peter. »Sehr gut machst du das! Toll!«

»Können wir jetzt über die Frauenfeindlichkeit der modernen Gesellschaft sprechen?«, fragte ich.

»Ja, gerne!«, sagte er.

»Sie hat meine Seele penetriert«, erklärte ich. »Sie ist hineingekrochen und mit ihr verschmolzen. Sie ist Bestandteil meiner Knochen. Ein Teil von mir. Willst du ein Beispiel hören? Zum Beispiel die Haut an meinen Oberschenkeln. Wenn meine Oberschenkel voller blauer Flecken sind, finde ich sie schöner als sonst, weil man die Cellulitis nicht so sieht.«

»Ja, du spinnst«, sagte er. »Aber zeig mal deine Oberschenkel.«

Ich zeigte sie ihm. Peter sagte: »Du meine Güte. Habe ich das gemacht, als wir besoffen gefickt haben? Tut's weh?«

»Nein, nein, glaube ich nicht, ich glaube, es war davor, als ich besoffen gegen den Tisch gelaufen bin. Findest du diese blauen Flecken auch schön?«

»Nein«, sagte er. »Sie sehen voll hässlich aus.«

Ich grinste triumphierend. »Siehst du!«, rief ich voller Freude. »Das ist die Frauenfeindlichkeit der modernen Gesellschaft, die im Grunde genommen meinen Körper im Schlaf vergewaltigt hat, die Fotze.«

»Ja, ja. Wahrscheinlich hast du recht.«

»Überall auf meinem Körper hat die Frauenfeindlichkeit mich besiegt. Sie hat gewonnen. Ich hasse mich. Ich hasse meinen ganzen Körper. Jeden Zentimeter. Ich hasse meine Füße, meine Fußgelenke, meine Beinen, meine Knie, meine Muschi – sie ist so hässlich und lila, nicht wie bei den Pornomädchen – meine Titten – sie haben unter der Brustwarze Cellulitis, weißt du – meine Arme – sie sind übersät von komischen Pickelchen, wie die einer dicken Amerikanerin – meine Nase, mein Hals, meine Ohren – vor allem meine Ohren sind deformiert.«

»Ja, ich weiß, dass du deformierte Ohren hast«, bemerkte Peter.

Ich sagte: »Die einzigen Körperteile, die frei von der Frauenfeindlichkeit der modernen Gesellschaft sind, das sind meine Schultern – ich habe perfekte Schultern – und mein Po. Ich habe auch einen perfekten Po. Ich weiß, dass sie perfekt sind, weil sie der Frauenfeindlichkeit der modernen Gesellschaft widerstehen können. Sie sind schon perfekt, oder? Sogar wenn ich Millionärin werde, werde ich sie nicht ändern. Wenn ich meine Schulter oder meinen Po im Spiegel angucke, dann weiß ich, wie es sich anfühlt, Megan Fox zu sein.«

»Ja, ich finde auch, dass du echt perfekte Schultern und einen ziemlich perfekten Arsch hast«, sagte Peter. »Mal sehen, wie lange es so bleibt …«

Ich sagte: »Ich glaube, dass die Schultern immer so bleiben werden. Aber, Peter, sag niemandem, dass ich das denke, das mit den Schultern und so. Sie werden denken, dass ich eitel bin.«

Peter nickte. Wir saßen da und schwiegen. Ich wusste nicht, worüber er nachdachte, aber ich dachte darüber nach, was für geile Schultern ich hatte. Nach einer Weile sagte er: »In der Zukunft wird die Frauenfeindlichkeit der modernen Gesellschaft viel weniger Angriffsfläche haben, und das heißt eigentlich, dass es viel weniger Frauenfeindlichkeit geben wird. Oder? Denkst du nicht auch? In der Zukunft werden Schönheits-OPs so verbreitet sein, dass es gar nichts mehr gibt, wo die Frauenfeindlichkeit reinkriechen kann. Zum 18. Geburtstag kriegt jede Frau Plastik-Titten und eine neue Nase geschenkt, und aus ihren Beinen wird ein neues Paar herausgeschnitten. Da wird es nix zu hassen geben. Keine Haut mehr, nur Plastik.«

»Glaube ich nicht«, sagte ich. »Ich glaube nämlich, dass in

der Zukunft am 25. Geburtstag einer Frau ihr Gehirn in einen Roboter transplantiert wird, einen sehr menschlich aussehenden Roboter, so rosa und perfekt. Wahrscheinlich wird es zwei Arten Roboter geben: die Scarlett-Johannson-Modelle und die Megan-Fox-Modelle. Und ab dem 25. Geburtstag sehen alle Frauen so aus.«

»Aber was ist, wenn sie Babys kriegen wollen?«

Ich guckte ihn schockiert an. »In der Zukunft kriegen sowieso alle ihre Babys im Labor, was denkst du denn?«

Peter nickte. Er stand auf und umarmte mich.

»Ich mag alles an dir«, sagte er. »Auch die unperfekten Stellen.«

Ich nickte und küsste ihn auf den Hals. Uns beiden war es total egal, ob ich ihn körperlich begehrte oder nicht. »Hauptsache, du kannst gut blasen«, sagte er.

»Ja. Das ist die Hauptsache, oder?«

»Und bitte versuche das mit den Waschlappen hinzukriegen, wie wir es geübt haben«, sagte er.

»Okay«, antwortete ich. »Ich verspreche.«

Eigentlich stritten Peter und ich uns nie. Also kaum. Also wirklich fast nie kaum. Bei meinen anderen Freunden hatte ich mich manchmal gefragt: Ist es meine Schuld, dass wir uns streiten? Ich hielt es für möglich, war mir aber nie sicher. Durch Peter habe ich rausgefunden, dass es immer meine Schuld gewesen ist. Er wollte nicht streiten, und wir haben uns nie gestritten. Okay, gut, alle sechs Monate, wenn ich besoffen war, wollte ich heiraten, und er sagte nein, und ich heulte und heulte und heulte, und er sagte trotzdem nein und ich drohte mit Selbstmord, und er lachte sich tot, sagte nein, und sagte, wenn ich tot wäre, wäre ich tot und ledig, aber wenn ich am Leben bliebe, könnte sich noch immer irgendjemand entscheiden, mich zu heiraten, also sei die Sache mit dem

Selbstmord eigentlich voll unlogisch, und ich sagte: Aber-warum-willst-du-mich-nicht-heiraten-ist-es-deshalb-weil-ich-nicht-weiß-bin? Und er lachte noch mehr, und ich fing an, mich selbst ins Gesicht zu schlagen, dann wurde er doch noch sauer und dann fickten wir, und am nächsten Tag stand ich nackig vor ihm und zeigte ihm jeden der blauen Flecke auf meinem Körper, und er sagte: »Ja. Das ist von mir. Nee. Das hast du dir selber geholt. Ja, das war ich, glaube ich. Ach ja. Das. Da bin ich mir nicht sicher. Oh Scheiße, dein Rücken, ey. Oh, fuck, deine Schultern. Das warst du, das hast du gemacht. Zieh dir einen Pulli an, wenn wir nach draußen gehen. Scheiße.«

Wir stritten nie wegen Peter. Das heißt: Er hat nicht ein einziges Mal einen Streit angefangen. Also, es gab Sachen an mir, die ihm nicht gefallen haben, aber er konnte nicht streiten. Irgendwas stimmte nicht mit seiner Streitfähigkeit.

Einmal lag ich im Bett und schlief schon halb. Ich hatte gerade die Lebensgeschichte von Sylvia Plath gelesen. Oh, wie sehr mag ich Sylvia Plath. Blond, gutaussehend, voll gut im Schreibmaschine schreiben – ich bewundere sie dafür, wie gut sie tippen konnte –, einmal sagte sie, wenn sie tippe, sei es, als wäre die Schreibmaschine Teil ihres Körpers geworden, und dann war sie so klug, Universität von Cambridge und so. Aber sie wollte halt einen echten Mann – ich mag das voll an ihr, dass sie einen echten Mann wollte –, und ich denke oft, ich würde auch gern einen echten Mann haben, aber ich habe noch nie einen gehabt. Dann traf sie Ted Hughes und er biss sie ins Ohr und dann kamen die Babys und er fickte fremd und sie tötete sich im Ofen und so. Voll romantisch und glamourös, diese Geschichte. Für mich könnte sie nur dadurch noch besser werden, wenn sie auch die Kinder getötet hätte. Und oh, ich wünschte, ich könnte Schreibmaschine schreiben. Wie sehr wünschte ich, dass ich tippen könnte!

Als ich in der Highschool war, teilte man die Mädels

auf in akademisch und nicht-akademisch, und die Nicht-Akademischen wurden in Kindererziehung und Schreibmaschine unterrichtet. Voll geil. Aber als Sylvia Plath in der Highschool war, mussten alle tippen lernen. Sogar akademische Mädchen.

Also lag ich eines Nachts im Halbschlaf im Bett, dachte an Sylvia Plath, und wie sexy sie war, mit ihren Tippfähigkeiten und so, und dann kam Peter nach Hause.

»Ich will mit dir reden!«, sagte er.

»Was?«, fragte ich.

»Die Heizung im Badezimmer ist an!«

Ich setzte mich im Bett auf.

»Oh«, sagte ich. »Echt.«

»Ja«, bestätigte er.

»Bist du sicher?«

»Auf fünf!«

»Oh.«

»Ja.«

»Auf fünf?«, wiederholte ich. »Echt.«

»Und.«

»Was?«, fragte ich.

»In der Küche auch«, sagte er.

»Echt?«

»Ja.«

»Auch auf fünf?«

»Ja«

»Das tut mir so leid!«

»Das muss dir gar nicht leidtun«, sagte er. »Du kannst mir die Hälfte der Heizkosten zahlen. Hast du Bock, mir die Hälfte der Heizkosten zu zahlen?«

Ich schüttelte den Kopf.

»Na dann«, sagte er. »Bis zu welcher Nummer heizen wir?«

»Bis drei.«

»Und in welchem Zimmer heizen wir?«

»In dem Zimmer, in dem wir uns gerade aufhalten.«

»Genau!«

»Aber manchmal«, sagte ich. »Manchmal …«

»Manchmal was?«, fragte er.

»Manchmal vergisst man einfach, in welchem Zimmer man sich gerade aufhält.«

Er schaute mich skeptisch an.

»Ich will dir auch noch was zeigen«, sagte er. »Steh auf.«

Er zeigte mir zwei Badetücher, die auf dem Boden des Badezimmers lagen. Mann, ist es unfair, wenn ordentliche Leute unordentlichen Leuten Sachen zeigen, die sie auf dem Boden liegen gelassen haben. Schließlich entscheidet man sich nicht bewusst dazu, etwas liegen zu lassen. Das tut man total unbewusst. Jetzt sah ich sie an und wusste, dass es an mir war, also ich musste mich dafür entschuldigen, das getan zu haben – ich wusste, dass es falsch war, aber ich konnte mich nicht mehr an den Moment erinnern, als ich es getan hatte. Ich war Edward Norton am Ende von *Fight Club*, als er zusieht, wie die Bomben hochgehen.

»Das tut mir so leid«, sagte ich.

»Ja.«

»Bist du sauer auf mich?«

»Nein«, sagte er. »Überhaupt nicht.«

»Ein bisschen schon, oder?«, fragte ich.

»Gar nicht.«

»Lass uns ficken.«

»Nein«, sagte er. »Ich habe Kopfschmerzen.« Dann ging er aus dem Badezimmer, und ich legte mich auf den Boden und heulte und heulte, meine Stirn gegen die kalten Kacheln gepresst, und dann kam er nach fünf Minuten Heulzeit zurück ins Badezimmer und fragte: »Warum heulst du?«

»Weil du mich kritisiert hast.«

»Ich mag es nicht, wenn du heulst. Du siehst voll hässlich aus beim Heulen.«

Ich wusch mein Gesicht und fragte, leiser: »Was soll ich dann tun? Soll ich meine Muschi mit einer Rasierklinge aufschneiden?«

Und er sagte: »Nein, du sollst aufhören, die Heizungen auf fünf zu stellen, und du sollst die Badetücher wieder aufhängen, nachdem du sie benutzt hast. Weißt du was, ich glaube, meine Kopfschmerzen sind weg.«

Und dann drückte er mich auf den Boden und dann habe ich ihm einen geblasen. Beim Blasen stellte ich mir vor, auf seinem Bauch wären Gedichte von Sylvia Plath tätowiert. Das Problem beim Blasen ist immer: Wenn man es richtig macht, wird man geil, und dann will man ficken, und es wird langweilig, nur zu blasen. Wenn man es normal macht, dann ist es von vorneherein langweilig. Deswegen übte ich manchmal das Einmaleins in meinem Kopf oder ich listete alle englischen Könige seit 1066 auf und manchmal stellte ich mir vor, derjenige hätte ein Gedicht von Sylvia Plath auf den Bauch tätowiert. Nachdem ich fertig war, oder nachdem er fertig war, vielleicht ist das präziser, sagte er zu mir: »Du bringst dich aber nicht um, oder? Ich wäre so traurig, wenn du Selbstmord begehen würdest. Ich würde dich total vermissen. Und dann noch mit einer Rasierklinge durch die Muschi, das wäre mir so peinlich gegenüber der Polizei und so.«

»Ich mach's nicht.«

Ich stand auf und fing an, mir die Zähne zu putzen.

Peter sagte: »Du darfst bis vier heizen, wenn dir kalt wird. Aber nur in dem Zimmer, in dem du dich gerade aufhältst.«

Und ich sagte: »Okay.«

Peter arbeitete eine Woche pro Monat in Westdeutschland, in Düsseldorf. Ich habe ihn immer sehr vermisst, wenn er weg war, die Wohnung war kalt und komische Geräusche kamen aus dem Badezimmer. Einmal, als Peter weg war und mein Sohn bei seinem Papa, ging ich aus. Sonst gehe ich eigentlich nie aus. Ich saß in Neukölln in einer Kneipe im Keller und fühlte mich alt. Sehr alt. Wann war ich so alt geworden? Ich wusste es nicht genau. Vorgestern war ich noch die Jüngste in diesem Keller gewesen, gestern war ich plötzlich nicht mehr so jung, und heute war ich alt. Zumindest habe ich ein Kind, dachte ich mir. Das denke ich mir immer, zum Beispiel, wenn ich in den Spiegel gucke und neue Falten entdecke: Zumindest habe ich ein Kind. Es tröstet ein bisschen, wenn auch nicht so viel, wie es sollte, fürchte ich.

Ich quatschte mit einem Jungen.

Er sagte: »Als ich geboren wurde, gab es die DDR noch. Kannst du dir das vorstellen?«

»Wie alt warst du, als die DDR abgeschafft wurde?«, fragte ich ihn.

»Sechs Monate. Nee, nee. 1989 ist nur die Mauer gefallen, oder? Die DDR gab es noch bis 1990.«

»Ja.«

»Dann war ich schon eins.«

Mein Gott, dachte ich, wann bin ich so alt geworden, wann ist das passiert? Ich habe nicht genug gefickt. Jacinta, du hast nicht oft genug gefickt. Panik überschwemmte mich, Wellen kalter Panik. Vielleicht bist du jetzt so alt, Jacinta, dass du nicht mehr mit Fremden ficken kannst. Das Scheißkind, dachte ich. Ich bin zu alt, um fremdzuficken, und Lenny hat mir meine besten Jahre geraubt, und es tut ihm überhaupt nicht leid, Scheiße, Scheiße, Scheißkind.

Ich sprach weiter mit dem Jungen, über englische und deutsche Dialekte. Er konnte britisches Englisch voll gut nachmachen: I jiz daun welly nauuuuw. I just don't really know. I jiz daun welly nauuuuuuuw. Es war wirklich gut. Ich versuchte Sächsisch zu imitieren: Jooor, die klooone Jorcintor is dooor, aber er fand es nicht so gut.

Dann sprachen wir über Schimpfwörter.

»Das Wort ›Fotze‹«, erklärte er mir, »kommt von Manteltasche.«

»Ist das wirklich wahr?«, fragte ich.

»Ich weiß nicht, ob es wirklich wahr ist«, sagte er, »in einer Kneipe zählt eigentlich nicht, ob die Sachen, die man sagt, wirklich wahr sind. Ich habe es irgendwo im Internet gelesen.«

»Vagina ist die Hülle von einem Schwert«, sagte ich. »Aber man sagt das nur zum Arzt.«

»Ach so«, sagte er. »So wie Scheide.«

»Genau«, sagte ich.

Plötzlich merkte ich, dass unser Gespräch total gelungen war. Dieses Gespräch ist ein supergelungenes Gespräch, Jacinta, sagte ich mir, bestimmt genießt er es auch. Er hatte ein Piercing in der Lippe, hoffentlich hatte er auch eins in der Zunge, das tut so gut beim Muschilecken. Bestimmt wird er mit dir ficken, wenn du weiter so gelungen mit ihm kommunizierst, sagte ich mir. Im Moment ist alles super. Es ist eine höchst gelungene Konversation. Bleib dabei. Vielleicht ist das hier deine letzte Chance, mit jemandem zu ficken, der beim Fall der Berliner Mauer ein Baby war. Das heißt, warte mal: Ist es legal, mit jemandem zu ficken, der beim Fall der Berliner Mauer ein Baby war? Doch, doch, er ist 22. Okay. Konzentrier dich jetzt auf dieses höchst gelungene Gespräch. Alles läuft super.

Ich war zufrieden.

Plötzlich sagte er: »Übrigens kenne ich dich.«

»Du kennst mich?«, fragte ich.

»Deswegen habe ich dich angesprochen. Ich kenne dich aus dem Ä.«

»Du kennst mich aus dem Ä?« Das Ä ist so eine Kneipe in der Weserstraße.

»Ja, da hast du gelesen«, sagte er. »Du liest immer so schockierende Geschichten.«

»Ja. Tut mir leid.«

»Soll ich dir sagen, worüber du geschrieben hast?«, fragte er.

Ich nickte. »Okay.«

»Einmal über deine Mama, einmal über deine Muschi und einmal über deinen Stiefvater, dann noch mal über deine Muschi und dann über deinen Sohn. Mama, Muschi, Stiefpapa, Muschi, Sohn.«

Ich guckte ihn verschämt an. »Das tut mir alles so leid«, sagte ich.

»Nein, es war super. Du brauchst das, oder? Die Geschichte über deinen Sohn, die war ganz okay so. Ich war einmal mit meinem Papa da.«

»Oh«, sagte ich. »Das, ähm. Das tut mir leid.«

»Weißt du, was mein Papa über dich gesagt hat?«

»Was?«, fragte ich.

»Er sagte, du seist ein klassisches Missbrauchsopfer, aber du würdest trotzdem gut schreiben. Und dass du deine sprachlichen Mängel benutzt wie ein Schutzschild.«

Ich nickte. Und dachte mir: Dein Papa ist ein klassisches Arschloch, hat trotzdem einen guten Literaturgeschmack und sollte mal versuchen, Englisch zu lernen. Aber das sagte ich nicht.

Ich sagte: »Was die Leute so alles denken!«

Dann sagte er: »Eines wollte ich dich immer fragen.«

»Ja.«

»Warum bist du nach Deutschland gekommen?«

Ich schnitt eine grimmige Grimasse. »Ich musste Deutsch lernen.«

Er sagte voller Mitleid: »Ja, in deinem Land, wo sie alle so hässlich und klein sind, rote Haare, rote Haut, schwarze kleine Zähne, hässlich sind sie dort, da musst du als voll sexy und hübsch gelten. Also ich kann mir vorstellen, dass du in England als voll sexy giltst.«

Ich guckte ihn stumm an. Ich biss auf meine Lippe und kaute seine Wörter in meinem Kopf nach. Plötzlich kam mir das Gespräch nicht mehr so gelungen vor.

»Du denkst, ich bin zu hässlich für Deutschland?«, fragte ich.

Er sagte: »So würde ich es nicht sagen.«

So würde ich es nicht sagen. Ich haute ab. Auf dem Weg nach Hause kaufte ich mir einen Döner. Dann saß ich nackt im Bett, aß Döner und guckte Pornos. Normalerweise habe ich Angst, dass Perverse mir durch die Videokamera beim Pornowichsen zusehen. Ich habe mal eine amerikanische Doku über erfinderische Pädophile geguckt, seitdem klebe ich immer ein bisschen Papier über das Videokamera-Auge am Laptop, bevor ich loswichse. Aber jetzt war es mir egal, mit dem Döner im Bett würde ich sie sowieso nicht geil machen, Döner ist so unsexy. Spaghetti und Hähnchen sind sexy, aber Döner ist super unsexy.

Ich dachte an den Papa des Jungen in der Kneipe. Bestimmt würde er mit mir ficken wollen, wenn er hier wäre. Ich dachte daran, wie ich meine Unschuld verloren hatte, vierzehn war ich damals. Danach dachte ich: Das muss ich mir nie wieder antun. Zwei Jahre lang blieb ich dabei. Dann fing ich mit 16 wieder an zu ficken. Zwischen 16 und 20 habe ich die ganze Zeit gefickt. Vielleicht 30 Jungs, vielleicht mehr. Dann, mit 20, bin ich nach Deutschland gekommen, und hier wollte niemand mit mir ficken.

Deswegen bin ich nach Deutschland gekommen. Um nicht mehr gefickt zu werden. Das sollte ich sagen, wenn mich das nächste Mal jemand fragt, warum ich nach Deutschland gekommen bin. Ich bin hergekommen, um nicht mehr gefickt zu werden. Hat auch ganz gut geklappt. Ich habe das wirklich gut hingekriegt, das mit dem Nichtgeficktwerden. Super. Toll. Phantastisch.

Nachdem ich fertig gewichst hatte, schickte ich Peter ein erniedrigendes, total sexistisches Unterwäschebild von mir und schlief sofort ein. Schließlich musste ich am nächsten Tag wieder arbeiten.

An einem Samstag lag ich im Bett und weinte. Peter arbeitete fast immer am Wochenende, und wenn ich mich nicht mit dem Kind beschäftigte oder arbeitete, lag ich gewöhnlich im Bett und weinte, masturbierte oder schlief. Ich denke, weinen, masturbieren und schlafen sind meine drei Top-Hobbys, und man kann alle drei richtig gut im Bett machen, deswegen bin ich dort auch so gerne.

Peter kam nach Hause.

»Warum weinst du?«, fragte er.

»Nie laden mich Deutsche ein«, weinte ich.

Er lachte.

»Wohin sollen sie dich denn einladen?«

Ich weinte noch mehr.

»Zu Jugendweihen«, sagte ich. »Ich wohne seit elf Jahren in Berlin und war noch nie auf einer Jugendweihe eingeladen. Es ist so gemein. Ich hasse dieses Land! Bis vor zwei Jahren wusste ich nicht, dass die Jugendweihen nicht christlich waren.«

Mein Freund guckte mich skeptisch an.

»Sie waren doch christlich, oder?«, fragte er. »Jugendweihe. So hieß doch Konfirmation auf Ostdeutsch. Und wer sollte dich zu einer Jugendweihe einladen? Du kennst doch keine Teenager. Außer dem Türken, der im Spätkauf arbeitet, und ich glaube, der hat keine Jugendweihe gefeiert.«

Ich weinte weiter.

»Ich kenne viele Teenager«, protestierte ich.

»Jacinta, die Mädchen bei Backroom Casting Couch zählen nicht. Erstens sind sie keine echten Teenager und zweitens kennst du sie nicht wirklich.«

»Und Grillpartys«, sagte ich.

»Was.«

»Niemand lädt mich zu Grillpartys ein.«

»Ach, was«, sagte er. »Ist doch Winter.«

»Nicht mal im Sommer laden sie mich ein, die Arschlöcher.«

»Du bist doch Vegetarierin.«

»Und FKK-Picknicks«, sagte ich. »Ich wohne hier seit elf Jahren, und niemand hat mich niemals zu einem FKK-Picknick eingeladen. Die Deutschen machen andauernd FKK-Picknicks und Grillpartys im Mauerpark und im Volkspark Friedrichshain und am Müggelsee und so, und ich werde nicht eingeladen.«

»Sei froh. Ich habe gehört, dass sie eigentlich ziemlich traumatisierend sind, die FKK-Picknicks. Ich habe von einem Ausländer gehört, der vor zehn Jahren zu einem FKK-Picknick eingeladen worden ist. Er kann immer noch keine Party-Cocktail-Würstchen angucken, ohne sich zu erbrechen.«

»Und Gruppensex! Ich wohne seit elf Jahren in diesem Scheißland, und niemand hat mich niemals zu Gruppensex in der Disko eingeladen, und das machen sie … jeden Sonntag … ohne Ausnahme …«

»Aber dein Exfreund, der Klaus, der die FDP gewählt hat, der hat dich doch einmal eingeladen – und du wolltest nicht.«

»Ach so«, sagte ich. »Ja, stimmt. Der hieß Holger. Und er hat nur ein Mal FDP gewählt. Und er war nicht mein echter Freund, er war mein Liebhaber. Ich habe keine Exfreunde, die FDP wählen. Ja, der Holger. Stimmt. Und alle drei Monate schickt er mir eine Mail, um zu kontrollieren, ob ich noch in einer Beziehung bin. Gott sei Dank gibt es Holger. Den hätte ich fast vergessen.«

»Also«, sagte mein Freund. »Du sollst nicht immer alles so schwarzsehen. Wollen wir jetzt los? Wir wollen doch *Mission Impossible Vier* im Cinestar angucken.«

DIE HÄSSLICHE MUSCHI MEINES EHEMALIGEN STIEFVATERS

Lenny war fast noch ein Baby, als mich meine Mama einmal anrief. Lenny war erst seit einer Stunde im Bett, und ich war schon besoffen, nur ein kleines bisschen, und versuchte, es vor ihr zu verbergen. Meine Mama. Sie war überemotional und wehmütig und sentimental und so. Sie versuchte, mich zu überreden, nach Hause zu kommen.

»Ich kann nicht«, sagte ich. »Es ist verboten. Ich werde verhaftet, wenn ich Lenny aus dem Land schmuggele.«

Vielleicht stimmte das sogar – Markus und ich, wir haben gemeinsames Sorgerecht –, aber es war trotzdem eine Ausrede. Ich wollte nicht nach Hause. Sie wusste es und ich wusste es. Ich wollte hierbleiben. Ich wollte in Deutschland bleiben. Ich wollte nicht nach Hause, wollte nicht zu ihr.

»Alle reden über dich«, sagte sie, leiser, kalt, wütend, aber auch irgendwie sanft. »Die ganze Straße redet über dich. Darüber, wann du nach Hause kommst.«

»Ja«, sagte ich.

»Es ist nicht normal für ein Mädchen aus der Arbeiterklasse, so rumzureisen«, erklärte sie. »Die Reichen haben das immer schon gemacht – nach Indien, nach Afrika, Agatha Christie auf diesen Schiffen und so –, aber ein Mädchen wie du. Ein normales Mädchen wie du. Es ist nicht normal.«

»Ja«, sagte ich. »Und was soll ich tun, Mama? Lenny hat ein Recht auf seinen Papa, oder? Oder nicht? Ich darf nicht zurückkommen. Ich muss hierbleiben.«

»Agatha Christie und so Archäologen und so. Die Menschen mit den großen Hüten. Die königliche Familie. Sie sind sowieso alle Ausländer, die Windsors. Wenn du Geld hast, bist du überall zu Hause. Aber du bist ein normales Mädchen. Normale Leute ziehen nicht weg. Für wen hältst du dich, denkst du, du bist Christopher Isherwood oder was?«

»Was ist mit Amerika«, wende ich ein. »Waren das keine normalen Leute? Damals. Die ausgewandert sind?«

»Du wolltest mir was beweisen«, sagte sie. »Wie damals mit dem Christentum. Erinnerst du dich noch, wie du damals zum Christentum konvertiert bist? Du wolltest es mir zeigen. Jetzt hast du es mir gezeigt. Jetzt kannst du nach Hause kommen. Du kannst in London wohnen. Wir würden uns wahrscheinlich alle zwei Wochen sehen. Manchmal nur einmal im Monat. Wir würden zueinander sagen: Oh, dieser Monat ist so schnell vorbeigeflogen, oder? Ist es wirklich schon einen Monat her, dass wir uns das letzte Mal gesehen haben? Ich könnte für dich kochen. Nicht jeden Sonntag. Aber einmal im Monat. Knoblauch-Hähnchen. Magst du Knoblauch-Hähnchen immer noch? Kannst du dich erinnern, wie ihr immer um die Hähnchen-Haut gekämpft habt? Was auch immer du mir beweisen wolltest, du hast es getan. Komm jetzt nach Hause. Markus kann Lenny im Sommer sehen. Dieser Vaterschaftswahn ist total übertrieben. Denkst du, im 19. Jahrhundert haben die Väter ihre Söhne ständig gesehen? So ein Quatsch. Nach dem Ersten Weltkrieg gab es ganze Dörfer ohne Männer. Und – was ist passiert? Sind alle Kinder aus der Generation Psychos geworden? Komm nach Hause. Mädchen, komm nach Hause.«

Jetzt war ich total sauer auf meine Mama, und deswegen versuchte ich, von meiner Schuld abzulenken.

»Das war scheiße, dass Bob mich zusammengeschlagen hat, eine Woche bevor ich nach Deutschland ging. Wenn er das nicht getan hätte, wäre ich bestimmt nur neun Monate geblieben, wie jeder andere. Das war der Plan, oder? Er hätte mich ja nicht zusammenschlagen müssen.«

Meine Mama schwieg. Ha. Ich hatte gewonnen. The best line of defence is attack and all that. Totschlagargumente. Ich mag Totschlagargumente, ich weiß nicht, warum Deutsche sich immer darüber beschweren.

Dann sagte sie: »Der hat Probleme, dein Stiefvater.«

»Ja, ich weiß.«

»Echte Probleme.«

»Das weiß ich doch.«

»Darf ich drüber reden?«

»Ja, klar.«

Ich dachte, ich wüsste, was jetzt kam, sie würde mir wieder von seiner beschissenen Kindheit erzählen. Die war echt beschissen. Ich glaube, die von meiner Mama war noch beschissener, aber es ist ziemlich knapp. Mit Gewalt und so.

»Dein Stiefvater trägt gerne Frauenkleider«, sagte sie stattdessen.

Kennt ihr diesen Moment, du hast auf MDMA mit einem Fremden gefickt, und plötzlich, am Morgen, während die Wirkung des MDMA sich abschwächt, merkst du, dass er dir fremd ist? Und einen Moment lang dreht sich alles um dich herum, das ganze Leben, und dann fällt alles wieder an seinen Platz, aber es ist nicht mehr wie vorher? So war das für mich. Alles drehte sich. Mein ganzes Leben drehte sich um mich herum. Und dann fiel alles zurück in meine Welt. Aber alles war irgendwie anders. Nicht alles war auf dieselbe Position zurückgefallen. Nicht ganz.

»Der tut was?«, flüsterte ich.

»Er trägt Frauenkleider. Er mag das. Er ist Transvestit. Er ist kein Transsexueller, also, wir sollten dankbar sein. Und schwul anscheinend auch nicht. Aber er muss es tun, und in den 80ern und 90ern konnte er nicht. Und deswegen war er so … na ja, so, wie er war. Wie würdest du das beschreiben, wie er war?«

»Ein Arschloch«, sagte ich.

Und sie sagte: »Ja.«

Es ging langsam mit meinem Stiefvater, aber irgendwie ging es auch schnell. Als ich nach Deutschland gezogen bin, war meine Mama gesund und mein Stiefvater ein Mann, jetzt ist sie total behindert, MS im fortgeschrittenen Stadium, und Bob ist eigentlich meine Tante. Zuerst wollte er sich nur verkleiden, einmal pro Woche, und meine Mama hat das geduldet, aber dann kam irgendwann raus, dass mein Stiefvater doch eine Frau sein wollte. Als Frau leben wollte. Sie ist ausgezogen, zu ihrem Papa, und hat ihren Namen in Trudie ändern lassen. Jetzt ist sie eine Frau, sogar eine Feministin, aber eine Feministin, die Marmelade einkocht. Als sie sagte, dass sie jetzt Marmelade macht, dachte ich: Okay, du warst tatsächlich eine im Körper eines Mannes eingesperrte Frau.

Ich denke, wir sind alle sehr transfeindlich mit meiner Tante umgegangen, meine Familie, aber wir haben unser Bestes getan, teilweise zumindest, und wir werden jeden Tag besser.

»Hat deine Mama echt nie bemerkt, dass dein Stiefvater … so war?«, fragt Jens höflich.

»Nein«, sage ich.

»Und du? Hast du nichts bemerkt? So was merkt man doch.«

»Nein.«

»Das ist wie mit diesem Typen mit den Kindern im Keller, es kann doch nicht wahr sein, dass ihr nichts gemerkt habt?«

»Er spielte kein Snooker«, sage ich.

»Kein Snooker? So Billard, ja?«

»Er trank auch kein Bier.«

»Kein Bier? Er trank kein Bier?«

»Nur Cider. Diesen Apfelwein.«

»Das ist schon ein bisschen komisch«, sagt Jens. »Hat ihm Bier nicht geschmeckt?«

»Na ja«, sage ich. »Er wollte lieber Cider trinken.«

»Das ist schon ein bisschen schwul, kein Bier zu trinken.«

»Ach.«

»Da hättet ihr was merken sollen.«

»Jetzt ist sie glücklich«, sage ich. »Die Frau, die er geworden ist, ist glücklich.«

»Liebst du sie? Ist sie für dich eine zweite Mama?«

Ich lache. Dann überlege ich. Mein Stiefvater war ein Arschloch, und ich bin eigentlich ein sehr nachtragender Mensch. »Ich hasse den Mann, der er war, und liebe die Frau, die er geworden ist«, sage ich, erinnere mich an den Priester aus *König der Diebe* und finde mich ganz, ganz toll.

Wir nennen meinen ehemaligen Stiefvater jetzt Tante Trudie. Sie wollte keine Mama für uns sein – ihr habt schon eine Mama, sagte sie. Mein Sohn nennt sie auch Tante. Sie wollte nicht Großtante sein. Finde ich okay. Finde ich alles okay. Ich habe mal im Internet so eine Seite über Trans-Etikette besucht. Man soll die Trans-Leute nie nach ihren Genitalien fragen, ist doch klar, oder? Wir fragen uns auch nicht über unsere Genitalien aus. Die Trans-Etikette-Regeln sind ganz eindeutig: nie nach den Geschlechtsteilen fragen, nie das ehemalige Geschlecht benutzen, nie den alten Namen, niemals, niemals, niemals die Worte: »Als Soundso ein Mann gewesen ist«.

Ich weiß nicht, ob alle Kinder von transsexuellen Leuten sich an diese Regeln halten. Wahrscheinlich geht's einfacher, wenn die Eltern die Entscheidung ein bisschen früher getroffen haben. Ich kann auf jeden Fall nicht auf meine Kindheit zurückblicken und über meine neue Tante sprechen. Die Sachen, die mein Stiefvater getan hat, als er ein Mann war, hätte nur ein Mann tun können. Mein Sohn kann das. Er sagt: Und war Tante Trudie sauer auf dich, als ihr das gemacht habt? Aber wir sagen immer Bob. Und manchmal sagt Johnny sogar immer noch Dad. »Ich frage Dad«, sagt er, »ob sie mich zum Bahnhof fahren kann.«

Bob war ein ziemlich sexistisches Arschloch als Mann. Meine Mama hatte, als sie mit meinem Stiefvater eine Affäre anfing, all ihre Röcke zu Miniröcken abgeschnitten, weil er das so wollte.

Kurz nachdem mein Bruder geboren ist, hat mein Stiefvater meine Mama so doll getreten, dass sie ihn rausgeschmissen hat. Er haute ab und blieb sechs Tage weg. In dieser Zeit wurde unser Kaninchen von einem Fuchs getötet. Als meine Mama das tote Kaninchen fand, hat sie geweint und meinen Stiefvater angerufen und gebettelt, dass er nach Hause kommen solle. Aber er kam nicht. Wahrscheinlich blieb er noch ein paar Wochen weg, einen Monat oder so, weil mein Bruder so klein war und die ganze Nacht geweint hat, und Bob ausschlafen wollte.

Wir waren arm genug fürs kostenlose Schulessen. Wenn die Eltern Sozialhilfe oder eine Aufstockung vom Amt bekommen, hat man in England Anspruch auf kostenloses Schulessen. Dann hatte man pinke Tickets statt blaue. Kleine pinke Tickets. Es war ein großer Streit zwischen meinen Eltern. Bob wollte das kostenlose Schulessen beantragen, aber meine Mama glaubte, dass wir dann kein Abitur machen dürften. Ich weiß gar nicht, warum Bob am Ende zurückgekommen ist. Vielleicht hat er uns vermisst. Aber nachher war er genauso gemein zu meiner Mama wie immer. Oder vielleicht ist er sogar schlimmer geworden.

Als meine Tante ein Mann gewesen ist, war er ein geiziger Mann. Der war so geizig, dass er sogar mit dem Toilettenpapier gegeizt hat. Wir hatten kein Toilettenpapier im Badezimmer, sondern er bewahrte es in seinem Arbeitszimmer auf, und wenn wir aufs Klo gehen wollten, mussten wir zuerst zu ihm und um Klopapier bitten. Es gab ein Blatt zum Pinkeln und drei zum Kacken, aber wenn du kacken und pinkeln wolltest, kriegtest du keine vier Blatt, nee, er meinte, dass drei Blatt reichen würden. Immer, wenn Leute erzählen, dass ihre Eltern geizig gewesen sind, erzähle ich diese Geschichte, um zu gewinnen. Dann gucken sie mich wissend an und sagen, ach ja, aber das hat sich sicherlich schnell geändert, als du Teenagerin geworden bist? Da hat er bestimmt schnell damit aufgehört.

Diese Leute haben keine Ahnung. Sie haben keine Ahnung vom Talent meines Stiefvaters, geizig zu sein. Für ihn war der Reiz des Geizes immer viel größer als die Schande der Peinlichkeit. Wenn du deine Tage hattest, bekamst du ein Blatt extra: pro Toilettenbesuch.

Meine kleine Schwester Lilly redete nicht mehr mit meinem Stiefvater, also ihrem Vater, nachdem er sich entschieden hatte, eine Frau zu werden. Mit mir redete sie eine Weile nicht mehr, nachdem ich ihr zum Geburtstag keine Karte geschickt hatte. Sechs Monate. Meine Mama redet aber mit allen von uns, und sie ruft mich auch oft und gerne an.

»Hast du von deiner Schwester gehört?«, fragte sie mal am Telefon.

»Nee«, sagte ich.

Meine Mama schniefte nachdenklich.

»Angeblich ist es völlig normal«, meinte sie, »dass erwachsene Geschwister nicht miteinander kommunizieren, mir tut's trotzdem weh.«

»Ja«, sagte ich. Dann kam sie auf ihr Lieblingsthema zu sprechen: die anstehende Geschlechtsumwandlungs-OP meines Stiefvaters.

»Er wird bald operiert«, sagte sie. »Dein Stiefvater. Bald.«

»Wann?«

»In zwei Wochen.«

»Oh.«

Dann sagte meine Mama: »Ich finde es komisch, dass die Krankenkasse für die Muschi zahlt, aber nicht für die Titten. Findest du das nicht auch komisch, Jacinta?«

Ich dachte darüber nach. Nach einer kurzen Pause sagte ich: »Ja. Das ist schon komisch.«

»Und weißt du was?«, fragte sie. »Sie werden die Kosten seines Logopädie-Kurses übernehmen.«

»Logopädie?«, fragte ich. »Von der Krankenkasse?«

»Ja, wie Maggie Thatcher, lustig, oder? Aber nicht die Titten. So ein Unsinn.«

»Aber was soll er beim Logopäden lernen?«, fragte ich.

»Zu sprechen wie eine Dame«, sagte sie. »Er müsste sich eigentlich nur ein paarmal *My Fair Lady* anschauen.«

Ich stellte mir meinen Stiefvater mit einem Mund voller Murmeln vor, wie er wie eine Dame sagte: The rain in Spain falls mainly on the plain.

»Weißt du was?«, sagte meine Mama. »Ich bin Buddhistin geworden. Also, ein bisschen. Also, ich versuche, buddhistisch zu sein. Die Nachbarin von gegenüber hat mir ein Buch über Buddhismus ausgeliehen. Jeden Morgen, wenn ich aufwache, versuche ich, alle meine Gefühle in liebevolle Menschenliebe umzuwandeln und ihm zu schicken. Aber das ist nicht so einfach. Manchmal geht's ein bisschen schief. Manchmal merke ich, wie ich denke: Ich wünsche mir, dass du an den Folgen der Geschlechtsumwandlungs-OP stirbst. Manche überleben sie nämlich nicht, Jacinta. Ist eine heftige Operation. Es ist nicht superselten, dass sie nach so einer OP einfach

… sterben. Tot. Ja. So was kommt mal vor. Das ist nicht NIE passiert. Ich meine, eigentlich hoffe ich von ganzem Herzen, dass es nicht dazu kommt. Ich wäre dann wegen euch Kids so supererschüttert. Aber ein Teil von mir. Wäre ein bisschen. Erleichtert.«

Ich legte auf und fragte mich, ob ich auch hoffte, dass mein Stiefvater an den Folgen seiner Geschlechtsumwandlungs-OP starb. Ich entschied, dass das Wort »hoffen« ein bisschen übertrieben war. Ich hoffte wirklich nicht, dass mein Stiefvater an den Folgen seiner Geschlechtsumwandlungs-OP starb. Irgendwie konnte ich es mir aber doch schon vorstellen.

Obwohl ich es nicht wollte, dachte ich an seinen Schwanz. Bei uns zu Hause liefen alle auch mal nackt rum. Deswegen wusste ich genau, wie sein Schwanz aussah. Er hatte so einen Riesenschwanz. Bis heute ist es immer noch der größte Schwanz, den ich je gesehen habe. Er wird so eine hässliche Muschi haben, dachte ich. Bob hatte mir mal erklärt, was sie bei dieser OP machen. Sie schneiden dir den Schwanz nicht ab. Sie schneiden ihn auf, und falten ihn in zwei Teile, und die beiden gefalteten Seiten deines aufgeschnittenen Schwanzes werden zu Schamlippen. Das würde nicht schön aussehen. Es würde eine der hässlichsten Muschis der Welt.

Ich nahm mein Handy und dachte darüber nach, meiner kleinen Schwester Lilly eine SMS zu schreiben. »Mama sagt, dass sie heimlich hofft, dass er an den Folgen der Geschlechtsumwandlungs-OP stirbt« zum Beispiel, oder vielleicht: »Denkst du auch manchmal darüber nach, wie hässlich seine Muschi aussehen wird?« Aber ich tat es dann doch nicht. Stattdessen guckte ich mir im Internet die BBC-Nachrichten an und überlegte mir, mit welchem Parlamentarier ich zuerst ficken wollen würde und mit wem nicht.

Zu Weihnachten fliegen wir nach England. Mein Exstiefvater holt Lenny und mich in Stansted ab. Im Auto erkläre ich ihm, was eine Lesebühne ist, und erzähle ihm von der Lesebühne, die mich gerade als offizielles Mitglied aufgenommen hat.

»Ist das nicht eine große Ehre für mich?«, frage ich ihn. »Dass ich als Ausländerin bei einer deutschen Lesebühne mitmachen darf?«

Er nickt und konzentriert sich darauf, die Parkplatzausfahrt zu finden.

Ich betrachte Bob. Er ist gerade dabei, sich in eine Frau zu verwandeln, und sitzt mit einem Damenkleid im Auto, einem Kleid aus den 70er Jahren. Es ist so alt, es könnte fast von seiner toten Mama sein, so steif ist es, mit großen hässlichen Blumen darauf – alles in der Farbe von Senf.

Ich will ihn nicht auf seine Umwandlung ansprechen. Ich habe Angst, dass er dann anfängt, von körperlichen Details zu berichten. Ich finde sie ein bisschen eklig, die körperlichen Details. Für mich ist er einfach ein Mann im Kleid, sage ich mir.

»Das sind alles Jungs. Ich bin das einzige Mädchen. Und die Einzige, die nicht aus Deutschland kommt. Bist du nicht stolz auf mich?«

»Ah«, sagt er.

»Ja«, sage ich, »es ist eine große Ehre für mich, dass ich jetzt bei den Poetentaten bin.«

»Ah.«

»Genau.«

»Hmn«, sagt er. »Na ja. Also, Jacinta, hör mal zu. Ich werde operiert. Hatte ich das schon erwähnt? Wird von der Krankenkasse bezahlt. Sobald alle Schamhaare weggelasert sind, werde ich da unten operiert. Aber die Kasse weigert sich, die Haarentfernung zu übernehmen. Ich hatte das schon erzählt, oder?«

»Bob«, sage ich, »ich glaube, du hast nicht richtig hingehört.« Ich spreche jetzt leise und langsam, aber sehr, sehr betont: »Es ist eine große EHRE für MICH, dass ich jetzt permanentes Mitglied der Poetentaten GEWORDEN bin.«

»Uh-huh«, sagt er. »Ja. Aber, Jacinta, ich weiß gar nicht, was die Poetentaten sind.«

»Das ist eine Lesebühne.«

»Ah«, sagt er. »Aber ich weiß nicht, was eine Lesebühne ist.«

Ich gucke aus dem Autofenster und sage dann: »READING STAGE.«

»Ach so«, meint er. »Reading Stage.«

Schweigen im Auto. Ich gucke aus dem Fenster. Die Gegend wird immer städtischer. Bald sind wir in Ilford. Dann sagt er: »Hört sich an wie *lesbian*.«

»Ja«, gebe ich zu, »das Wort *Lesebühne* hört sich an wie *lesbian*.«

»Und ich«, ruft mein Sohn von der Rückbank, »ich verwechsele immer *lesbians* und *poetry slams*!«

»Was sagt er?«, fragt mein Exstiefvater.

»Nichts«, sage ich. »Also findest du nicht, dass es eine große Ehre für mich ist, permanentes Mitglied der Poetentaten zu sein?«

»Hmn ... ja, wahrscheinlich. Ich denke, das ist sehr gut für dich. Hey, letzte Woche war ich in einer Disko. Ich habe vier Stunden getanzt und getanzt, nonstop. Danach war ich richtig high. Nur weil ich so viel getanzt habe, weißt du. Auf der Toilette haben zwei Frauen über mich gelästert, aber ich glaube, sie waren neidisch, weil mein Kleid so schön war. Ich habe es für fünf Pfund in einem Secondhand-Laden gekauft. Man muss nicht viel ausgeben für schöne Kleidung, finde ich. Nicht viel ausgeben, aber gut auswählen, und eine Dame sollte immer gut gekleidet sein.«

Ich beobachte ihn beim Sprechen. Spricht er jetzt weiblicher? Es kommt mir vor, als würde er sich ein bisschen schwul anhören, aber ich will nicht schwulenfeindlich sein.

Er hat mir schon vor ein paar Monaten am Telefon gesagt, dass er eine Lesbe ist.

»Was ist deine Make-up-Lieblingsmarke?«, fragt er. »Rimmel?«

Ich nicke. »Ja«, sage ich. »Wenn ich was kaufe, dann Rimmel.«

Dann sind wir zu Hause, in der Straße, in der ich groß geworden bin, aber Bob darf nicht mit reinkommen. Wegen meiner Schwester Lilly. Meine kleine Schwester war immer eine Hexe, und jetzt will sie meinen Exstiefvater partout nicht sehen. Wegen der Geschlechtsumwandlung und so. Aber nicht nur deswegen. Er ist auch einfach ein Arschloch gewesen als Mann. Also sitzen wir eine Weile im Auto vor dem Haus meiner Familie. Dann gehe ich mit Lenny hinein.

Es ist das Haus, in dem ich groß geworden bin. Wir waren nie glücklich hier. Meine Eltern waren nie glücklich, immer nur Streit und fliegende Teller. Trotzdem bin ich als Erwachsene immer glücklich in diesem Haus gewesen, glücklich, zurück in meinem Land zu sein. In meiner Heimat.

Ich gehe zu meiner Mama und meinem Bruder Johnny in die Küche, Lenny parke ich im Wohnzimmer vor dem Fernseher, er guckt CBeebies, KiKa auf britisch. In England sind die meisten Moderatoren irgendwie behindert. Ohne Arme oder so. Wenn die heutige Kindergeneration erwachsen ist, wird es viel weniger Behindertenfeindlichkeit geben. Lennys Generation wird Behinderungen normal finden. Ich finde das ein kleines bisschen eklig mit den fehlenden Körperteilen. Ich weiß nicht, ob ich hinstarren oder weggucken soll. Aber die Kinder, die mit diesen behinderten Kinderfernsehmoderatoren groß werden, die werden das nicht eklig finden.

Obwohl ich ja manchmal mit Behinderten ficken möchte, ab und zu. So ein Gelähmter, der noch rumhüpfen kann.

Einmal saß ich in einer Kneipe allein am Tresen. Da war ein Behinderter, mit Glatze, total hübsch und männlich und so, er hüpfte herum und berlinerte. Ihn hätte ich gefickt. Ich fragte ihn, ob seine Behinderung auch den Schwanz behinderte. Er meinte, nein. Ich wusste, dass das eigentlich gegen die Behinderten-Etikette verstößt. Ich dachte nur, es sei erlaubt, weil es eine Anmache war. Aber dann ging er mit der Barkeeperin nach Hause. Vielleicht war ich doch ein bisschen plump.

Ich setze mich auf die Holztreppe zwischen Wohnzimmer und Küche und schaue meine Mama an. Meine Mama sitzt auf einem Stuhl vor dem Kühlschrank und erzählt. Sie sitzt sehr gerade und starr, redet aber pausenlos.

»Mir ist klar, dass die Zeit für Emotionen in meinem Leben vorbei ist«, sagt sie. »Weil ich behindert bin. Wer würde freiwillig mit einer Behinderten schlafen? Das Höchste, was ich von meinem Leben noch erwarten kann, ist eine Tasse Tee mit eurem Vater. Meinem Exmann. Der kein Mann ist. Der jetzt eine Frau ist. Eine Tasse Tee mit diesem Menschen, mehr erhoffe ich mir nicht mehr. Denn die Wahrheit ist: Männer finden behinderte Frauen nicht sexy.«

Mein Bruder Johnny und ich sehen uns an. Wir tun so, als wollten wir lachen, mein Bruder verdreht die Augen, als ob es ihm total peinlich wäre. Es ist aber, glaube ich, keinem von uns beiden so richtig peinlich.

»Der einzige Mann, den ich noch haben könnte, ohne dafür zu zahlen – und ich habe es mir überlegt, Kinder, ich hätte gerne noch einmal Sex, bevor ich sterbe –, der einzige Mann, den ich haben könnte, ohne ihn bezahlen zu müssen, der wäre auch behindert. Und, ehrlich gesagt, auf einen behinderten Mann habe ich keine Lust. Ich glaube, die Behindertenfeindlichkeit der modernen Gesellschaft hat mich ziemlich beeinflusst. Sie steckt mir tief in den Knochen. Glaube ich zumindest. Und mein Psychotherapeut versteht mich. Der einzige Behinderte, mit dem ich gerne emotional werden wollte – wisst ihr, was ich meine? Mit dem ich mir vorstellen könnte, zu schlafen –, also der einzige Behinderte, dem ich gerne näherkommen wollte, der wäre blind. Ein Blinder. Ich könnte mir das schon vorstellen, mit einem Blinden. Falls ich jemanden kennenlernen sollte, könnte er ruhig blind sein.«

Mein Bruder lacht, dann steht er auf, geht ins Wohnzimmer und widmet sich Facebook.

»Das ist eine gute Idee«, sage ich. »Du könntest eine Kontaktanzeige schalten. Mama, weißt du was, ich bin jetzt permanentes Mitglied der Vorleser, das ist eine Lesebühne, ein Reading Stage, und es ist eine der ältesten Lesebühnen in Berlin.«

»Ah«, sagt meine Mama.

»Das ist eine große Ehre für mich, permanentes Mitglied bei den Vorlesern zu sein.«

»Ah«, sagt meine Mama. »Ja.« Sie nickt, als wäre sie interessiert. »Ich weiß, was du meinst, wenn du über Ehre redest«, erklärt sie. »Eine Ehre für dich. Hey. Habe ich dir schon mal erzählt, dass mein Psychotherapeut im Fernsehen war? Er hat einen Fall geschildert, und, na ja, ich will mich nicht selbst loben, aber ich finde, ehrlich gesagt, dieser Fall war meinem sehr ähnlich. Ich glaube, er meinte mich. Die Ähnlichkeiten waren nicht zu übersehen. Er musste ein bisschen was ändern, wegen dem Hippokratischen Dingsbums, aber ich glaube wirklich, er meinte mich. Natürlich habe ich ihn bei unserem nächsten Termin nicht gefragt. Ich habe so getan, als hätte ich ihn gar nicht im Fernsehen gesehen. Es muss ihn doch langweilen, wenn jeder ihn darauf anspricht, oder? Es kommt schon mal vor, dass er im Fernsehen ist. Er ist sehr talentiert. Und hochqualifiziert. Er ist Arzt und hat auch einen Doktor. Man kann nicht höher qualifiziert sein, oder?«

»Nee«, sage ich, »zweimal Doktor ist so ziemlich das Höchstqualifizierte, was man sein kann.«

»Und im Fernsehen!«, ruft sie. »Manchmal denke ich, er will was von mir. Er sagt mir immer: Ich will, dass du die Freundschaft zu deinem Exmann beibehältst, aber ich will auch, dass wir an dir arbeiten, damit du bereit bist für eine neue Beziehung. Eine neue Beziehung. Ich denke dann, er meint eine Beziehung mit ihm. Aber das würde nicht gutgehen mit uns, Jacinta. Seine Handtücher sind so ordentlich sortiert. Außerdem wäre es ein Verstoß gegen das Hippokratische Blabla, und dann bekäme er Berufsverbot und wir müssten von Sozialhilfe leben, und er wohnt in Westlondon, weißt du, so richtig in der Stadt, und er hat so schöne Handtücher in seinem Badezimmer, der ist an das Beste im Leben gewöhnt. Ein Leben von Sozialhilfe würde ihm nicht passen. Aber vielleicht wird er einmal die Kontrolle verlieren, weil er so verknallt ist in mich. Ich könnte mir schon vorstellen, noch einmal Sex zu haben, bevor ich sterbe. Aber nicht mit deinem Stiefvater. Manchmal, wenn er mich umarmt, spüre ich seine Brüste und will kotzen, aber nicht auf eine lesbenfeindliche Art, nur so allgemein. Meine ehemalige Psychotherapeutin war nie im Fernsehen. Niemals. Nicht ein einziges Mal. Sie war ganz okay. Ganz in Ordnung. Aber nicht hochqualifiziert oder supertalentiert. Sie laden nur die hochqualifizierten und supertalentierten Psychotherapeuten ins Fernsehen ein.«

»Ja«, sage ich. »Wir treffen uns mit unserer Lesebühne übrigens einmal pro Woche.«

Meine Mama schaut mir in die Augen.

»Ich weiß nicht, was das ist, Jacinta«, sagt sie. »Aber es hört sich wie *lesbian* an. Ist das etwas Lesbisches?«

»Nein«, sage ich und gehe ins Wohnzimmer, um Lenny ins Bett zu bringen.

»Ich liebe England«, verkündet mein Sohn, als ich ihn zudecke. »Viel mehr als Deutschland, Mama.«

»Warum?«, frage ich.

»Das Fernsehen ist besser«, sagt er, und ich nicke. Er hat schon recht, wie viele Behinderte gibt es denn im KiKa? Ich küsse ihn und gehe nach unten. Lenny ist so müde, dass er fast sofort einschläft.

Mein Opa und mein Onkel kommen ganz spontan vorbei. Mein Opa ist sehr, sehr alt. Er kann sich noch an die 30er Jahre in Ostlondon erinnern, die Zeit, als nur ein Kind in seiner Klasse in Schuhen zur Schule kam. Er ist einer dieser alten Ostlondoner, die am Ende des Zweiten Weltkriegs zur Kommunistischen Partei gegangen sind statt zu Labour. Bald werden sie alle tot sein, aber noch leben ein paar von ihnen. Mein Opa glaubt, die Kommunistische Partei gewinnt die nächste Wahl. Die Arbeiterklasse will die Konservativen nicht mehr wählen, weil die sie zu sehr unterdrücken, und die ehemaligen Sozialisten werden der Labour-Partei niemals den Irakkrieg verzeihen. Wen wählen sie also? Die Kommunisten.

»Sag ihm nicht die Wahrheit«, flüstert meine Mama mir in der Küche zu. »Bestimmt stirbt er vor der nächsten Wahl. Warum sollte er die Wahrheit erfahren?«

»Die Leute werden keine Wahl haben«, erklärt mir mein Opa. »Sie werden einfach für die Kommunisten stimmen müssen. Labour ist keine Alternative, die Tories auch nicht, die Liberalen sowieso nicht. Bei der nächsten Wahl wirst du schon sehen, Jacinta. Da kommen die Kommunisten endlich mal ins Parlament. Ich werde Geld darauf wetten.«

»Ja, Granddad«, sage ich höflich. »Weißt du, ich bin jetzt Mitglied von etwas, das *Lesebühne* heißt, es hat aber nichts mit *lesbians* zu tun, das Wort klingt nur sehr ähnlich. Es ist ein wöchentliches oder monatliches Autorentreffen, bei dem selbstgeschriebene Texte vorgelesen werden, eine Mischung aus Stand-up-Comedy, Poetry Slam und Literatur. Ich bin jetzt ein festes Mitglied einer der ältesten Lesebühnen von Berlin, und das ist natürlich eine große Ehre für mich, Granddad.«

»Ah«, sagt er.

»Genau«, sage ich.

»Wie heißt das?«

»Die Poetentaten.«

»Ich weiß nicht, was das ist«, meint er.

»Eine Lesebühne«, sage ich.

»Hört sich an wie *lesbian*«, sagt er. »In Berlin waren sie immer schon schwul. Vor den Nazis, nach den Nazis. Die Linke ist sehr beliebt in Deutschland, oder? Die Linke. Sehr beliebt. Die Hoffnung zieht über Europa … wie eine Wolke … wie eine Atomwolke.«

»Ja, Granddad«, sage ich.

Mein Onkel, der gerade im Garten geraucht hat, kommt in die Küche. Er ist seit 1991 arbeitslos. Ich habe meinem Stiefvater einmal das Wort *Wendeverlierer* beigebracht. Er fand's super. »Onkel Dave ist ein Wendeverlierer«, sagte er. »Aber da wir in England keine Wende hatten, ist er einfach ein Verlierer.«

»Hey, Uncle Dave, ich bin festes Mitglied der Vorleser geworden«, sage ich, als ich ihn sehe.

»Cool!«, ruft er. »Kannst du mir fünf Pfund leihen? Ich will in den Pub. Den Alten hole ich auf dem Rückweg wieder ab.«

Später, als mein Onkel und mein Opa weg sind, gehen meine kleine Schwester, die Hexe, und meine Mama ins Bett. Mein kleiner Bruder und ich, wir bleiben wach. Er hat eine Extra-Baileys-Billig-Discounter-Version im Küchenregal gefunden. Wir wissen nicht, wie alt die Flasche ist. Er mischt das Zeug mit Milch, und wir gucken auf Facebook Bilder von hübschen Mädchen an, von denen er behauptet, sie würden ihn zu 90

Prozent stalken. »Wie findest du die hier, Jacinta? Hübsch, oder? Aber Stalkerin. Findest du sie hübsch? Ja, ich finde sie auch hübsch. Wegen ihr musste ich zweimal meine Telefonnummer ändern lassen.«

Dann erzählt er mir von seiner Diplomarbeit – er studiert Kreatives Schreiben und muss die ersten drei Kapitel seiner Autobiographie einreichen.

»Aber eigentlich bin ich schon bei Kapitel sechs«, sagt er. »Deine Autobiographie schreibt sich quasi von selbst, wenn dein Vater transsexuell ist. Dass unsere Mama behindert ist, habe ich noch nicht erwähnt.«

»Wie heißt denn das Buch?«, frage ich.

»Es heißt: *Telefongespräche mit meinem Vater, während ich heimlich auf* MDMA *bin.*«

»Guter Titel«, sage ich. »Hey, habe ich dir schon erzählt, dass ich jetzt permanentes Mitglied der Poetentaten bin? Ich kann dir die Fan-Seite zeigen.«

»Das heißt auf Deutsch so was wie *lesbian*, oder?«, fragt er vorsichtig.

»Ja«, sage ich.

»Aber wahrscheinlich bedeutet das Wort *lesbian* etwas ganz anderes auf Deutsch?«

Bei meinem Bruder bemerke ich etwas, was ich bei allen anderen Verwandten vermisst habe. Nicht Respekt. Sondern Neugier.

»Genau«, sage ich. »Auf Deutsch heißt es Lesebühne.«

»Es ist eine große Ehre für mich«, setze ich hinzu, »dass ich jetzt ein permanentes Mitglied sein darf. Oder?«

»Ja, total«, sagt mein kleiner Bruder. »Ich bin voll stolz auf dich. Und weißt du, was auch cool ist? Wenn mein Buch fertig ist und ich ins Literaturbusiness einsteigen will, wird es sehr nützlich sein, eine Schwester zu haben, die ein Star in Deutschlands *lesbian*-Szene ist.«

»Genau«, sage ich und trinke meinen Billig-Baileys-Milch-Drink auf ex. »Das hast du richtig verstanden.«

Eines Abends ruft mich mein ehemaliger Stiefvater Bob/meine neue Tante Trudie an.

»Deine Mama hat morgen ein Interview«, sagt sie.

Mir wird plötzlich kalt und übel.

»Ein Interview?«, frage ich. »Wofür?«

»Bei so einem Job Start Institute.«

»Job Start?«, frage ich. »Soll sie etwa arbeiten gehen?«

Nicht alle Behinderten sind arbeitsunfähig. Ganz viele behinderte Menschen sind arbeitsfähig. Ganz viele, bestimmt. Meine Mama gehört nicht dazu. Sie kann nicht nur nicht gehen, sie kann nicht aufstehen, sie kann sich nicht hinsetzen, sie kann nicht aus dem Bett steigen, sie kann sich nicht anziehen, sie kann nicht alleine aufs Klo, sie kann das Telefon nicht bedienen, sie kann nicht schreiben, sie kann ihre Pinkelbinden nicht alleine in ihre Hosen tun, sie kann sich nicht ihre Stullen schmieren, sie kann nix. Und sie pinkelt ständig. Sie pinkelt ständig – jede halbe Stunde – und fällt sehr oft hin. Sie fällt mindestens zweimal pro Tag und liegt auf dem Boden wie ein wütender Gregor Samsa, nur kann sie sich nicht bewegen, nur die Augen, und dann muss man den Notruf anrufen, um sie wieder in einen Stuhl zu kriegen. Ich sage nicht, dass sie nie wieder arbeiten wird. Aber der Arbeitgeber, der ihr einen Job gibt, müsste ein sehr großzügiger, geduldiger Mensch sein, und bestimmt hätte er keine Ahnung von seinem Business. Echte Kapitalisten würden meiner Mutter nie eine Arbeit anbieten.

Aber meine Mama war nicht immer krank. Bei der Hochzeit mit Markus ist sie schon gehumpelt. Die Ärzte aber wussten nicht, was sie hatte. Schlaganfall oder Post Traumatic Stress Disorder wegen der Scheidung und dieser ganzen transexuellen Sache. Es hat fast zehn Jahre gedauert, bis wir erfahren haben, was sie wirklich hat.

»Es ist passiert!«, sagte meine Mama am Telefon.

»Was ist passiert?«, fragte ich.

»Es. Ist. Passiert«, sagte sie.

»Was?«, fragte ich.

»Die Operation!«

»Ach so.«

»Die Geschlechtsumwandlungs-OP.«

»So sollst du es nicht nennen«, sagte ich. »Das ist eine gender reassignment therapy.«

Plötzlich fühlte ich mich total erleichtert. Ich erinnerte mich, wie sehr ich dagegen war, als Bob das angekündigt hatte, als ob sein Penis was mit mir zu tun hätte. Komisch, jetzt, wo es vorbei war, fühlte ich mich nur erleichtert. Als ob sein Penis die ganze Zeit eine Todesstrafe gehabt hatte, und jetzt war sie endlich vollstreckt worden.

»Ich habe andere große Nachrichten für dich«, sagte meine Mama. »Die Ärzte haben endlich rausgefunden, was mit mir los ist.«

»Oh.«

»Ich habe Multiple Sklerose.«

»Oh«, sagte ich. »Das ist total schlecht, oder?«

»Das ist voll scheiße. Aber ich bin ein bisschen erleichtert, dass es doch nicht alles psychosomatisch gewesen ist. Das war mir immer peinlich, wenn die Ärzte das gesagt haben. Aber, nee, es ist eine echte Krankheit, und die Ärzte sagen, wenn ich Glück habe, bleibe ich noch sieben Jahre am Leben.«

»Sieben Jahre?«

»Ja, sieben. Also versuch mal, mit Markus darüber zu reden, dass du und Lenny jedes Weihnachten in England verbringen dürft. Trotz dieser Regelung mit dem Amt und so mit Weihnachten.«

»Okay«, sagte ich. »Ich versuche es.«

»Es geht nicht darum«, sagt Trudie, »dass sie arbeiten gehen soll.«

»Nee?«, frage ich erleichtert.

»Nee«, sagt sie, »sie soll sterben. Es gibt so viele gesunde Arbeitslose, darunter junge Männer ohne Familie, um die könnten sie sich kümmern, wenn sie die Arbeitslosenrate senken wollten. Denen könnte man tatsächlich helfen. Aber das wollen sie nicht. Sie wollen, dass deine Mutter stirbt. Sie wollen, dass sie alle sterben, die Schwerbehinderten und Schwerkranken in unserem Land. So schafft man es, dass sie sterben. Man droht ihnen: Bald gibt es kein Geld mehr für dich. Und dann sterben sie alle. Manche kriegen einen Herzinfarkt, viele begehen Selbstmord. Es hat schon angefangen, es läuft alles nach Plan, perfekt nach Plan. Sie sparen viel Geld, wenn die Schwerbehinderten sterben, deswegen kümmern sie sich um sie. Ein gesunder Arbeitsloser kriegt ein Drittel von dem, was deine Mama bekommt.«

»Was werden sie sie fragen?« Die Panik läuft mir kalt den Rücken hinunter, als ich die Frage stelle.

»Ach, du weißt schon«, sagt sie. »Wo hast du dich beworben, für welche Stellen hast du dich beworben?«

»Die wollen so einen Scheiß von ihr wissen?«, frage ich total erstaunt. Ich habe immer gesagt, dass es in England eine soziale Kälte gibt, von der man in Deutschland nur träumen kann. Aber irgendwie dachte ich, man würde meine Mama in Ruhe lassen. Wegen der Pinkelei und so.

»Ja«, sagt sie. »Es kann sein, dass eine nationale Partei an die

Macht kommt, Jacinta. Hör mir zu. Das britische Volk ist masochistisch – wir sind ein Volk masochistischer Leibeigener –, wir sind geisteskrank, wir sind gefährlich geisteskrank. Aber die, die oben sind, die machen uns kaputt. Sie machen uns kaputt, sie zertrümmern uns mit ihren Stiefeln. Irgendwann wird sogar das britische Volk einmal nein sagen. Aber zum Sozialismus sagt es trotzdem nicht ja. Es ist zu masochistisch für den Sozialismus. Irgendwann werden wir hier in England Nazis an der Macht haben.«

»Ja«, sage ich. Seit ich denken kann, verbreitet mein Stiefvater paranoide Phantasien über die Zukunft Englands. Was mir Angst macht, ist: Je älter ich werde, desto mehr glaube ich ihm, dass es so sein wird.

»Ich habe es schon deiner Mutter und deinem Bruder Johnny erzählt. Nur deiner Schwester nicht, Lilly spricht immer noch nicht mit mir. Wenn es passiert, hauen wir sofort ab. England ist ein tolles Land, aber ich bin nicht bereit, dafür zu sterben, nee. Dann sagen wir einfach: Na gut, tschüs, wir hauen ab. Ich will nicht für England sterben. Wir kommen zu dir. Bestimmt hat deine Schwester mir bis dahin vergeben. Und ich wollte dich was fragen: Wie viele Matratzen hast du in deiner Wohnung?«

»Meinst du auch die, auf der ich schlafe?«, frage ich.

»Nee. Ich meine Extra-Matratzen.«

»Ach so. Ich habe eine Luftmatratze und ein Schlafsofa.«

»Hör zu«, sagt mein Stiefvater, »wenn du in der Stadt bist und du siehst irgendwo auf der Straße eine alte Matratze – sieht man so was manchmal, Jacinta?«

»Ja«, sage ich. Mir fällt gerade auf, dass man in London viel öfter Matratzen auf den Straßen sieht als in Berlin. Warum ist das so? In Berlin sieht man immer Sofas und Sessel auf den Straßen, in London Matratzen. Aber das erwähne ich meinem Stiefvater gegenüber nicht. Ich sage einfach: Ja.

»Okay«, sagt er. »Immer, wenn du so eine Matratze auf der Straße siehst, heb sie auf und bring sie nach Hause. Vielleicht denkst du, dass diese Matratze zu schmutzig oder zu alt ist, vielleicht riecht sie nach Pisse. Egal, heb sie auf, schlepp sie nach Hause. Und dann tu sie in den Keller. Du hast einen Keller, oder?«

»Ja«, lüge ich. Wir haben keinen Keller. Also eigentlich haben wir einen, aber wir haben nie den Schlüssel beim Vermieter abgeholt.

»Es kann sein«, sagt meine Tante Trudie bedeutungsvoll, »dass eine Zeit kommt in Europa, wo Leute, die in Deutschland wohnen und Verwandte in England haben, ein paar Extra-Matratzen nötig haben. Weißt. Du. Was. Ich. Damit. Sagen. Will.«

»Ja«, sage ich.

»Die Pisse wird uns nicht stören, wir werden es nicht mal merken«, erklärt sie weiter, »wir werden einfach nur dankbar sein, den englischen Nazis entkommen zu können.«

»Ja«, sage ich.

»Deine Tante und dein Onkel werden sich um sich selbst kümmern müssen«, sagt sie. »Und dein Opa ist hoffentlich tot, bevor die Nazis an die Macht kommen.«

Schon komisch, am Anfang des Gesprächs war ich so deprimiert, und die Vorstellung, dass meine Mama zum Job Start Interview musste, ließ in mir eine kalte Welle der Panik losbrechen. Aber jetzt tröstet mich der Gedanke, dass ich, nachdem in England Nazis an die Macht gekommen sind, alle meine Verwandten in meiner Berliner Wohnung auf dreckigen Pissmatratzen unterbringen muss.

Und dann bemerkt Trudie: »Es riecht sowieso überall nach Pisse, wo deine Mama sich aufhält.«

Ich sage: »Ja. Das stimmt.«

Mit den Jungs – mit Marek und mit Jens – rede ich in dieser Zeit öfter über meinen Stiefvater und seine Geschlechtsumwandlungs-OP. Ich bin dabei ein bisschen transfeindlich, denke ich manchmal, denke ich wirklich.

Auch im direkten Gespräch mit meinem Stiefvater Bob/ meiner Tante Trudie war ich nicht immer politisch korrekt, obwohl ich mir Mühe gab. »Warum musst du einen Rock anziehen?«, fragte ich sie einmal verzweifelt. »Warum ziehst du nicht einfach eine lilafarbene Hose und eine orangefarbene Strickjacke an? Und eine weibliche Handtasche mit einer Blume drauf? Warum muss es ein Rock sein?«

»Ich will aussehen wie eine ganz normale Frau!«, antwortete sie. Die politisch inkorrekte Antwort, die in meinem Kopf entstand, habe ich dann zensiert.

Oder als meine Tante mich anrief und sagte, sie sei Feministin geworden. Da war ich sauer. »Auch das noch!«, schnaubte ich innerlich. »Kaum habe ich dich als Frau akzeptiert, da wirst du Feministin! Du lässt uns nichts, was nur für uns ist!«

Ich war so naiv und ignorant. Bei Twitter folge ich vielen Trans-Frauen, und sie alle beschweren sich über Familienmitglieder, die sie als »er« bezeichnen. Lange dachte ich, meiner Tante würde es nichts ausmachen, dachte, die Trans-Frauen bei Twitter wären total PC und so. Aber dann fragte ich Tante Trudie, wie sie sich fühlte, wenn ihre Schwester, meine Tante Katy, über sie immer als er und Bob spricht, und sie antwortete: »Es macht mich so traurig und wütend, die Frau ist eine ignorante Schlampe, jedes Mal, wenn sie das sagt, koche ich vor Wut.«

»Hey!«, sagt Jens, als wir mal wieder über meinen Stiefvater/ meine Tante sprechen. »Wenn du von der Muschi deines Stiefvaters redest, ist nicht alles, was du sagst, korrekt, weißt du das?«

»Du meinst politisch korrekt?«

»Nee«, sagt er. »Ich meine anatomisch. Das ist nicht korrekt, was du gesagt hast, über die Trans-Muschis. Sie sehen ganz toll aus. Total geil sehen sie aus, immer.«

»Woher weißt du das?«, frage ich.

»Von YouPorn und so. Sie haben immer sehr schöne Muschis, die Transsexuellen. Immer.«

»Ja«, sagt Marek. »Teilweise sind sie noch schöner als eine echte Muschi. Was interessant ist, weil es bei Titten nicht so ist, man hätte immer lieber echte Titten als gefakte. Aber die Trans-Muschis sehen sehr schön aus, so rosarot, dick, plüschig, einfach ...«

»Fickbar«, sage ich.

»Genau!«, bestätigt er.

Plötzlich erinnere ich mich daran, über wessen Vagina wir gerade reden. Die von meiner Tante. YUCK. Ich bin viel weniger transfeindlich als früher, aber ich will nicht über den Penis meines Vaters oder die Muschi meiner Mutter oder die neue Muschi meiner Tante nachdenken. Das ist nicht transfeindlich, das ist normal. Ich will auf jeden Fall nicht daran denken, dass meine Tante ihre neue Muschi für sexual purposes benutzen könnte.

»Bestimmt wird meine Tante nie damit ficken!«, sage ich. »Sie hat die OP nur gemacht, damit sie eine Muschi hat, aber nicht für den Sex. Sie hat das wegen des Pinkelns gemacht, damit ihr Penis beim Hinsetzen auf dem Klo nicht ins Wasser hängt.«

»Spinnst du?«, ruft Marek. »Natürlich wird er damit ficken! So eine OP macht man nicht einfach so. Er lässt sich operieren, weil er wie eine Frau gefickt werden will.«

»Sie!«, korrigiere ich. »Sag ›sie‹, wenn du über meine Tante-Slash-Stiefvater sprichst, okay.«

»Du machst das auch manchmal!«, sagt Marek. »Neulich hast du nicht einmal ›sie‹ gesagt.«

Ich zucke vor Scham und ein bisschen Schmerz. Ich weiß, dass er recht hat.

»Ja, aber ich versuche, das nicht mehr zu machen!«, sage ich. »Ich habe mich entschieden, nie wieder ›er‹ über meine Tante zu sagen. Wenn ich über meine Kindheit spreche, ist das schwer, aber bei meiner Tante, wie sie jetzt ist, versuche ich, immer ›sie‹ zu sagen.«

»Voll politisch korrekt und so!«, sagt Paul.

»Es geht nicht um politische Korrektheit«, antworte ich. »Ich habe mich aus Etikette-Gründen dafür entschieden, aber auch aus Solidarität und ein bisschen aus Liebe.« Vieles, was als PC abgestempelt wird, ist eigentlich nur eine Mischung aus Manieren, Solidarität und ein bisschen Liebe.

»Ich habe gestern mit einer Frau gefickt«, sagt Paul. »Ihre Muschi sah echt komisch aus. Ich weiß nicht, sie war nicht ganz normal. So … schief, irgendwie. Die Lippen waren schief.«

Ich lächele Paul an. Ich finde es lustig, wie die Jungs sich über Mario Barths Sexismus beschweren, obwohl er viel weniger sexistisch ist als jeder von ihnen. Wenn es um Mario Barth geht, ist Sexismus scheiße, aber den ganzen Tag lang erzählen sie, dass Frauen komische Muschis haben und zu heiß baden und so weiter und so fort. Finde ich irgendwie süß.

»Ich denke, ihr Männer habt voll Muschineid!«, sage ich. »Ich glaube überhaupt nicht an das mit dem Penisneid und so. Weil wir nehmen eure Penisse auf, sie werden ein Teil von uns. Aber unsere Muschis sind für euch ein Geheimnis, und ihr seid neidisch.«

»Blablabla!«, sagt Paul. »Wegen deinem langweiligen feministischen Gelaber bist du alleine, Jacinta. Deswegen hast du keinen Freund. Wer könnte so einen Emanzen-Quatsch jeden Tag aushalten?«

Ich lache. Ich weiß, dass er es nur halb ernst meint. Aber

jetzt will ich ihn wirklich wütend machen. »Warum sonst solltet ihr uns so unterdrücken?«, frage ich. »Warum hättet ihr das nötig? Wir sind schwächer als ihr, wegen unserer Körper und weil wir Kinder kriegen und auf sie aufpassen müssen. Ihr solltet uns eigentlich helfen. Ihr wärt sowieso immer stärker als wir, sogar wenn ihr uns mit den Kindern helfen würdet. Aber stattdessen macht ihr uns richtig kaputt. Ihr macht uns platt. Ihr zerstört uns. Was kann der Grund dafür sein? Muschineid.«

»Da könnte was dran sein«, meint Jens.

Paul, Marek und ich gucken Jens verblüfft an.

»Ich kann mir vorstellen, dass Jacinta recht hat!«, sagt er. »Sie sind schon interessanter als Schwänze, die Muschis.«

»Ich kann mir auch voll gut vorstellen, dass ich recht habe«, sage ich. »Ich habe recht und ihr habt Muschineid. Ihr Armen!«

Ich versuche, politisch korrekt zu sein, aber nur aus Liebe und Solidarität und so. Mir fällt da eine Geschichte ein, die mein Bruder mir erzählt hat. Wir nannten meine Tante damals noch »Papa« oder »Bob«, obwohl sie schon als Frau lebte.

»Bob hat mich zu einem Vorstellungsgespräch in Westlondon gefahren«, sagte Johnny. »Und er hat draußen auf mich gewartet. Am selben Abend hatte er ein Date, und als ich wieder zu ihm ins Auto stieg, hatte er Lippenstift aufgetragen. Er wollte nicht wissen, wie das Interview gelaufen war oder so was. Er fragte nur: ›Wie sehe ich aus?‹ Und ich sagte: ›Oh, fabelhaft, Schatzi, wie eine echte Dame!‹ Und er sagte: ›Okay, du kleines Arschloch, du kannst nach Hause laufen.‹ Und dann musste ich mit der U-Bahn nach Hause fahren …« Wir haben uns über diese Geschichte totgelacht, aber vielleicht ist sie in Wirklichkeit nicht so lustig.

Als unsere Tante Trudie ein Mann war, war er ein Arschloch.

Dieser Mann hat uns gehasst, und am meisten unsere Mama. Jetzt ist sie eine Frau geworden, und sie ist, wenn auch nicht immer nett, wenn auch nicht Mutter Teresa oder so, zumindest kein totales Arschloch mehr.

REPARATUR

»Deinen komischen Freund hast du doch längst vergessen«, meint Jens.

»Ich weine jede Nacht!«, sage ich.

»Ja, aber du weinst immer«, sagt Jens. »Ich werde nie vergessen, wie du mal beim Nachrichtenhören wegen Palästina geweint hast.«

»Aber das war so traurig!«, rufe ich.

»Ja, aber normale Menschen weinen nicht wegen Palästina.«

»Normale Menschen sind Arschlöcher, Jens. Ich weiß übrigens nicht, ob ich mich jemals reparieren werde.«

»Du meinst nicht ›reparieren‹ …«, sagt er. »Du meinst ein anderes Wort.«

»Ich meine reparieren!«, sage ich trotzig. »Weil ich total gebrochen bin.« Und lächele ihn triumphierend an.

Ein paar Tage später bin ich bei einem Abendessen mit Freunden in Neukölln. Meine australische Freundin Kelly sagt, ich fände wegen meiner Körpersprache keinen deutschen Freund.

»Jacintas Problem ist ihre Körpersprache. Sie ist immer zu offen und interessiert, sie macht einen komischen Eindruck auf deutsche Jungs, bei Partys und so. Sie hört zu interessiert zu.« Sie wendet sich mir zu: »Du solltest versuchen, ein bisschen gelangweilt auszusehen, wenn du mit deutschen Männern kommunizierst.«

»Ich finde schon noch einen deutschen Freund«, protestiere ich halbherzig. »Guck mal, Kelly, in den letzten Monaten hatte ich zwei deutsche Männer, die man durchaus als ›Jacintas Freund‹ hätte bezeichnen können. Ich habe kein Problem mit deutschen Männern.«

Kelly sagt nichts, sie guckt mich nur mitleidig an. Meine britische Freundin Lizzy meint: »Sie findet sofort einen Freund, wenn sie sich bei OkCupid anmeldet und ein bisschen Musikgeschmack vortäuscht.«

»Genau«, erklärt Zara, meine neue amerikanische Freundin, »sie sollte sich bei OkCupid anmelden. Jacinta, warum bist du eigentlich nicht längst bei OkCupid?«

»Ich melde mich demnächst da an«, verteidige ich mich.

»Du bist doch sonst nicht stolz«, sagt Zara.

Kelly ist noch nicht fertig: »Vielleicht ist es auch wegen dem Nicken. Ich denke, du nickst nicht genug, wenn deutsche Männer mit dir sprechen. Klaus meinte das. Ihr kennt doch Klaus, oder? Er meinte, er fände Jacinta voll nett und so, aber er sei unsicher, ob sie nicht lernbehindert wäre. Weil sie nie nickt, wenn man ihr was sagt. Doch, genau das hat er gesagt, Jacinta. Du solltest öfter nicken. Deutsche Frauen nicken andauernd.«

»Ich dachte, ich gucke zu interessiert? Und jetzt nicke ich plötzlich zu wenig und mache einen lernbehinderten Eindruck?«, sage ich beleidigt.

»Deine Haare sind auch zu lockig«, fügt Kelly hinzu. »Und du bist zu dick. Deine Hüften sind so dick geworden! Deutsche Männer mögen dünne, schmale Frauen mit glatten Haaren.«

»Ich denke, die Geschichten, die sie auf Partys erzählt, sind zu interessant«, meint Zara. »Deutsche Frauen erzählen nie interessante Geschichten auf Partys. Habt ihr das bemerkt? Kurz bevor zwei Deutsche miteinander Sex haben, fängt die Frau an, sehr langweilige Geschichten zu erzählen. Vom Bürgeramt oder vom Frauenarzt. Oder aus der U-Bahn, wo irgendwas sehr Langweiliges passiert ist mit einem U-Bahn-Musiker. Diese Geschichten haben keinen Sinn und keine Pointe, aber die Jungs gucken die Frauen so gefesselt und konzentriert an, als würden sie gerade Martin Luther Kings Traumrede hören. Dann ficken sie. Das Ficken ersetzt die Pointe der Geschichte. Habt ihr das noch nicht bemerkt? Je langweiliger die Geschichte, desto schneller landen die beiden Deutschen im Bett.« Zara guckt mich entschuldigend an. »Du solltest versuchen, langweiligere Geschichten zu erzählen.«

»Und mindestens zehn Kilo abnehmen!«, meint Kelly.

»Und dich bei OkCupid anmelden!«, ruft Lizzy.

»Und du brauchst eine neue Brille!«, erklärt Zara.

Wie gut, dass ich so hilfreiche Freundinnen habe.

Obwohl ich eigentlich doch ab und zu deutsche Jungs kennenlerne, auch ohne OKCupid. Neulich bin ich aufgewacht und habe mir den Jungen angesehen, der neben mir lag. Ich sollte einen Roman schreiben, dachte ich. Der Junge war so jung und schön und die Sonne schien durchs Fenster auf seinen schönen weißen Körper, und ich flüsterte ihm zu: »Ich hoffe, dass der Nachbar nichts gehört hat.«

Er flüsterte zurück: »Bestimmt nicht.«

Ich flüsterte zurück: »Ich kann ihn manchmal beim Husten hören, dann liege ich da im Bett, höre ihm beim Husten zu, und denke dran, wie er mich beim Ficken und Furzen hören muss. Der hustet voll viel. Der ist Alkoholiker. Sehr nett. Ich mag Alkoholiker eigentlich voll. Habe kein Problem mit ihnen als Menschen so.«

Er sagte: »Wenn du ihn beim Husten hören kannst, hat er dich bestimmt auch beim Orgasmus gehört.«

Ich machte die Augen zu, dann machte ich sie wieder auf, Gott, war er jung und dünn und weiß und schön, dieser Junge, er sah aus, als ob das Sonnenlicht von innen käme. Ich sagte leise: »Du bist so schön.«

Er öffnete die Augen und sagte sehr höflich: »Du auch.«

Sehr höflich und brav war er. Ich guckte ihn verwirrt an. Was für irrelevantes Zeug quatschst du, dachte ich. Komisch, wenn man mit Jungs fickt, ist es vollkommen unwichtig, schön zu sein. Bei Männern ist jedes Kompliment wie ein Vitamin oder so, aber bei Jungen genügt es, dass sie bereit sind, ihren Schwanz in dich reinzuschieben, ohne zu kotzen.

Er ging weg, ich schlief wieder ein, aber nur halb. Ich dachte an Peter. Ob er mich vermisste. Als ich das letzte Mal bei Lidl war, hatte ich Ziegenkäse im Speckmantel gesehen, den hätte ich ihm gern gekocht. Bestimmt vermisste er mich irgendwie sogar mehr als ich ihn. Ich dachte darüber nach, ihn anzurufen, um ihm mitzuteilen, dass ich mit einem Jungen gefickt hatte, der so jung war, dass es mir egal war, ob er mich schön fand oder nicht, aber dann erinnerte ich mich, dass ich gar kein Guthaben mehr hatte.

Und plötzlich hatte ich die Schnauze voll von kleinlichen Texten über das normale Leben. Ich will was Großes machen, sagte ich mir. Ich mag das an den britischen Arbeitern, dass die das Große mögen, eigentlich sind sie genau wie die Russen: Wenn sie Geld bekommen, wenn sie im Lotto gewinnen oder so was, dann bauen sie ordentliche Riesenvillen mit Riesenlöwen aus Stein davor. Ich mag das voll, ich respektiere das, ich mag es groß. Das ist so langweilig an den Deutschen, finde ich, egal, wie arm sie sind, gib ihnen Geld und sie kriegen plötzlich ein bisschen Geschmack. Zehlendorf, Potsdam, alles so vernünftig. Keine Löwen. Ich mag es groß. Ich will Geld. Ich will Geld, der Kleine und ich, wir sind jetzt alleine. Wir brauchen Geld.

Ich sollte einen Roman schreiben über Spione und so was. Eine Öko-Aktivistin, die entdeckt, dass ihr Ehemann ein Bulle ist, und sich rächen will, und sie setzt ihn unter Drogen und foltert ihn. Oder eine Sekretärin, mit dicken Titten. Perfekte Haut, rote Lippen. Ein echter Engel, und niemand kennt ihre wahre Vergangenheit. Sie musste immer mit ihrem Bruder ficken, und dann ist sie abgehauen, geflohen, also wurde sie Stripperin und finanzierte mit dem Geld ihre Ausbildung und dann heiratete sie ihren Chef. Irgendwann findet einer die Wahrheit über ihre Vergangenheit heraus und erpresst sie, und auch der Chef, ihr Ehemann-Chef, findet's raus und will sie verlassen, aber bevor er ausziehen kann und die Scheidung einreichen, tötet sie ihn und erbt das Haus, und dann foltert und tötet sie ihren Bruder, und dann wird sie Premierministerin.

Der Nachbar hustete. Scheiße. Er hatte uns bestimmt beim Ficken zugehört. Ich fragte mich, ob ich lauter schreie, seit Peter mich verlassen hat. Er ist nach Mitte gezogen, und ich schrie lauter, nachdem er weg war, vielleicht wollte ich so laut schreien, dass er mich in Mitte hörte. Aber meine neuen Liebhaber waren auch G-Punkt-fixierter als er, muss man dazu sagen.

Eigentlich wusste ich ganz genau, warum ich einen Roman schreiben wollte. Weil es in meinen normalen kleinlichen Texten immer um den Alltag ging. Wenn ich mir meinen Alltag ohne Peter so anschaute, musste ich zugeben, dass er total scheiße war. Aber zumindest, tröstete ich mich halbherzig, ist nicht herausgekommen, dass Peter ein Polizei-Spion war.

Irgendwann habe ich mich dann doch bei OKCupid angemeldet. Zara kam vorbei, und half mir mein Profil einzurichten und lustig und feministisch zu wirken, aber nicht zu lustig oder zu feministisch, und ich verabredete mich sofort mit den Jungs, die mich anschrieben. Und es machte Spaß. Ich denke, man kann das ruhig machen, wenn man Leute kennenlernen will.

So begeistert wie meine deutsche Freundin Tanja, die immer versucht hatte, mich zu OkCupid zu konvertieren, bin ich aber doch nicht.

Ich treffe mich im Volkspark Friedrichshain an der Fontäne mit ihr. Das letzte Mal, als ich mich mit ihr getroffen habe, schwärmte sie die ganze Zeit davon, wie toll das sei, wie cool die Männer, wie interessant die Dates, wie lehrreich das ganze Erlebnis.

»Das ist so cool!«, schwärmte sie. »Die Männer sind so cool! Total coole Typen, irgendwie. Die Dates sind so interessant! Die Zeit vergeht so schnell! Und das ganze Erlebnis ist irgendwie total … *lehrreich*. Weißt du, Jacinta, was die Menschen nicht verstehen: Nicht alles muss immer in einer Beziehung enden! Man kann auch einfach tolle Kontakte knüpfen. Ich sehe das ganz pragmatisch! Für die Karriere ist es total hilfreich, so viele tolle Leute kennenzulernen. Ich bin einfach dankbar dafür, dass ich bei OkCupid bin.«

Damals nickte ich, schwor mir, nie Mitglied zu werden, dann ging ich nach Hause und meldete mich doch an.

Jetzt sitze ich im Park und Tanja fragt mich aus.

»Und? Ist OkCupid nicht toll? Triffst du dich nicht ständig mit tollen Typen, die total interessant und cool sind? Bist du nicht happy, dass du dich angemeldet hast?«

»Ja«, sage ich. »Ist echt super.«

»Erzähl mal, Jacinta. Mit wem hast du dich getroffen?«

»Mit einem Türken«, sage ich. Tanja guckt ein bisschen missbilligend. »Hatte er keinen Beruf? Bestimmt war er von Beruf kein Türke?«

»Nein«, sage ich, »der war Gehirnwissenschaftler. Er schnitt Mäusen die Kehle auf, bis sie Schlaganfälle bekamen, dann gab er ihnen Eiweiß und beobachtete, welches Eiweiß am hilfreichsten für die armen Mäuse war. Dann hat er sie getötet. Er war ganz nett. Ein netter Muslim. Total hübsch. Hat gefastet an Ramadan. Gehirnwissenschaftler.«

»Er hört sich auf jeden Fall total cool und interessant an. Ist es nicht egal, wenn es nicht in einer Beziehung endet? Einfach so coole, interessante Männer kennenlernen zu dürfen! Das ist modernes Networking! So ein Gehirnwissenschaftler! Super! Ist das nicht irgendwie ein tolles Erlebnis?«

»Er war zu nett für mich«, erkläre ich. »Er war schockiert, dass ich zuerst schwanger geworden bin und dann geheiratet habe. Und ich dachte, wenn ihn das schockiert, dann kriegt er einen Schlaganfall, wenn er von den Abtreibungen und so weiter erfährt. Dann habe ich mich mit einem Journalisten getroffen. Alt und dick, aber sexy. Besser, sie werden im Alter dick, ich hasse dünne alte Männer, ich hasse alte, harte Münder. Aber er war zu sado-maso, beziehungsweise, ich war nicht sado-maso genug. Ich finde es lächerlich, wenn sie das mit den Gürteln machen, und du sollst sie respektieren und Meister sagen und so, aber sie haben so einen lächerlichen Gürtel in der Hand. Aber er war nett. Total nett.«

»Man lernt immer total nette Männer bei OkCupid kennen, man muss das einfach nur genießen, Jacinta. Man muss einfach sagen: Ja, ich bin bereit, viele neue, tolle Leute kennenzulernen. Dann macht es Spaß.«

»Dann ein deprimierter Künstler. Er war arbeitslos und hatte Todesangst, aber er hat sich selbst so langsam und deprimierend beschrieben, dass ich mich totgelacht habe. Der war total nett. Er hatte auch einen Doktor. Ich glaube, alle Männer, die ich bei OkCupid kennengelernt habe, hatten einen Doktortitel.«

»Ja, die Männer bei OkCupid, mit denen ich mich getroffen habe, waren auch sehr gebildet. Das ist einfach toll.«

»Der deprimierte arbeitslose Künstler sagte, ich würde die Konversation kontrollieren.«

»Was?«

»Weil ich immer unvermittelt das Thema wechsle.«

»Echt? Stimmt, das tust du ein bisschen, ja.«

»Er sagte, ich wäre die einzige Frau, die er jemals kennengelernt habe, die ihn an seinen Vater erinnern würde.«

Tanja sieht richtig schockiert aus. »Aua!«, ruft sie. »Was hast du dazu gesagt?«

»Ich habe gesagt: Ach so, und was denkst du, wird Schottland unabhängig werden?«

»Ja, sehr gut, Jacinta.«

»Dann so ein Regisseur und Menschenrechtskämpfer. Er hat gedacht, ich wäre rassistisch und ausländerfeindlich, aber ich hab vergessen, warum.«

»Und was hast du dazu gesagt?«

»Ich sagte: Zumindest bin ich kein weißer Mann. Er fand das nicht lustig.«

»Oh. Vielleicht solltest du weniger Witze machen bei deinen Dates, Jacinta?«

»Dann einen Graphiker. Jude.«

»Jacinta.«

»Mit dem habe ich gefickt. Am Tag danach habe ich eine Solidarität-mit-Palästina-Petition unterschrieben, weil ich dachte, wie antisemitisch kann ich sein, wenn ich bereit bin, mit Juden zu ficken?«

»Okay.«

»Er hatte einen sehr schönen Penis.«

»Danach habe ich echt nicht gefragt.«

»Fast perfekt.«

»Jacinta! Spar dir die Details!«

»Ich meine, beschnitten ist immer schön, ne.«

»Jacinta, echt, ey.«

»Sein Alter war gelogen. Er sagte, er wäre 38, aber ich wusste sofort, als er mich küsste, dass er log.«

»Ja, man merkt das, oder?«

»Sein Mund war alt und dünn, weich, aber alt. Und er roch alt. War bestimmt 48. Aber egal. Fickte sehr gut. Ein sehr, sehr schöner Penis, lang und dünn wie ein Bleistift. War sehr leicht zu kommen, sogar mit Kondom. Also das waren meine OkCupid-Männer.«

»Das ist so schön, dass du so tolle Erlebnisse sammelst! Gehirnwissenschaftler, Autoren, Journalisten ... Künstler. Solche Kontakte sind nur von Vorteil: Sie sind gut für deine Selbstentwicklung! Für das Selbstbewusstsein! Für die Selbstverwirklichung! Für die Selbstentdeckung!«

»Ja.« Ich seufze. Ich gucke meine Freundin an und frage mich, ob ich sie tatsächlich hasse oder nur ein bisschen verachte. Ich entscheide mich, dass es doch Hass ist. Ich will mich selbst nicht entdecken oder verwirklichen oder sonst was. Ich will einen Mann. Er muss keinen Doktor haben oder den perfekten Penis oder so was. Aber einen normalen Mann will ich haben. Einen normalen Mann mit einem normalen Penis in einer normalen Beziehung, und ich will normal und glücklich sein. Das ist das, was ich will. Ich will keine Kontakte knüpfen. Wenn ich Kontakte knüpfen wollte, könnte ich mich bei LinkedIn oder Toastmasters anmelden.

»Weißt du, wen ich bei OKCupid gefunden habe?«, frage ich.

»Wen?«

»Meinen Ex.«

»Deinen Ex?«

»Peter.«

»Hast du sein Profil angeschaut?«

»Ja, ich musste ein extra Profil erstellen, damit er nicht sehen kann, dass ich auf sein Profil geklickt habe. Habe eine dünne 18-Jährige in London erfunden, und als Foto nahm ich das Auge von Käthe Kollwitz.«

»Und?«

Ich schäume vor Wut.

»Er hat geschrieben, dass er frische Beeren und Nüsse mag«, schnaube ich.

»Echt? Ich meine, alle Menschen mögen Beeren, oder?«

»Er hat geschrieben, dass er ohne sie nicht leben kann!«

Tanja lacht. Ihr Gesicht ist wie die Sonne. Sie ist so ein glücklicher, normaler Mensch. Ich hasse sie so sehr.

»Wenn du über Peter hinweg bist, dann wirst du den Richtigen kennenlernen, Jacinta«, sagt sie.

Ich nicke. Ich bin über ihn hinweg. Ich bin nur stur. Die Idee, dass jemand, der mich nicht heiraten wollte, im Internet andere Frauen sucht, denen er eine Vorliebe für frische Beeren und Nüsse vortäuschen muss, KOTZT MICH AN. Mein Ex hat nie frische Beeren und Nüsse gegessen. Er mag ab und zu Erdnussflips. Vielleicht ein Massaman Curry. Kann es sein, dass er innerhalb eines Jahres eine Leidenschaft für frische Beeren und Nüsse entwickelt hat? Quatsch. Er will nur diese neue Freundin, von der er denkt, sie sei besser als ich, beeindrucken. Frische Beeren und Nüsse. Ich hoffe, er fickt eine bei OkCupid, sie kommt vorbei, und er hat ganz viele Nüsse bereitgestellt, Haselnüsse, Erdnüsse, Pistazien und Walnüsse. Und er fängt an, die zu schälen, ganz langsam und sexy. Und dann steckt er eine in den Mund. UND DANN ERSTICKT ER an seinen fucking Nüssen UND STIRBT. Das wäre mal ein echt lehrreiches Erlebnis für ihn.

»OkCupid ist so toll«, erkläre ich. »Man lernt da so viele tolle Männer kennen. Ist es nicht ganz egal, ob es in einer Beziehung endet? Es kann auch ganz wichtig für die Karriere sein.«

Tanja lächelt zufrieden. »Genau!«, sagt sie. Ich nicke. Ich gucke auf die Fontäne. Ich schließe die Augen. Frische Beeren und Nüsse, denke ich. Do me a fucking favour.

»Aber eigentlich will ich doch einen Mann haben«, sage ich. »Eine normale Beziehung mit einem normalen Mann.«

»Das wollen doch die meisten Menschen, oder?«, meint Tanja.

»Nein«, sage ich. »Es gibt doch diese Poly-Frauen, die echt anders drauf sind. Sie wollen keine traditionellen Beziehungen. Aber ich bin nicht so. Ich ficke rum, aber ich tue es aus Versehen. Ich tue es aus der Not heraus. Eigentlich bin ich nicht so. Eigentlich bin ich eine altmodische Schlampe.«

»Eine altmodische Schlampe? Was soll das denn bedeuten?« Tanja sieht mich mit großen Augen an.

»Ach so«, sage ich. »Das ist der Unterschied zwischen mir und diesen deutschen Poly-Mädchen, die rumficken und es tut ihnen gut und sie benutzen immer Kondome und sind so glücklich, offen und organisiert, sie haben einen festen Freund und einen Liebhaber und sieben Fuck-Buddys und eine Liebhaberin. Wenn sie umziehen, kommt der feste Freund mit den ganzen Liebhabern, Fuck-Buddys und der Liebhaberin vorbei, um zu helfen, und sie stellen einen Krug mit Mineralwasser und Minze hin. Nach dem Umzug sitzen alle zusammen und reden glücklich und zufrieden darüber, wie wichtig es für ihre Seele und ihr Selbstbewusstsein ist, dass sie rumficken, und sie sagen Sachen wie: ›Das tut mir so gut, zu ficken, das ist wichtiger als Wellness!‹ Und dann holen sie noch mehr Wasser. Und sie sind immer ein bisschen FKK und ein bisschen Eva Braun. Und so glücklich.

Und ich bin nicht so. Ich bin eine altmodische Schlampe. Ich bin traurig. Ich will einen Ehemann und Schmuck, ganz viel Schmuck, einen Ehering, ein weißes Kleid, eine Tiara. Wir haben ein Kind und wohnen zusammen, es muss kein Haus sein, aber wir haben einen Garten mit einer Schaukel und ab und zu mieten wir eine Ferienwohnung. Ich mache ihm Frühstück und als Belohnung leckt er meine Muschi zwanzig Minuten lang, und dann sage ich: ›Hey, du, Schatz, weißt du was? Ich hab vergessen, dir zu sagen, dass ich am Donnerstag nach Düsseldorf muss, wegen einer Lesung. Ich hab irgendwie vergessen, das zu erwähnen.‹ Und mein Mann wird sagen:

›Oh, Schatz, kein Problem, ich pass dann auf Lenny auf und übrigens fahre ich übernächste Woche nach …‹«

Ich mache eine Pause. Es ist sehr wichtig, dass deine Träume und Wünsche nie unrealistisch werden. Sonst werden sie nie wahr. Man sollte nie davon träumen, Oscars zu gewinnen oder im Lotto. Man sollte seine Wünsche der Realität anpassen. Den Bambi gewinnen oder ein Wochenende im Tropical Islands. Deswegen ist es sehr wichtig, dass die Stadt, in die mein zukünftiger Ehemann fährt, realistisch ist. Istanbul ist zu glamourös, Chemnitz zu langweilig. Weimar zu süß. New York zu weit weg. Oh, for fuck's sake, wo muss mein zukünftiger Ehemann hinfahren? Ich hab's! BRÜSSEL! Genau richtig. Total richtig. Jetzt habe ich die Wahrscheinlichkeit, dass ich einen Ehemann finde, der irgendwohin fährt, nicht durch meine zu phantasievollen Phantasien verringert, Gott sei Dank.

»›Hey übrigens, Schatz, ich muss übernächste Woche nach Brüssel wegen eines Symposiums oder Komposiums oder so was.‹« Eigentlich bin ich mir nicht sicher, was Symposien sind, aber mein zukünftiger Ehemann muss ständig deswegen nach Brüssel. ›Hey!‹, sagt er. ›Ich habe eine gute Idee! Willst du nicht mitkommen? Wir könnten mit der Bahn fahren.‹ Der ist voll öko, mein zukünftiger Ehemann.

DAS ist es, was ich will. Und was habe ich stattdessen? Stattdessen bin ich immer alleine mit dem Kind, mein Exmann hasst mich und denkt, dass ich das Kind hasse beziehungsweise töten will, ab und zu geht ein Kumpel, dessen schwangere Freundin im Urlaub ist, mit mir zu einer Bushaltestelle und wichst meine Klitoris, bis ich einen Orgasmus kriege. Ich bin. Eine. Altmodische. Schlampe.«

Die Deutschen benutzen wichsen nur für Männer, aber ich finde, es ist so ein schönes Wort.

»Jacinta, ich habe dir schon tausendmal gesagt, du wirst jemanden finden, wenn du anfängst, dich zu mögen«, erklärt Tanja.

Kotz, denke ich, sage aber nichts. Es lohnt sich nicht, mit deutschen Frauen zu streiten, sie haben immer recht.

Ich mag deutsche Frauen, aber sie wissen immer alles. Was man anziehen soll, was man nicht anziehen soll, wie man es anziehen soll, warum man es anziehen soll. Zweimal pro Woche muss man sich und dem Kind etwas Gutes tun, das Kind muss abends immer um genau acht Uhr schlafen gehen, und man braucht unbedingt Gästehausschuhe. Manchmal ist es anstrengend mit deutschen Frauen, ich denke, deswegen sind so viele meiner Freundinnen Ausländer.

Meine Lieblingsausländerinnen sind die Ostfrauen. Nicht, dass sie dir nie Tipps fürs Leben geben. Sie geben dir auch manchmal Tipps fürs Leben, aber die sind so streng und so absurd, dass sie dich nicht wütend machen.

Meine Lieblingsostfraufreundin ist die sehr hübsche Natalyia, die im Frauenhaus eine meiner besten Freundinnen war, aber wir haben den Kontakt verloren. Neulich habe ich sie zufällig in Neukölln wiedergesehen, auf der Straße. Sie hat mich nicht sofort erkannt, aber ich sie, und ich habe sie gezwungen, sich mit mir zu treffen.

Natalyia und ich sitzen draußen vor einem Café in Neukölln, und sie redet pausenlos über Putin und die Ukraine – inzwischen denke ich, man sollte Putin nicht nur die Krim geben, es ist ziemlich überzeugend, was sie da redet – und über Liebe und Sex, über Drogenabhängigkeit und ihre Arbeit – sie ist Rezeptionistin und Barfrau in einem Etablissement, das ein bisschen wie eine Disko ist. Ich mag Menschen, die gar nix sagen, sie lassen dich die ganze Zeit reden, und manchmal meinen sie »Wahrscheinlich hast du recht«, und solche, die pausenlos reden und dir deine Ruhe lassen. Du hörst mit halbem Ohr zu, und dabei malst du dir Sachen aus, und ab und zu sagst du: »Echt? Nein! Hätte ich nie gedacht.«

»Vielleicht ist der Mann meiner Schwester so wie dein Stiefvater, einmal pro Jahr Sex und die letzten drei Male sind ausgefallen, schlimm ist das für eine Frau, Jacinta, für ihre Psyche. Eine Frau hat auch körperliche Bedürfnisse, man hat körperlichen Bedarf und noch dazu denkt man die ganze Zeit drüber nach, ob es an einem selbst liegt, bei deiner Mama wird das nicht anders gewesen sein, Jacinta, oder, sie hat sich bestimmt Vorwürfe gemacht. Hab ich dir erzählt, dass ich jetzt einen kleinen Hund habe? Wenn das mit dem Krieg in der Ukraine so weitergeht, bleibt meine Mama für immer hier, und sie kann mit ihm spazieren gehen, manchmal habe ich Spätschicht und manchmal Frühschicht, was wollen wir trinken?«

»Lass uns Chai Latte trinken!«, sage ich.

»Chai Latte!«, ruft sie. »Was ist das?«

»Sie sind so lecker, noch leckerer als die Milkshakes von McDonald's. Guck mal, du kannst einen mit Spice oder mit Vanilla nehmen.«

»Spice!«, sagt sie. »Wie Spice Girls.«

»Genau.«

»Was ist das? Spice?«

»Gewürze«, sage ich.

»Nimmst du auch Spice?«, fragt sie.

»Ja.«

»Ich nehme denselben wie du«, sagt sie.

Meine Freundin redet pausenlos weiter, und ich gucke zu, wie das Wasser durch den Kanal in Kreuzkölln fließt. Die Chai Lattes sind unglaublich lecker. Alle deutschen Jungs, die ich kenne – Jens und Marek und Paul und so –, finden Chai Lattes scheiße, weil sie denken, dass sie ein bisschen kapitalistisch sind, aber kapitalistischer als Coca-Cola sind sie auch nicht und jeder trinkt mal Cola. In Wahrheit mag ich den Kapitalismus nur deshalb nicht, weil er die Menschen ausbeutet, kapitalistische Getränke mag ich aber total: Vanilla-Milch, Sauermilch, Müller-Milch, Cocktails, Champagner, Bionade, Latte macchiato und Chai Latte. Nur Bubble Tea nicht, der war eklig. Aber ansonsten finde ich die Getränkeauswahl geil.

Überhaupt mag ich viele Sachen, die man im Kapitalismus bekommen oder machen kann: Zum Beispiel finde ich Solarien geil, Vergnügungsparks, Spaßbäder. Vergnügungsparks und Spaßbäder gab es zwar auch zu Ostzeiten, aber damals war ich nicht hier. Solarien finde ich so geil. In der Unterschicht kann man echt nicht mehr zwischen Türken und Deutschen unterscheiden, weil alle so orange wie Kürbisse sind. Wahrscheinlich ist die Anti-Solariums-Keule der Intellektuellen deshalb eigentlich nur versteckter Rassismus. American Nails finde ich auch geil. Ich würde mir gerne American Nails anbauen lassen, aber ich schäme mich, in ein Nagelstudio zu gehen, weil meine Nägel so hässlich und gesplittert sind. Heimlich denke ich, dass ich keine echte Künstlerin bin. Ich verstehe nicht, was daran schlimm sein soll, Geld zu verdienen. Ist doch gut, oder? Dann kann man mehr in Vergnügungsparks ausgeben.

Natalyia redet die ganze Zeit ununterbrochen weiter. »Nach dem Frauenhaus war ich in Adlershof. Gott, ist es langweilig in Adlershof, Jacinta. Die Leute sind freundlich und so, aber es ist langweilig. Neukölln ist besser. Neukölln mag ich, und die Leute hier sind noch freundlicher. Die Männer hier sind so freundlich, oder? Ich lerne ständig Männer auf der Straße kennen. Hey, auf Arbeit war gestern eine Gruppe Engländer. Sehr laut. Die Engländer sind sehr laut. Aber nicht respektlos. Die Russen sind respektlos! Job Center hat mich gezwungen, eine Ausbildung als Bürokauffrau zu machen, Gott, war das langweilig, immer nur schreiben, schreiben, schreiben, aber im Club macht mir die Arbeit Spaß, das Geld ist gut, ich kann mein Auto bezahlen, als Bürokauffrau hatte ich kein Auto und jeden Tag sitzen, sitzen, sitzen, schreiben, schreiben, schreiben, so langweilig, meine Schwester zieht vielleicht aus Leipzig her, Leipzig ist schön, aber Neukölln ist schöner, oder Jacinta. Kannst du dich noch an die Lesbin im Frauenhaus erinnern?«

Ich gucke Natalyia an und lächele.

»Ja«, sage ich.

»Sie war so was von lesbisch!«

»Ja!«

»Das ist voll lecker, Chai Latte Spice«, meint Natalyia. »Danke schön, dass du mir das gesagt hast. Ab jetzt trinke ich das immer, wenn ich im Café bin. Aber das hat Spaß gemacht im Frauenhaus, oder?«

»Ja«, sage ich. »Das war ein bisschen wie im Internat.«

»Im Internat, aber mit ganz komischen Leuten! Wie die Lesbin rumgeschrien hat! Aber hat Spaß gemacht.«

Ich gucke hoch. »Wegen dir.«

»Was?«

Ich sage: »Mir hat's wegen dir Spaß gemacht im Frauenhaus.«

Natalyia lacht ein bisschen, setzt sich gerade hin und ihre Sonnenbrille auf.

»Jetzt redest du wie die Lesbin!«, sagt sie. Ich lächele sie an.

Gerne würde ich mit Natalyia über Lenny reden, über seine Schwierigkeit, über Peter hinwegzukommen. So ein schön strenger Ostfrauenrat wäre da vielleicht nicht schlecht. Nachdem Peter weg war, hat Lenny Angst bekommen: Angst, alleine zu schlafen und so. Ich bin so eine Rabenmutter, ich dachte, das sei nur eine Ausrede, um mit mir im Bett zu schlafen. Jetzt denke ich, dass er wahrscheinlich Angst hatte, dass ich mich umbringen würde, wenn er nicht bei mir im Bett schliefe. Und vielleicht hatte er ein bisschen recht.

Einmal hat Lenny mich gebissen. Er wollte, dass ich ihm irgend so eine Club Penguin Karte von Disney kaufe, ich sagte nein, und er biss mich in die Hand. Peter war bestimmt schon vier Monate weg, alle meine Freunde meinten, ich müsse langsam anfangen, darüber hinwegzukommen, aber ich weinte noch jede Nacht, bis ich einschlief. Ich vermisste Peter nicht wirklich, ich weinte nur. Und dann wurde Lenny gewalttätig, er fing an zu treten, zu beißen, zu spucken.

»Jetzt kriegst du nie wieder eine Club Penguin Karte!«, rief ich beleidigt auf der Karl-Marx-Straße. »Guck mal! Ich habe Bissmarken!«

»Du hasst mich!«, rief Lenny, trat mich und lief weg. Er lief ganz schnell, in einen Innenhof hinein. Ich folgte ihm in den Hof, er weinte und wir vertrugen uns. In der Zwischenzeit war das Hoftor zugefallen. Voll zu. Ich suchte nach einer Klingel, fand aber keine. Wir waren auf dem Parkplatz gefangen. Lenny fing wieder an zu weinen.

An der Rückseite des Hofes lag ein Zaun, dahinter ein Spielplatz. Lenny kletterte rüber wie ein Affe. Ich schaffte es zwar bis nach oben, aber ich war zu dick und meine Highheels zu wacklig, um drüber zu kommen. »Ich schaffe es nicht!«, rief ich runter. Lenny fing wieder an zu weinen.

»Ruf Peter an!«, rief er.

»Warum soll ich Peter anrufen?«

»Er würde wissen, was wir tun sollen!«

Ich schaute auf Lenny runter, dann auf Neukölln. Es sah so schön aus, so hoffnungsvoll. Die arabischen und türkischen Kinder auf dem Spielplatz hätten nicht weniger Interesse an uns haben können.

»Peter würde uns nicht helfen!«, rief ich zurück. »Er ist ausgezogen, weil er uns nicht helfen will! Er will alleine sein und seiner Mama helfen. Wir sind alleine jetzt.«

»RUF MAL PETER AN!«, rief Lenny.

»Außerdem habe ich kein Guthaben auf dem Handy«, sagte ich.

»Ich bin eigentlich auf Peters Seite!«, rief Lenny. »Ich liebe dich auch nicht mehr! Du bist sehr schwierig, deswegen ist er ausgezogen. Hat Lizzy auch gesagt.«

»Hat Lizzy auch gesagt?«, fragte ich.

»Ich will zu Peter ziehen!«, rief er. Ich fing an zu lachen. Was für eine Idee, dass Lenny zu Peter ziehen wollte. Wie lustig, der Typ wollte meinen Sohn nicht mal mehr zu einem Eis einladen und Lenny taucht in Peters neuer Wohnung mit einem Mini-Koffer auf. Weil ich lachte, fing Lenny wieder zu weinen an. »Ich komme wieder rüber, dann sind wir wenigstens zusammen«, sagte er und kletterte wieder wie ein Äffchen zurück.

An einer Stelle im Hof fanden wir ein bisschen Holz, wie eine Plattform, von der aus ich es über den Zaun schaffen könnte.

Ich hing schon oben auf dem Zaun, Lenny war bereits drüber, als eine Gruppe junger Teenager ankam. Sie waren sehr junge, noch höfliche Teenager. Zwei Mädchen und ein Junge.

»Was machen Sie?«, fragten sie. »Brechen Sie ein?«

Ich lächelte. »Wir brechen aus.«

»Was ist passiert?« Ich erzählte die Geschichte mit dem Beißen, Treten und der Club Penguin Karte, der Junge sah schockiert aus, als hätte er so etwas noch nie gehört. Er war bestimmt Libanese, die Libanesen lieben ihre Mamas so sehr.

»Junge!«, sagte er zu Lenny. »Man schlägt, beißt und tritt Frauen nicht, und schon gar nicht die eigene Mama! Du hast nur eine Mutter!«

Die Mädchen kletterten hoch auf die Plattform, um mir zu helfen. Sie waren süße Mädchen, wie ich zu haarig für die moderne westliche Gesellschaft, zu dichte Augenbrauen und zu stark geschminkt. Ich schob mich hoch und sie fingen mich auf. »Oh«, sagte ich. »Ich bin so dankbar, ich hätte das sonst nie geschafft.«

»Junge, behandele deine Mama mit Respekt!«, sagte der Junge. Mein Freund Sebastian findet das nicht gut, diesen Respekt, den die Araber für ihre Mamas empfinden. Oder die afrikanischen Verticker in der Hasenheide, die denken, dass es schlimmer ist, wenn ein Mädchen geschlagen wird als ein Junge. Aber irgendwie akzeptiere ich das. Klar, Sebastian hat recht, dieser Respekt ist schädlich, wir sollten jegliche Gewalt ablehnen und alle Menschen respektieren. Aber irgendwie ist das Leben so anstrengend, dass ich einfach jeden Respekt, der mir entgegengebracht wird, nötig habe.

In Kreuzkölln am Kanal denke ich an meine Mama, wie sie sich, als ich Teenager war, umbringen wollte. Wie sie oben im Flur zusammengekauert hockte und von Selbstmord sprach. In meiner Erinnerung ist sie nackt, aber das kann eigentlich nicht sein. Ich wünschte, sie hätte meinen Stiefvater damals verlassen und wir wären zusammen abgehauen. Jahre später, Lenny ging schon in die Kita, kam meine Mama nach Deutschland. Bob hatte angefangen fremdzugehen, er wollte nicht mehr mit ihr ficken, und am Wochenende trug er immer Frauenkleider. Meine Mama kauerte sich wieder so zusammen, diesmal in meinem Badezimmer in Berlin. »Du musst zurück nach England ziehen und bei mir wohnen«, sagte sie. »Ich schaffe es nicht ohne ihn und ohne dich.« Und ich sagte nein. Ich hätte ja sagen sollen.

Stattdessen sitze ich jetzt hier in Neukölln in der Sonne und trinke Chai Latte mit Natalyia.

»Wollen wir noch eine Runde bestellen?«, frage ich.

»Gute Idee!«, sagt sie. »So lecker.«

VOLL IN ORDNUNG

Wahrscheinlich hat mein Sohn mehr Großeltern als viele andere Kinder, da meine Mama und mein Papa beide zweimal geheiratet haben. Also er hat: meine Mama, Nan. Sie wollte Nan oder Nana sein und nicht Granny oder Grandma. »Ich bin zu jung, um Granny zu sein«, sagte sie, als ich schwanger war, »ich bin noch nicht mal fünfzig.« Mein Papa, den nennt er Opa, als ob er deutsch wäre. Meine Tante, also meinen ehemaligen Stiefvater, nennt er einfach Tante Trudie, so wie wir alle. Dann gibt es noch meine Stiefmama, die nennt er Oma. Ich finde es sehr süß, wie meine Eltern diese Worte auf Weihnachtskarten und so buchstabieren. Sie schreiben: »Ulpa« und »Ulma«, weil die L's so leise sind in unserem Ostlondoner Dialekt, dass sie auch da ein L hören, wo es gar keins gibt.

Meine Mama hat das mit dem Nana genannt werden in der Schwangerschaft entschieden. Mit Markus' Eltern war es ähnlich: Als ich schwanger war, riefen sie an und sagten, sie wollten Großmutter und Großvater genannt werden. Ich fand es ein bisschen komisch, so wie in Preußen im 19. Jahrhundert, und Oma und Opa, das hört sich so süß an, aber eigentlich war es mir egal. Trotzdem ist es mir immer ein kleines bisschen peinlich, wenn ich in der Öffentlichkeit mit Lenny über seine Großeltern spreche und die Worte »Großmutter« oder »Großvater« sagen muss: Dann denke ich, dass alle, die mich hören, sich denken: »Ach, die arme Ausländerin kennt die Begriffe Opa und Oma nicht, wie süß.«

Als ich noch mit Peter zusammen war, bezeichnete Lenny Peters Mama als eine halbe Oma. »Ich habe sechseinhalb Großeltern!«, rief er stolz, nicht wegen der Menschen, sondern wegen der Zahl.

Ich denke oft an den Tag, als ich Lenny erzählt habe, dass Peter ausziehen würde. Es war noch schlimmer als das kalte, nasse, schmerzvolle Billy-Bragg-Gespräch mit Peter im Haus meiner Mama, sie unten, Peter und ich oben, in ihrem Bett, und Peter so kalt und hart wie gefrorene Hundekacke im Schnee.

Aber als ich Lenny davon erzählen musste, damals war er acht Jahre alt, hatte er die Hälfte seines Lebens mit diesem Mann zusammengelebt und er war so weich und schockiert.

»Peter zieht aus!«, rief er. »Aber warum?!«

»Ich wollte heiraten – und er, er wollte nicht heiraten – und –«

Sein betrübtes Gesicht. »Du hättest ihm das nicht sagen sollen! Sag ihm, du nimmst es zurück! Erklär ihm das!«

»Nein«, sagte ich. »Nachher habe ich ihm gesagt, ich nehme es zurück, Len. Ich habe gesagt: Okay, wir heiraten nicht, wir heiraten nie, aber bitte, bitte geh nicht weg.«

Ich erzählte Lenny nicht, wie ich Peter auf Knien anbettelte, er lag im Bett meiner Mama, und ich kniete davor. Zuerst habe ich Schluss gemacht, noch etwas, was ich bei dieser Geschichte nie erwähne. Ich sagte zu ihm: Nicht, weil du mich nicht heiraten willst, sondern weil der Grund, weshalb du mich nicht heiraten willst, ist, dass du uns nicht liebst. Und er sagte okay. Und dann fickten wir und schliefen ein. Aber dann, zwei Stunden später, wachte ich auf und es fühlte sich an, als wäre in meiner Brust ein riesiges schwarzes Loch. Ich wusste nicht, ob mein Herz gebrochen war oder ich sehr schlimmes Sodbrennen hatte. Und dann lag Peter im Bett und betrachtete mich, und ich kniete auf dem Teppichboden und flehte ihn an: Bitte verlass mich nicht, bitte verlass uns nicht. Und er blinzelte wie ein Wassermolch und sagte: »Ich habe nie gedacht, dass du es so schlecht aufnehmen würdest.« Da wusste ich, dass er mich nie geliebt hatte.

Lennys Gesicht war rot und verzweifelt, in seiner Verzweiflung sah er aus wie eine wütende Teekanne. Er nickte und nickte, fing an, komisch zu schlucken. »Ist okay, Mama. Ist okay.« Er schluckte noch mal. »Was ist mit Peters Mama? Schläft sie nicht mehr bei uns? Was ist mit ihr? Sehe ich sie nie wieder?«

»Ich glaube nicht«, sagte ich.

»Und Nicholas?«, rief er. Er redete über Peters Bruder. »Was ist mit Nicholas? Werde ich Nick nie wiedersehen?«

Dann fing er an zu heulen, und ich drückte ihn an meinen Körper und dachte an Peters Mama. Ich wusste, wer an alldem schuld war, ich wusste es sofort, in diesem Moment. Peters Mutter hatte das alles organisiert, sie hatte Peter angestiftet. Mein Ex war nur Mohamed Atta, oder vielleicht Guy Fawkes. Sie war die Organisatorin meines Elends. Ihr war egal, ob ihr Sohn glücklich war – unglücklich war er mit mir nie gewesen, zumindest nicht nur, was soll der Quatsch. Aber sein Glück war der alten Frau egal, Hauptsache, ich war nicht glücklich. Sie hatte das organisiert, die hatte das inszeniert.

Ich erinnerte mich daran, wie Lenny sie einmal Oma nennen wollte.

»Ich bin nicht deine Oma!«, erklärte sie, ganz langsam und überbetont. »Weil Peter nicht dein Vater ist. Ich bin Peters Mama, und deine Mama ist deine Mama, aber Peter ist nicht dein Vater!«

»Aber du bist so alt wie eine Oma!«, gab Lenny brav zurück, und ich war stolz auf ihn, und er hatte recht, sie war so alt wie eine Oma, so hart wie eine Hexe, so kalt wie ein Stein, so grausam wie ein Nazi.

Gott, hasse ich diese Frau. Ihr gegenüber habe ich keine feministischen Gefühle, ich glaube, ich würde lachen, wenn sie vergewaltigt würde. Gott, ich hasse sie.

Lennys Körper fühlte sich so weich an, und wir beide waren alleine, und ich musste härter werden. Das ist überhaupt mein großes Problem: Ich muss härter werden. Ich sollte hart wie Peters Mama sein, und mein wichtigstes Ziel sollte sein, andere Frauen unglücklich zu machen, und zwar aus keinem anderen Grund, außer dass ich es kann.

Jetzt muss ich Lenny etwas noch Schlimmeres sagen: Ist es schlimmer? Ich denke, dass es schlimmer ist, dass es schlimmer wird. Ich muss meinem Sohn sagen, dass mein Papa Krebs hat. Wir sitzen in der Küche, ich gieße ihm eine Tasse Tee ein.

»Lenny«, sage ich. »Ich muss dir was sagen.«

»Müssen wir ausziehen?«, fragt er.

»Nein«, antworte ich. »Opa hat Krebs. Er wollte, dass ich es dir sage.«

»Krebs?«, fragt Lenny. »Opa? Krebs? Wird er sterben?«

»Wahrscheinlich nicht«, sage ich. »Aber … aber vielleicht.«

Lenny ist empört, total empört. Ich liebe empörte Kinder.

»Mein Lieblingsgroßelternteil!«, ruft er. »Das ist so unfair, ich habe so viele Großeltern, und mein Lieblingsgroßelternteil kriegt Krebs! Warum kann nicht einer von den anderen Krebs bekommen? Ausgerechnet mein Lieblingsgroßelternteil! Ich bin so ein Pechvogel!«

Ich will über seine selbstsüchtige Reaktion lachen, kontrolliere mich aber.

»Sprich nicht so, Lenny«, ermahne ich ihn. »Das klingt fast so, als ob du wolltest, dass die anderen Krebs bekommen!«

»Na ja«, sagt er. »Bei jedem anderen wäre ich glücklicher … also nicht glücklicher, aber nicht so traurig. Ich wäre traurig, aber nicht so traurig wie jetzt! Ich will echt nicht, dass Opa stirbt! Er soll nicht sterben! Soll ich für dich ein Diagramm zeichnen, Mama, über die Reihenfolge, in der ich gerne haben würde, dass meine Großeltern Krebs bekommen?«

»Nein, nein«, sage ich. »Es bringt ganz viel Unglück, wenn man Diagramme macht, die mit Krebs zu tun haben.«

»Echt?«

»Ja.«

»Weißt du was, Mama? Wenn Peters Mama Krebs bekommen würde, das wäre total okay für mich. Sie war sowieso nur eine halbe Oma, und jetzt ist sie nichts mehr. Die Mama von Peter, die soll ein bisschen Krebs kriegen.«

Ein paar Tage später schlage ich Lenny vor, Fußball zu schauen, aber mein Sohn weigert sich, mit mir ein englisches Länderspiel anzugucken.

»Sogar wenn England dieses eine Spiel gewinnt, werden sie am Ende verlieren!«, ruft er empört und irgendwie hat er recht, aber ich will mir das Spiel trotzdem nicht alleine ansehen.

»Aber das ist wichtig für deine persönliche und soziale Entwicklung«, argumentiere ich halbherzig. »Schlimm genug, dass du Scheidungskind bist! Aber Kinder, die nicht mit ihren Eltern Fußball gucken, werden später komisch … sie werden Serienmörder oder vielleicht Tennis- oder gar Kricket-Fans.«

Mein Sohn blickt mich trotzig an.

»Manchmal bist du so paranoid, Mama!«, erklärt er. »Ich bin ein Deutscher. Ich weiß nicht mal, was Kricket überhaupt ist. Ich gehe *Minecraft* spielen.« Damit marschiert er aus dem Zimmer, und ich starre auf den Bildschirm. FUCK, ist das langweilig. Ich sterbe vor Langeweile. Keine Tore, keine gelben oder roten Karten, kein Gar Nix. Die englischen Jungs fassen den Ball kaum an, und wenn sie es tun, passen sie ihn einander zu mit der Leidenschaft eines toten Tintenfisches.

Also chatte ich auf Facebook mit meinem Papa.

»Dad«, schreibe ich. »Warum ist die englische Mannschaft so kacke im Fußball?«

Mein Papa hat versprochen, nicht zu sterben, und irgendwie verlasse ich mich auf ihn. Er hätte übrigens Profifußballer werden können. Er wurde mit 15 für Aston Villas Jugendteam geheadhunted – womöglich ist dieses Wort eben erst von mir erfunden worden. Aber mein indischer Opa weigerte sich, die Formulare auszufüllen, und da mein Papa minderjährig war, durfte er ohne elterliche Erlaubnis nicht spielen. Inder finden Fußball proletarisch, sagt mein Papa.

»Stellt euch vor, ich wäre der erste Profifußballer indischer Abstammung in Großbritannien geworden!«, sagt er manchmal voller Bedauern. »Ihr könnt euch nicht vorstellen, wie rassistisch der Profifußball damals war! Aber ich hätte das gepackt.«

Mein Papa ist mit echtem Rassismus groß geworden – rassistische Lehrer, rassistische Chefs. Er wurde »schwarze Scheiße« genannt, »Paki«, »Darkie« und so. Er wurde in Parks und bei Musikkonzerten von Neonazis zusammengeschlagen. Als Teenager habe ich ihn ausgelacht – ich fand seine Geschichten irrelevant und langweilig –, aber jetzt muss ich zugeben, dass ich, wie fast alle Migrantenkinder meiner Generation, im Vergleich zu ihm die totale Muschi bin. Ich rege mich sogar manchmal über indirekten Rassismus auf – sich darüber aufregen zu können ist ein Geschenk unserer Eltern, ein Luxus. Echten, direkten Rassismus habe ich in meinem Leben nur eine Handvoll Male erlebt. Einmal wurde ich abends angespuckt, nachdem ich Lennys Kinderwagen verloren hatte und ihn auf der Hüfte trug, einmal wurde ich in einem Pub in Südwestengland Darkie genannt, und einmal, ich lag besoffen auf dem Bürgersteig in der Goodmayes High Road, rief jemand Paki Shiner Girl. Ich fand, dass das sogar ein bisschen romantisch klang, wie der Titel eines Indie-Albums.

Mein Papa ging ein Jahr später zur Armee. Mit 16 durfte mein Opa nicht mehr entscheiden, was er tat oder nicht tat. Über den Rassismus in der britischen Armee der 70er Jahre berichtet er gerne; manchmal lacht er dabei.

»England ist nicht kacke!«, schreibt mein Papa zurück. »England ist eine durchschnittliche Mannschaft voller durchschnittlicher Spieler, die mit dem Druck im internationalen Fußball überhaupt nicht klarkommen können!«

Ich gucke Sturridge zu. Mann, stehe ich auf Sturridge. Er sieht edel aus.

Bestimmt haben diese schwarzen Fußballer noch echten Rassismus erlebt, so Old-School-Rassismus, das, wovon ich meistens verschont blieb.

Mein Sohn tanzt zu mir ins Zimmer. »Gewinnt England überhaupt?«, fragt er.

»Nein«, antworte ich. »Immer noch 0:0«, aber ich bin froh, dass er danach fragt.

Vielleicht wird aus ihm doch kein Serienmörder. Plötzlich kommt es mir so vor, als ob in meiner Familie, trotz allem, ganz viel in Ordnung wäre.

Und auch ich bin einigermaßen in Ordnung und ziemlich stolz auf mich – ich bin dabei geblieben, Peter nicht mehr zu stalken. Ich meine, ehrlich gesagt, hatte ich oft einfach nicht mehr genug Guthaben auf meinem Handy.

Übrigens finde ich Deutsche viel zu anti-stalking. Sie sind so negativ eingestellt, was Stalking angeht. Ich finde, sie sollten da toleranter werden.

Zum Beispiel die Art und Weise, wie die meisten auf die Mitteilung reagieren, dass du deinen Exfreund stalkst. Ich mag das nicht. Du siehst einen alten deutschen Kumpel auf der Straße, oder im Kaufland, eventuell einen ehemaligen Liebhaber, eventuell nur einen Kumpel, und er fragt, wie es dir geht.

»Na ja«, sagst du. »Nicht so gut. Ich habe gestern Abend ein kleines bisschen meinen Ex gestalkt.«

Deutsche reagieren fast alle gleich auf diese Neuigkeit: entsetzt und traurig, schockiert, aber fair. Sehr enttäuscht. Wenn sie mit mir reden, denke ich irgendwie immer an die Nazis und die Art und Weise, wie sie die Juden aus ihren Verstecken in den Dachböden geholt haben. Ihr redet genau so, denke ich: Ihr habt Juden im Dachboden versteckt? Ich bin entsetzt und traurig, schockiert, aber fair. Und EIN BISSCHEN NAZI. Die Stimmen, und das Atmen, so ein entsetztes, trauriges, schockiertes, faires Nazi-Atmen: »Jacinta, das ist nicht gut. Du solltest das nicht machen. Das ist ziemlich uncool von dir. Ich weiß, dass du irgendwie voll leidest, aber irgendwie tut es mir auch leid für ihn.«

Ausländer gefallen mir in solchen Momenten viel besser. Sie reagieren überhaupt nicht Nazi auf solche Neuigkeiten. Und überhaupt nicht schockiert oder traurig oder entsetzt oder fair. Sie lachen immer sehr fröhlich und sagen: »Ha! Jacinta, du bist jetzt voll die Psycho-Ex! Na ja, normalerweise bin ich voll dagegen, dass Menschen gestalkt werden, aber das Arschloch kann ruhig ein paar Telefonterror-Anrufe abkriegen. Vielleicht sollst du ihm ein totes Schwein zuschicken? Kennst du seine neue Adresse? Soll ich dir ein totes Schwein besorgen? Ach, nee, der dicke Wichser wird es sowieso nur aufessen, oder?«

Aber: Obwohl ich Peter in letzter Zeit nicht mehr gestalkt habe, habe ich etwas Schlimmes getan. Ich habe seine Lohnbescheinigungsbriefe geöffnet. Angeblich ist das eine Straftat, meinte ein Kumpel, und es drohen dir bis zu zwei Jahre Haft. Falls Polizisten das hier lesen, es ist nur eine Geschichte, und die Ich-Erzählerin ist nur mein lyrisches Ich, mal abgesehen von der Tatsache, dass es tatsächlich genau so passiert ist.

Ich hatte Peter am Montag gestalkt, und am Donnerstag kam der Brief. Weil ich ihn voll gestalkt hatte, wusste ich, dass es eine Weile dauern würde, bis er wieder vorbeikäme. Warum sollte ich also nicht die Lohnbescheide aufmachen?

Ich machte sie auf. Im August hatte er € 5.176 netto verdient. Ich starrte die Summe an und erinnerte mich an unseren letzten Urlaub. Ich wollte nach Weimar, aber Peter fand die Zugtickets nach Weimar zu teuer, also fuhren wir nach Magdeburg und übernachteten in einem sehr hässlichen Hotel gegenüber vom Hauptbahnhof. Ich starrte immer noch die Summe an. Der Penner war reich. Langsam begriff ich, dass mein Exfreund, das Arschloch, ein reicher Mann gewesen war und mir trotzdem verboten hatte, die Heizung höher als drei zu stellen oder Bio-Eier zu kaufen. Ich kniff die Augen zusammen. Da stand immer noch € 5.176 netto. Ich kontrollierte die Summe ein letztes Mal, und dann warf ich den Zettel in die Mülltonne.

Nachdem ich rausgefunden hatte, dass mein Ex eigentlich reich ist, konnte ich das Ende unserer Beziehung nicht mehr so sehr bereuen. Peter war ein reicher Mann, der wie ein Armer lebte, und ich eine arme Frau, die wie eine Reiche lebte. Wir passten überhaupt nicht zusammen.

Jens war der einzige Deutsche, der nicht sauer wurde, als ich ihm erzählte, dass ich Peter stalkte. Er fragte jedes Mal, wenn wir uns sahen, welche neuen gemeinen SMS ich geschrieben hätte.

»Hast du deinem Exfreund noch mal so 'ne SMS geschrieben?«, wollte er wissen. »Pisse auf die Leiche seiner Mama und so?«

»Nee«, antwortete ich.

»Wahrscheinlich gibt's nicht mehr viel zu sagen, oder?«, fragte er. »Was könntest du noch Schlimmeres sagen?«

»Ich könnte auf ihren Grabstein kacken«, schlug ich vor. Er lachte, und ich lachte, aber ich spürte, dass der Hass schmolz. Und ein Teil von mir war traurig darüber. Wenn ich Peter nicht mehr hasste, vielleicht hatte ich ihn nie geliebt? Weil ich nicht darüber nachdenken wollte, erzählte ich, wie viel Peter im Monat verdiente, und Jens fiel fast vom Stuhl.

Bei manchen Sachen – beim Stalking zum Beispiel – bin ich gar nicht deutsch geworden. Aber seit Peter weg ist, merke ich, dass ich beim Fickboykottieren total deutsch geworden bin. Und es ist ganz von alleine passiert, ohne dass ich es wollte, ich habe es nicht einmal bemerkt, also denke ich, wir sollten aufhören, so viel Geld in Integrationsprogramme zu investieren, das passiert alles ganz von alleine.

Früher fand ich es immer komisch, dass Deutsche so stolz drauf waren, nie mit einem Rechten gefickt zu haben oder ficken zu wollen.

»Ich habe niemals mit jemandem aus der FDP, CDU oder CSU gevögelt!«, sagte Marek einmal zu mir, sichtlich stolz.

»Und was ist mit der NPD?«, fragte ich, nur ein bisschen ironisch.

Damals fand ich es total doof, sich so abzugrenzen, so viel mögliches Fickpotential auszuschließen. Ich glaubte auch nicht daran, dass so ein Fickboykott irgendwas bewirken könnte. Ich glaubte nicht, dass auch nur ein einziger Nazi oder BWLer Linker wurde in der Hoffnung, mehr ficken zu dürfen. Also fand ich diese Einstellung – aber vor allem diesen Stolz – absolut sinnlos.

Nachdem Peter mich verlassen hatte, merkte ich, dass ich total deutsch geworden war. Okay, ich boykottierte Nazis nicht absichtlich, aber mir fiel auf, dass ich nur noch auf Männer stand, die halbwegs ordentlich wählten. Jeder Junge, mit dem ich gevögelt hatte, nachdem Peter weg war, war viel antirassistischer als ich. Anscheinend fickte ich nur noch mit Menschen, die so antirassistisch waren, dass sie mich ständig wegen meiner politischen Inkorrektheit kritisieren mussten. Warum das so kam? Meine These ist, dass dir nach 13 Jahren Deutschland, nach so vielen langen, traurigen Jahren, nur du und das Kind, keine Familienfreunde, keine Familie, keine Unterstützung, und immer diese langweiligen Debatten, die Sarrazin-Debatte, die Blackfacing-Debatte, die Kinderbuchdebatte, dass dir also nach 13 Jahren Deutschland endlich klar ist, dass gewissermaßen alle Menschen in diesem Land Nazis sind. Dann hast du keinen Bock mehr auf die, die sich auch noch so nennen.

Peter und ich hatten eigentlich kaum gemeinsame Freunde, nur eine Handvoll oder so, aber es tröstete mich ein bisschen, dass alle unsere gemeinsamen männlichen Freunde mit mir vögeln wollten. Das war mir irgendwie wichtig.

Das Telefon klingelte. Ein alter gemeinsamer Kumpel war dran. Nachdem Peter gegangen war, rief er ständig an, also ein- oder sogar zweimal die Woche. Das nervte, aber es tröstete mich auch. Wenn er ernsthaft mit mir schlafen wollte, dann wäre Peter definitiv an allem schuld. Das war, als bekäme ich ein TÜV-Zertifikat, das bewies, dass nicht ich am Ende unserer Beziehung schuld war. Trotzdem wollte ich nicht mit ihm ficken, weil ich ihn einfach nicht sexy fand. Er war nämlich konservativ.

Besonders konservativ war er nicht, eigentlich war er für britische Verhältnisse Sozialist: Er wollte die Monarchie abschaffen, die Privatschulen verbieten, Strom und Bahn nationalisieren und so weiter. Aber er dachte halt auch, dass Arbeit sich lohnen soll und so. Er wollte das Arbeitslosengeld abschaffen und stattdessen mehr Arbeitsanreize anbieten.

Nur deswegen willst du nicht mit ihm ficken, warf ich mir vor. Du bist so richtig deutsch geworden, hast keinen Bock auf seinen Körper, weil du mit seiner politischen Einstellung nicht einverstanden bist.

»Hey!«, sagte mein Kumpel am Telefon.

»Hey.«

»Ich dachte, ich könnte vielleicht mal schnell vorbeikommen.«

»Ich muss schreiben«, sagte ich.

»Ach so.«

»Ja.«

»Ich fand dein Blog heute sehr lustig.«

»Ja.«

Wir schwiegen.

Dann sagte ich: »Übrigens habe ich Peter gerade seit langem die erste gemeine Nachricht geschickt.«

Er sagte: »Ojemine!«

»Das war ein Versehen.«

»Du solltest seine Nummer vielleicht besser aus deinem Handy löschen.«

»Ich habe ihm eine SMS geschrieben. Darin schrieb ich: ›Und informiere deine Fotze von einer Mutter, dass ich auf ihre Leiche pissen will, wenn sie gestorben ist.‹«

Er sagte: »Ach nein.«

Ich sagte: »Aus Versehen.«

»Vielleicht solltest du dich mal entschuldigen?«

»Kurz bevor ich auf Absenden geklickt habe, habe ich die Nachricht noch mal durchgelesen und mich gefragt, ob ich sie ihm wirklich schicken sollte. ›Und informiere deine Fotze von einer Mutter, dass ich auf ihre Leiche pissen will, wenn sie gestorben ist.‹ Ich habe mir das überlegt: Ist das die Nachricht, die ich ihm schicken will? Und dann entschied ich mich für Ja.«

Mein Kumpel sagte: »Na ja, jetzt kannst du's eh nicht mehr ändern.«

»Aber falls er dich anrufen sollte, um zu fragen, ob er POV-Videos von mir bei YouPorn hochladen soll, weil ich seine Mutter eine Fotze genannt habe und weil ich impliziert habe, na ja, dass ich gerne auf ihre Leiche pissen würde, dann sagst du trotzdem nein. Oder? Das tust du für mich, oder? Du sagst nein, das soll er nicht machen. Oder?«

»Aber Jacinta, was ist passiert, das so schlimm war, dass es dich getriggert hat, so eine SMS zu schreiben?«

»Er hat Lizzy erzählt, dass er ein Date hatte.«

Mein Kumpel sagte: »Oh!«

»Ja …«

Ich sollte nicht zu deutsch werden, dachte ich mir.

»Willst du vielleicht doch vorbeikommen?«, fragte ich. »Du könntest Wein mitbringen, wenn ja.«

»Ich hätte echt Bock«, antwortete mein Kumpel.

»Dann komm doch vorbei«, sagte ich. Nachdem ich aufgelegt hatte, sagte ich mir: Es ist ja nicht so, dass er in der CDU wäre. CDU-Mitglied ist er nicht.

»Ich habe jetzt einen neuen Liebhaber«, sage ich zu Peter, der vorbeigekommen ist – trotz der tausend gemeinen E-Mails, die ich ihm geschickt habe, in denen ich drohte, die Leiche seiner Mama bei ihrer Beerdigung anzupissen. Er will Whiskey-Gläser abholen, der Penner.

»Habe ich es dir schon erzählt? Dass ich einen neuen Liebhaber habe?« Wie sehr ich den kleinen Schmerz in seinen Augen genieße. Ich spüre keine Schadenfreude, das ist Schadeneuphorie.

»Ich dachte, du hast mit ihm Schluss gemacht?«, fragt Peter verwirrt. Ich überreiche ihm seine Whiskey-Gläser. Was für ein Geizhals. Er weiß ja nicht, dass ich weiß, dass er € 5.176 im Monat verdient.

»Ja, mit dem alten habe ich Schluss gemacht«, erzähle ich. »Jetzt habe ich einen neuen. Willst du sein Facebook-Foto sehen?«

Peter sitzt im Sessel, in dem Sessel, in dem er immer gesessen hat, als er noch in meiner Wohnung wohnte, als meine

Wohnung noch unsere war, oder eigentlich vielmehr seine, ich habe ihn wirklich wie einen König behandelt, und ich hocke auf der Lehne und zeige ihm Facebook-Fotos von meinem neuen Liebhaber.

»Hier ist er in London!«, sage ich. »Guck mal, was für starke, männliche Arme er hat! Guck mal, das ist seine Freundin! Sie ist Übersetzerin! Sieht aus wie ein Model, oder? Ist das nicht eine Ehre für mich, dass jemand mit so einer hübschen Freundin mit mir fremdgeht? Er ist sehr brutal beim Ficken.«

»Ist er türkisch?«, fragt Peter.

»Ja.«

»Was macht er?«

»Er ist arbeitslos.«

»Wie habt ihr euch kennengelernt?«

»Auf Arbeit«, sage ich. »Einer meiner Schüler.«

»Ist das nicht ein bisschen unprofessionell?«, fragt mein Ex.

»Ja, wahrscheinlich«, stimme ich ihm zu. »Ein bisschen. Der ist so brutal. Nachdem du mich verlassen hast, hatte ich erst mal nur mit Deutschen was, sie sind immer so sanft und lecken so gerne und lieben Muschis und die Klitoris und G-Punkte und so, sie ficken als Wellness. Also, da dachte ich, oh, der Peter ist so brutal, so brutal und roboterhaft und kalt und abwesend. Aber mit meinem neuen Liebhaber denke ich wieder, dass du sehr sanft bist. Wenn er mich von hinten fickt, denke ich manchmal, gleich kommt sein Schwanz aus meinem Mund wieder raus.«

Peter geht mit seinen vier Whiskey-Gläsern nach Hause, der Penner. Und ich lege mich auf das Sofa-Bett. Ich denke an meinen neuen türkischen Liebhaber. Meine britische Freundin Lizzy hat mich vorgewarnt, Türken würden nicht lecken, und sie muss es wissen, sie hat mit genug von ihnen gevögelt.

Aber das ist eigentlich nicht das echt, echt Komische an ihm. Das echt, echt Komische an meinem Liebhaber ist, dass er mich immer erst zwingt, mit ihm ganz kitschige romantische Filme anzugucken. Ganz sentimentale Filme. Am Ende stirbt einer. Bis einer stirbt, sagen sie immer Sachen zueinander wie: »Spürst du das in deinem Herzen? Mein Herz spürt meine Liebe für dich wie etwas Körperliches. Mein Herz hat sich nur dir geöffnet. Seit du in meinem Leben bist, höre ich wieder Vögel singen. Mein Herz gehört dir. Du bist jetzt in meinem Herzen. Du bist mein Alles. Jeder Augenblick, den wir zusammen haben, ist kostbarer für mich als mein ganzes Leben. Wenn du weggehst, sterbe ich innerlich.« Dann stirbt einer. Und mein neuer türkischer Liebhaber heult ganz wehmütig. Danach muss ich mich im Badezimmer verstecken, damit er mit seiner Freundin skypen kann, und dann fickt er mich in den Arsch. Das ist das echt, echt Komische an ihm.

Mein Handy klingelt. Meine Freundin Lizzy.

»Würdest du Peter zurücknehmen, wenn er zu dir zurückkommen wollte?«, fragt sie.

Ich sage, ein bisschen genervt: »Ach was, Lizzy. Wenn morgen Bundestagswahl wäre …«

»Was meinst du?«, fragt sie. »Ich verstehe nicht, was du damit sagen willst.«

»Deine Frage ist total irrelevant. Weil ich sowieso kein Wahlrecht habe. Das ist alles.«

»Okay«, lenkt sie ein, und ich merke plötzlich, dass mein Arsch immer noch total weh tut.

PHANTASIEN

»Ich bin verliebt!«, verkünde ich Marek und Paul und Jens. »Voll verliebt und so! Ich habe meinen doofen Ex total vergessen, weil ich so verliebt bin! Ich kann mich kaum an seinen Namen erinnern! Wie heißt er noch mal? Ich bin in meinen neuen Freund so verliebt! Er ist auch verliebt! Er ist superverliebt! Er ist so toll! Wir sind total-super-voll-super-super-superverliebt!«

Jens und Marek gucken mich skeptisch und gelangweilt an.

»Ja, diese Woche!«, sagt Jens.

Ich ziehe ein Gesicht, als ob ich beleidigt spielen würde, wie ein trotziges Kleinkind, bin aber eigentlich tatsächlich total beleidigt.

»Ja«, sage ich. »Für diese Woche und nächste Woche und die danach und die danach die danach! Für mich ist die Suche jetzt vorbei. Ich bin verliebt, auf immer und ewig. Ich habe mich sogar bei OkCupid abgemeldet.«

»Ach, war das nicht ein bisschen vorschnell?«, fragt Marek. »Letzte Woche warst du noch Single.«

»Okay, ich habe mich noch nicht abgemeldet, ich habe mein Profil nur deaktiviert.«

»Ich versteh nicht, warum du dich überhaupt da angemeldet hast!«, sagt Marek. »Online Dating ist wie Lesbischsein – das ist was für hässliche Frauen, eigentlich.«

»Oh mein Gott, ich bin so verliebt!«, antworte ich. »Soll ich euch von meinem neuen Freund erzählen? Er kommt aus

Westberlin. Er ist super. Er ist so typisch Westberlin drauf, er benutzt Haargel und trägt so sportliche Hemden mit hochgeschlagenem steifem Kragen, und er zahlt immer für unsere Getränke. Er fasst meine Handgelenke an und sagt: Lass mich zahlen. Er ist so exotisch und interessant und westberlinerisch, ich wusste nicht, dass es solche deutschen Jungs überhaupt gibt, die für die Frauen zahlen. Einmal haben wir hundert Euro für Cocktails ausgegeben. Er ist so toll. Er spricht immer sehr langsam, so, als ob er was vorliest und nicht gut lesen kann.«

»Bis nächste Woche bist du wieder Single!«, sagt Jens. Ich blinzele vor Schock und Traurigkeit darüber, dass er so gemein ist, so ein gemeines Arschloch.

»Ich bringe ihn nächste Woche mit, dann lernt ihr ihn kennen.«

»Du bringst ihn gar nicht mit nächste Woche!«, meint Jens. Plötzlich erinnert er mich an Heathcliff aus *Wuthering Heights*, als er die Hunde foltert. »Entweder macht er Schluss mit dir, weil er mitkriegt, dass du beziehungsunfähig bist, oder du machst Schluss mit ihm, weil du ihn nicht mehr magst. Du wirst nie normal mit einem Typen zusammen sein, Jacinta, du bist nicht dafür gemacht. Du wirst dich sofort langweilen. Ich habe überhaupt nicht den Eindruck, dass du eine Beziehung haben willst. Warum hat dein komischer Freund mit dir Schluss gemacht? Weil du andauernd fremdgegangen bist, oder?«

Jens hat eine eigene Version der Geschichte entwickelt, warum Peter mich verlassen hat. Diese hat er so oft wiederholt, dass er inzwischen nicht mehr weiß, dass er sie erfunden hat. Und mich nervt das komischerweise, obwohl ich viel besser wegkomme in Jens' Version, sie ist viel weniger erniedrigend für mich. Eigentlich ist die Tatsache, dass er die Realität nicht akzeptieren kann, einfach ein Zeichen dafür, wie sehr er mich respektiert. Eigentlich sollte ich mir wünschen, dass Jens seine Version überall rumerzählt, und alle glauben ihm und denken: Peter hat mich verlassen, weil ich fremdgegangen bin. Aber so ist es nicht.

»Jens«, sage ich. »Ich bin fremdgegangen, aber er hat's nicht bemerkt. Er hat damals, falls du es vergessen hast, auf der Hochzeit seines besten Freundes mit mir Schluss gemacht, nachdem ich ihm in den Toiletten einen geblasen hatte. Auf den Knien, in den Toiletten, viel Augenkontakt. Sehr intensiver Augenkontakt. Jede Sekunde lang dachte ich: Gleich, wenn du fertig bist, macht er dir einen Antrag. Es war der romantischste Blowjob meines Lebens. Aber nachdem ich fertig war, machte er keinen Antrag, also übernahm ich diese Aufgabe für ihn, woraufhin er mein Angebot ablehnte und anschließend Schluss machte. So. Ist. Es. Gewesen.«

»Aber nur, weil er sauer war, dass du ständig fremdgegangen bist!«

»Er wusste es nicht!«, rufe ich.

»Natürlich wusste er das, du bist nicht gerade diskret mit deinen Fickgeschichten, Jacinta!«

»Er hat's nicht bemerkt!«

»Sicher hat er das bemerkt!«

»Er war nicht aufmerksam genug, um es bemerken zu können!«, erwidere ich.

»Kiek mal, letztendlich ist es jetzt sowieso egal!«, sagt Marek. »Ne. Jetzt ist Jacinta sowieso verliebt, und zwar für immer. Gut, dass dein komischer Freund da weg ist, ne, Jacinta, sonst könntest du diese Sache mit dem neuen tollen Freund nicht so genießen.«

Ich lächele. »Für immer!«, sage ich. »Die nächste Hochzeit, auf der ich Blasen-Arbeit leiste, wird meine eigene sein!«

»Manchmal bist du so romantisch!«, meint Jens.

Insgeheim male ich mir aus, wie schön ich auf meiner Hochzeit sein werde und wie ich nachher die Fotos bei Facebook hochlade, und wie eifersüchtig und traurig Peter sein wird.

»Und praktisch«, sagt Marek. Jens und ich gucken ihn an. »Na ja, wegen des weißen Kleids, meine ich. Sehr praktisch. Falls was daneben geht, ne.«

Der Westberliner ist noch in seine Ex verliebt, sagt er, und ich bin am Heulen.

»Ich habe dir doch gesagt, dass ich wahrscheinlich noch in meine Ex verliebt bin!«, meint er verständnislos.

»Ich weine nicht deswegen!«, sage ich.

»Warum weinst du denn?«, fragt er.

»Ich weine, weil ich jetzt meinen Kumpels Jens und Marek erzählen muss, dass es zwischen uns nicht geklappt hat, und Jens wird so besserwisserisch sein und er wird sagen: Siehste, ich habe doch gesagt, dass du beziehungsunfähig bist und jetzt bleibst du für immer allein! Und wahrscheinlich hat er recht! Ich bleibe für immer alleine!«

»Ach, komm.«

»Kannst du nicht einfach so tun, als ob du mein Freund wärst?«, frage ich.

»Wir könnten weiter ficken«, schlägt er großzügig vor.

Nachdem er weg ist, heule ich, ich heule aus Sehnsucht nach der Frau, die ich eigentlich sein will – eine glückliche Ehefrau, eine zufriedene Hausfrau –, dann schreibe ich Jens eine SMS: »Du hattest recht, hat nicht geklappt, sterbe alleine wie eine Cat Lady.«

Dann gehe ich in die Neukölln Arkaden und kaufe mir einen billigen glitzernden Verlobungsringersatz. Das nächste Mal, wenn ich mit Jens und Marek ausgehe, werde ich jemanden abschleppen, verspreche ich mir. Ich gehe demonstrativ mit jemandem nach Hause, egal, ob Mann, Frau oder Esel.

»Was ist mit diesem Mädchen, mit dem du nach Hause gegangen bist? Letzte Woche?«, fragt mich Jens. »Wer ist sie? Ist sie eine Lesbe? Was ist passiert?«

»Wir sind nach Hause gegangen!«, sage ich.

»Zusammen?«

»Ja, zusammen!«

»So … ihr seid also zusammen nach Hause gegangen? Miteinander zusammen?«

»Wir sind zu ihr gegangen«, ich lächele stolz. »Sie hat ein Riesenposter von Virginia Woolf in ihrem Schlafzimmer. Das ist so ziemlich das lesbischste Poster, das man haben kann. Das ist, als hätte ein Hetero-Typ ein Arnie-Poster oder so was. *Rambo*.«

»Ja«, sagt Jens. Er sieht glücklich aus. Irgendwie habe ich ihn noch nie so glücklich gesehen.

»Das macht mich so glücklich«, sagt er. »Sag mal, habt ihr Schere-Aktion gemacht?«

Alle Jungs kennen sich mit der Schere-Aktion aus. Komisch, oder? Männer sind so pornosüchtig. Es ist so unfair, dass Frauen immer vorgeworfen wird, sie wären Schlampen, wo jeder Durchschnittsmann zehnmal schlampiger ist als die größte weibliche Schlampe der Welt. Es ist so unfair. Manchmal brennt mein Herz vor Wut, weil es so fucking unfair ist.

»Noch nicht«, sage ich. »Sie will langsam mit mir anfangen. Sie ist voll Profi, weißt du.«

»Das Leben ist sehr kurz, Jacinta«, erklärt Jens ernsthaft. »Mach auf jeden Fall Schere-Aktion, bevor du stirbst.«

Ich lächele ihn süß an. Plötzlich fällt mir ein, dass ich eigentlich viel zu feministisch und klug für diese Konversation bin. Aber das merke ich erst jetzt, und die Konversation ist bald vorbei. Und Jens sieht so hübsch aus, wenn er glücklich ist.

»Okay«, sage ich. »Ich verspreche es.«

»Ich bin eine intersectional Feministin«, informiere ich die Lesbe ein paar Tage später. Wir sitzen in einer meiner Lieblingskneipen, der Valentinsstube, in Neukölln.

»Ja«, sagt sie. »Sind doch alle, oder?«

Ich gucke sie vorsichtig an. »Weißt du, was das heißt? Das heißt, du findest es sehr wichtig, dass Frauen befreit und nicht mehr diskriminiert werden, aber doch nicht wichtiger als die Befreiung oder Nicht-Diskriminierung von Nicht-Weißen, Homosexuellen, Transsexuellen oder Behinderten.«

»Das ist eine schöne Umschreibung«, sagt sie ein bisschen patronizing.

»Also alle Minderheiten, ne. Alle Minderheiten werden berücksichtigt.«

»Ja.«

»Abgesehen von der Arbeiterklasse, aber ich denke, ab nächstem Jahr werden sie auch berücksichtigt.«

»Gut.«

»Also, die einzigen Menschen, die man diskriminieren darf, das sind weiße, heterosexuelle, nicht-behinderte Cis-Männer. Weißt du, was Cis bedeutet?«

Sie lächelt mich an. »Ja, aber ich will wissen, wie du es beschreibst.«

»Nicht-Trans.«

»Ja.« Sie nickt. »Sehr gut. Man merkt, dass du bei Twitter bist.«

»Bist du auch eine intersectional Feministin? Ich bin voll die intersectional Feministin. Aber ich muss das sein. Wegen meiner Familie.«

»Wegen deiner Familie?«

»Ja«, sage ich. »Mein Papa ist nicht-weiß – der ist fast schwarz, mein Papa, echt ey –, meine Oma hat ihn im Sommer, wenn er draußen war und nicht im Schatten saß, immer angeschrien: Geh unter einen Baum, du bist schon schwarz genug! Und meine Mama ist voll behindert – sie hat Multiple Sklerose und liegt den ganzen Tag im Bett. Und mein ehemaliger Stiefvater ist eine Frau geworden. Meine Tante Trudie. Vor ein paar Monaten ist sie operiert worden, aber eigentlich war sie schon seit langem eine Frau. Hat immer Marmelade eingekocht und alles. Weil sie beweisen wollte, dass sie eine Frau war, gefangen im Körper eines Mannes. Wenn man sie besucht, muss man nicht einmal Tee kochen. Man kann sich einfach auf die Couch legen und sich bedienen lassen, das ist echt super. Sie bedient einen besser als im Adlon.

Als sie ein Mann war – ich weiß, es ist gegen die Etikette, diesen Satz zu sagen, aber ich weiß nicht, wie ich sonst über meine Kindheit sprechen könnte –, als sie also ein Mann gewesen ist, war sie ein faules Arschloch, ey. Aber jetzt ist sie super-fleißig. Finde ich gut. Ich glaub ihr schon fast, dass sie biologisch eine Frau ist, so viel Marmelade und Tee macht sie. Also, mein Papa ist ein PoC, meine Mama behindert und mein ehemaliger Stiefvater eine Trans-Frau. Nur meine Stiefmama ist voll Cis und heterosexuell und unbehindert, aber sie ist echt working-class und so, und ich denke, ab nächstes Jahr wird working-classness auch berücksichtigt. Also was für Optionen hatte ich, außer intersectional Feministin zu werden?«

Die Lesbe fasst mich an der Hand an, die helle Haut am Handrücken, zwischen Daumen und Fingern.

»Aber du bist gar nicht so sehr intersectional«, meint sie.

»Ich bin eine Frau«, sage ich, »und nicht-weiß. Ist doch okay, oder?«

»Du bist fast weiß«, sagt sie. »Du siehst echt weiß aus. Deswegen musst du dir so oft rassistische Kommentare anhören, weil die Menschen davon ausgehen, dass du weiß bist.«

»Ja?«

»Und du bist voll Cis«, meint sie. »Oder? Du bist voll weiblich.«

»Ich bin total Cis.«

»Und du bist überhaupt nicht behindert. Dein Körper ist total perfekt.« Sie beißt sich auf die Lippe und sagt: »Oh! Ich klinge voll wie ein Nazi.«

Ich gucke meine Hände an. Irgendwie scheinen wir jetzt Händchen zu halten. Ich sage: »Es gibt Leute, die denken, dass ich ADHS habe.«

»Nee«, meint sie. »Du bist überprivilegiert, Jacinta.«

»Denkst du?«

»Ja, du bist voll die privilegierte Tussi.«

»Was kann man denn da machen? Was kann man dagegen tun, wenn man privilegiert ist?«

»Ist doch klar, oder? Du solltest Lesbe werden.«

Ich gehe aufs Klo, kacke, komme wieder und dann knutschen wir. Dann gehen wir zu mir und machen lesbischen Sex. Nachdem ich zum zweiten Mal gekommen bin, schlafe ich ein, fast mitten im Orgasmus.

Am Morgen danach frage ich: Haben wir gestern Abend gefickt? Und sie sagt: So besoffen warst du? Und ich verteidige mich: Nein, ich meine, zählt das eigentlich als Ficken? Weil, wenn du ein Mann wärst, wäre das nur Vorspiel gewesen. Und sie sagt: Mann, bist du penis-fixiert, und dann knutschen wir noch mal und dann meint sie: Du bist auf jeden Fall lesbisch. Und ich frage: Ich stinke, oder? Ich stinke nach nassen Kartoffeln. Ich denke, weil du kein Mann bist, habe ich mehr Testosteron produziert. Und sie sagt: Du stinkst nicht nach nassen Kartoffeln, du riechst nach Muschi. Du musst dich unbedingt waschen, bevor du zur Arbeit gehst. Und ich frage: Willst du dich auch waschen? Ich habe einen Boiler und vielleicht reicht das Wasser nicht für zwei Duschen, und sie sagt: Ich arbeite freiberuflich, ich wasche mich erst morgen, und ich lächele sie an und denke darüber nach, Lesbe zu werden.

»Weihnachten in England ist viel besser als in Deutschland!«, sage ich zu Jens, ein paar Tage bevor Lenny und ich nach Hause fliegen.

»Echt?«, fragt er. »Aber warum? Ihr müsst doch einen Tag länger warten, bis ihr eure Geschenke aufmachen könnt.«

»Wegen dem Alkohol.«

»Wegen des Alkohols.«

»Wegen des Alkohols«, wiederhole ich. »Mann, Jens, das hört sich bescheuert an. Ich weiß nicht, wie ihr es so lange bei euren Familien aushalten könnt, ohne euch ordentlich zu betrinken. Das muss grauenhaft sein.«

»Ja.« Er nickt. »Schön ist das nicht.«

»In England trinken wir so viel, das ist, als würden wir durch den Tag schwimmen. In Deutschland trinkt ihr zu wenig. Viel zu wenig. In England ist Weihnachten wie Gebären mit PDA. Es ist schlimm, aber es ist machbar. In England kriegen wir alle eine PDA. In Deutschland nur ein bisschen Gas.«

»Ja«, stimmt mir Jens zu. »Weihnachten in England hört sich sehr schön an.«

Wie immer holt meine neue Tante Lenny und mich vom Flughafen ab. Zum ersten Mal denke ich nur an meine Tante, nur an eine Sie, und nicht an den Stiefvater, der sie mal gewesen ist. Also fast. Das wird was mit der Trans-Etikette.

»Diese fucking Scheißfaschisten beim Stansted fucking Flughafen und ihr Faschistenparksystem!«, schimpft sie. »Fucking Faschisten leiten diesen Flughafen, sage ich euch!« Dann fügt sie an Lenny gewandt hinzu: »Pardon my French.« Engländer entschuldigen sich immer dafür, dass sie Französisch gesprochen haben, wenn sie geflucht haben, besonders vor Kindern.

»Hattest du nicht vor, weniger zu fluchen?«, frage ich unschuldig. »Hat nicht dein Logopäde gesagt, dass Frauen viel weniger fluchen als Männer?«

»Jetzt, wo ich die OP hinter mir habe«, meine Tante wirft mir einen fragenden, fast flirtenden Blick zu, »ich hab dir doch gesagt, dass die OP schon war, oder? Jetzt, wo ich diese OP hinter mir habe, bin ich Feministin geworden. Ja, ich bin total feministisch drauf. Ich bin eine Trans-Feministin! Ich bin nicht mehr angewiesen auf den Goodwill und die Finanzierungslust der fucking Faschisten des fucking NHS und ihre sexistischen fucking Geschlechterrollen. Damit die Kasse die OP-Kosten übernimmt, musst du voll altmodische Geschlechterrollen akzeptieren. Aber jetzt habe ich das hinter mir. Jetzt ist da unten alles in Ordnung gebracht worden und ich bin Feministin und scheiße auf diese fucking Geschlechterrollen der 50er Jahre.«

»Oh, schade.«

»Was?«

Wir fahren durch die silberne Nacht. Ich liebe die Autobahn in der Nacht, so silbern, gruselig. »Ich habe dir was voll Antifeministisches zu Weihnachten gekauft«, sage ich.

Aber so feministisch ist meine neue Tante dann doch nicht. Sie freut sich natürlich total, als sie am ersten Weihnachtstag ihr Geschenk auspackt. Ich habe ihr einen teuren knallroten Lippenstift gekauft, sie trägt ihn auf und küsst uns alle und wir haben alle Kussmünder auf unseren Wangen.

An Weihnachten habe ich Schluckauf, und da ich zu faul und zu besoffen bin, um aufzustehen und mir Leitungswasser zu holen, schlucke ich eine halbe Flasche Baileys runter, um den Schluckauf zu töten, danach bin ich unglaublich besoffen.

»Ich habe dir das beste Geschenk von allen gegeben, oder?«, frage ich meine neue Tante. Zum Glück sagt sie ja, sonst würde ich vielleicht handgreiflich.

»Für eine Trans-Frau kann es kein besseres Geschenk von ihrer ehemaligen Stieftochter geben als einen knallroten Designer-Lippenstift«, lege ich nach.

Jetzt ist meine Tante sauer.

»Du bist nicht ehemalig«, korrigiert sie mich. »Nur weil ich nicht mehr mit deiner Mama verheiratet bin, heißt das nicht, dass du nicht mehr meine Stieftochter bist. Du bleibst für immer meine Stieftochter. Ich habe dich groß gezogen.«

»Aber du bist nicht mehr mein Stiefvater«, bemerke ich.

»Gott«, spuckt meine Tante. Vielleicht ist auch sie ziemlich besoffen. »Wie viel Wert du auf die unwichtigsten Details legst. Was ist los mit dir? Du bist so deutsch geworden!«

»Ja«, sage ich. »Ich bin voll deutsch geworden, das ist mein Problem.«

Am nächsten Tag sitze ich mit meiner Familie in der Küche. Meine Mama sitzt in ihrem Rollstuhl und redet über ihr Lieblingsthema: ihr Sexualleben. Oder, genauer: ihr mangelndes Sexleben. Meine kleine Schwester ist empörter als ein Deutscher, dem gesagt wird, dass er sich nicht mehr schwarz anmalen darf, und verlässt das Zimmer. Mein kleiner Bruder und ich bleiben bei Mama. Und sie redet weiter.

»Seit ich behindert bin«, erklärt sie langsam, betont, »seit ich behindert bin, ist mein Sexleben vorbei. Ich habe kein Sexleben mehr. Keinen Sex. Ich muss mich einfach damit abfinden, nie wieder Sex zu haben. Nie wieder menschliche Berührung. Keine Zuneigung. Für mich ist das Vergangenheit. Manchmal kommt euer Stiefvater vorbei und wir trinken einen Tee zusammen, und dann küsst er mich, um sich zu verabschieden, und ich spüre die Titten, die er jetzt hat, und ich ekele mich. Weil ich keine Lesbe bin, leider. Wenn ich eine Lesbe wäre, wäre das alles viel einfacher gewesen.«

Ich muss zugeben, wenn wir alleine sind, halten wir uns nicht sehr genau an die Trans-Etikette, meine Geschwister, meine Mama und ich.

»Ja«, sage ich.

»Ja«, sagt mein Bruder.

»Weil die einzigen Menschen, die bereit sind, mit Behinderten zu schlafen, Perverse sind. Ihr kennt die Sorte Mensch, die ich meine. BDSM, so was. Ich merke es bei den Taxifahrern. Die einzigen Menschen, die bereit wären, mit mir zu schlafen, sind pervers. Manche Taxifahrer sind *sehr* hilfreich, wenn sie mir aus dem Taxi in den Rollstuhl helfen.«

Ich kann mich nicht entscheiden, ob es stimmt, dass viele Taxifahrer perverse Sadisten und überhilfreich sind, wenn sie behinderten Frauen aus dem Taxi und in den Rollstuhl helfen, oder ob meine Mama womöglich paranoid ist. Seit den NSA-Enthüllungen bin ich viel toleranter, was Paranoia angeht. Inzwischen denke ich, paranoide Menschen sind zwar paranoid, aber sie haben trotzdem recht.

»Du könntest mit einem anderen Behinderten schlafen«, schlage ich vor. »Wolltest du nicht mit einem reichen Blinden schlafen? Letztes Jahr warst du doch noch so begeistert von der Idee?«

Meine Mama seufzt wehmütig. »Ich habe mir schon überlegt, jemanden für Sex zu bezahlen, Jacinta. Ich habe mir gesagt: Mädchen, wenn du nicht dafür zahlst, wirst du einfach sterben, ohne noch einmal Sex zu haben in deinem Leben. Ist schon eine traurige Vorstellung. Dass dieser Teil deines Lebens für immer vorbei ist. Aber das Problem ist: Jemand, der bereit wäre, mit mir zu schlafen, der müsste echt im Elend leben. Der müsste so ein verzweifeltes armes Arschloch sein, der würde wahrscheinlich Sachen klauen, nachdem wir fertig wären.«

Mein Bruder und ich gucken uns fragend an.

»Was würde er klauen können?«, fragt mein Bruder. »Meinst du den DVD-Spieler?«

»Das Insulin!«, sagt meine Mama. »Auf dem Schwarzmarkt kann man ganz viel dafür kriegen. Ganz viel Geld.«

Manchmal, wenn ich die Inkontinenz-Binden meiner Mama wechseln muss, fasse ich aus Versehen ihre Muschi an. Sie lacht dann, und ich lache auch, es ist lustig, aber es ist auch eklig. Deine Kinder so anzufassen – Windeln wechseln und Zäpfchen reintun und so – ist nicht eklig, aber bei deiner eigenen Mama ist es das. Ich schäme mich für sie. Ich kann dann manchmal verstehen, warum dieser Noah, der mit der Arche, seinen Sohn ins Exil schickte, nachdem der ihn nackt gesehen hatte. Als Kind fand ich das immer unfair, aber jetzt kann ich es manchmal verstehen.

Meine Mama erzählt von ihrer neuen Freundin Tessa.

»Sie ist total nett, sie ist superlustig, und mittwochs nimmt sie mich in ihrem Auto zur Keramikwerkstatt mit. Total nett. So nett. Oh, du würdest nicht glauben, wie nett sie ist.«

»Das ist toll«, sage ich. Ich mag es, wenn meine Mama nette Freunde hat. Ich hasse den Gedanken, dass sie alleine ist.

Sie verzieht ein bisschen ihr Gesicht. »Es gibt nur einen Nachteil an ihr.«

»Niemand ist perfekt«, wende ich ein.

Meine Mama beugt sich vor und flüstert langsam und deutlich: »Eigentlich ist sie ein bisschen rassistisch.«

»Ach«, sage ich, »niemand ist perfekt. Ich habe einmal mit einem Neonazi geschlafen. Aus Versehen.«

»Hat er nicht bemerkt, dass du … erm… so bist, wie du bist?«

»Nein. Ich hab ihm erzählt, ich wäre Spanierin.«

»Das war gefährlich. Mach so was nie wieder. Hoffentlich hast du verhütet. Na ja, meine Freundin Tessa. Oh, sie ist lustig. Sie hat einen neuen Freund, und alle seine Zähne sind schwarz. Oh, wie sie über ihn lästert. Du würdest dich totlachen. Manche Zähne sind schwarz, und manche sind grün, und sie kann nicht entscheiden, welche Zahnfarbe am ekligsten ist!«

»Sie hört sich super an«, sage ich. »Ich glaube nicht, dass du nicht mehr mit ihr befreundet sein kannst, nur weil sie ein bisschen rassistisch ist.«

»Habe ich das gesagt?«, fragt meine Mama. »Ein bisschen rassistisch? Habe ich das gesagt?«

»Ja, gerade eben.«

»Hm … Eigentlich ist sie ziemlich rassistisch.«

»Och«, sage ich.

»Oder sehr rassistisch.«

»Oh.«

»Nee, nee«, korrigiert sich meine Mama. »Nicht sehr rassistisch. Sie ist nicht sehr rassistisch. Sie ist nur fast sehr rassistisch. Ich würde sie als fast sehr rassistisch einstufen. Sie ist zweimal umgezogen, weil Afrikaner in die Nachbarwohnung eingezogen sind. Wie würdest du das einstufen, Jacinta?«

»Ja. Fast sehr rassistisch scheint den Nagel auf den Kopf zu treffen.«

»Sie beschwert sich ständig darüber, wie laut sie beim Sex sind. Sie sagt, sie will kotzen, wenn Afrikaner beim Sex so laute Geräusche machen. Ich sage ihr immer, Tessa, du bist einfach neidisch auf sie, weil du eine unterdrückte verklemmte Engländerin bist. Wir haben Spaß an nix, wir Engländer. Wir stöhnen nie beim Sex. Du bist einfach verklemmt und neidisch.«

»Ja? Und was sagt sie dann?«

»Also, in ihrer vorletzten Wohnung, da hat sie die Afrikaner ein Mal beim Sex gestoppt, sie meinte, die hätten es drei Stunden lang getrieben, ohne eine einzige Pause, und die ganze Zeit so laut gestöhnt, und sie wollte erbrechen. Sie hätten die Fenster aufgelassen.«

»Ach so«, sage ich.

»Wahrscheinlich ist das in Afrika normal. Nicht wie wir Engländer. Fenster zu, Vorhänge zu, zwanzig Minuten.«

»Fünfzehn«, sage ich.

»Sieben«, sagt meine Mutter. Ich lache, mein Bruder auch. Meine Mama seufzt.

»Ich werde wahrscheinlich nie wieder Sex haben. Kein Sex mehr, bis ich sterbe. Ich habe darüber nachgedacht, ob ich Sex kaufen darf, wenn ich von Männern erwarte, dass sie aufhören, gegen Bezahlung mit siebzehnjährigen Polinnen zu vögeln. Aber ich finde, bei uns Behinderten ist es etwas anderes. Wir sind anders. Weil niemand sonst mit uns schlafen würde. Hast du jemals mit einem Behinderten geschlafen?«

Ich schüttele den Kopf, obwohl ich nicht sicher bin, ob eine Sprachbehinderung zählt. Wahrscheinlich nicht. Die machen ja bei den normalen Olympics mit.

»Siehste. Und du hast sogar schon mit einem Neonazi geschlafen. Ich denke, Jacinta, gerade eben habe ich mir das mit dem Neonazi noch mal überlegt, ich finde es schlimm, glaube ich, ich glaube, ich missbillige es, das hättest du nicht machen dürfen.«

»Ja«, sage ich.

Wir drei sitzen da und schweigen ein paar Sekunden lang. Dann erklärt meine Mama: »Es ist nicht Tessas Schuld, dass sie so rassistisch ist.«

»Nee?«, frage ich.

»Nee, sie hat viele Probleme im Leben. Sie ist sehr, sehr oft vergewaltigt worden.« Sie macht eine Pause, dann sagt sie, jedes Wort betonend: »Einmal war sie sogar in einem Schrank eingesperrt. Zwei Stunden lang.«

Ich weiß nicht, warum, aber ich will lachen. Ich denke, nicht wegen der Rassismus-verursachenden-Vergewaltigungen. Nur wegen des Schranks.

Mein Bruder und ich gehen in den Garten, um zu kiffen. Wir sagen unserer Mutter, es seien normale Zigaretten. Ich liebe englische Gärten, den Anblick der langen Reihen kleiner Häuser, ich habe das schon als Kind geliebt, das Düstere gemischt mit dem Niedlichen, und dann wirkt der Himmel noch weiter. Wir kiffen ordentlich und Johnny macht Witze, dass wir unserer Mama nächstes Weihnachten einen Vibrator schenken und Lose ziehen, wer ihn ihr einführt.

Meine Schwester kommt in den Garten und guckt uns missbilligend an.

»Wir kaufen Mama für nächstes Weihnachten einen Vibrator«, sagt Johnny.

Lilly sieht ihn an.

»Wahrscheinlich ist sie vor nächstem Weihnachten tot«, sagt sie, und wir hören auf zu lachen.

Nach Weihnachten fliegen Lenny und ich zurück nach Berlin. In Neukölln treffe ich mich abends mit meiner Lesbe, und sie sagt mir, dass sie in eine echte Lesbe verliebt ist. Ich bin selbst überrascht, wie wütend mich das macht.

»Die Lesbe will nicht mehr mit mir schlafen!«, erzähle ich Jens bei unserem Wiedersehen im Januar voll traurig. Er sieht mich überrascht an. »Warum denn nicht?«

»Sie hat eine echte Lesbe gefunden.«

»Ach so.«

»Scheiße, oder?«

»Aber das gönnst du ihr doch, oder?«

Ich gucke ihn wütend an. »Was denkst du von mir?«, schnaube ich. »Bin ich Mutter Teresa, oder was? Ich gönne ihr gar nichts. Ich will, dass sie Lesben-Aids bekommt.«

»Was ist Lesben-Aids?«

»Muschipilz.«

»Kriegen Lesben kein Aids?«

»Nee«, sage ich. »Sie sind wie Katzen.« Ich bin mir nicht sicher, ob es stimmt, dass Katzen kein Aids bekommen, aber Jens scheint es mir zu glauben. »Wahrscheinlich ist das der

Grund, weshalb sie Katzen so sehr mögen. Lesben müssen 45 Minuten Muschi lecken, bevor Aids übertragen werden kann.«

»Wahrscheinlich hören sie immer nach 44 Minuten auf«, überlegt Jens.

»Ja.«

»Bist du jetzt sehr traurig?«

»Ich bin sauer. Sauer bin ich.«

»Vielleicht findest du eine andere Lesbe? Deine eigene echte Lesbe?«

»Ach Jens, wir wissen beide, dass das nicht passieren wird.« Ich seufze. Alone again, naturally. Fucking HELL.

Ich weiß gar nicht, warum ich so wütend auf die Lesbe bin. Ich bin nicht mal lesbisch. Aber ich bin so wütend, dass meine Hände jucken.

In der Kneipe hat mal ein Bekannter über seine Gewaltphantasien gegenüber einer Frau gesprochen, aber ich habe nicht hingehört. Aus feministischen Gründen, aber auch, weil es mir sehr leichtfällt, nicht hinzuhören, wenn deutsche Leute reden. Ich habe echt ein Talent dafür.

Nachdem er abgehauen war, quatschten eine Bekannte und ich über ihn.

»Wie schrecklich«, sagte sie. »Dass er in einer Kneipe so offen über seine Gewaltphantasien spricht! Niemand will so was hören. Niemand denkt so.«

»Ach«, sagte ich. »Frauen wollen so was nicht hören. Wir wollen nicht hören, wie sehr die Männer uns töten wollen. Aber den Männern ist es eigentlich egal. Die wissen ja, wie sehr sie uns töten wollen.«

»Denkst du echt, dass alle Männer Frauen töten wollen?«

»Ja. Alle Männer wollen alle Frauen töten. Sie wollen sie töten und dann vergewaltigen oder vielleicht vergewaltigen und dann töten. Die Reihenfolge ist ihnen wahrscheinlich egal.

Männer sind so. Sie sollten es nur nicht ständig zugeben, weil dann noch mehr Männer auf die Idee kommen, ne, und nach meinem Geschmack passiert es schon oft genug.«

Als Peter mich verließ, hatte ich keine Gewaltphantasien. Gar keine. Ich habe mir mal ausgemalt, er bekäme Krebs oder würde in einen schweren Unfall verwickelt. Aber nicht, wie ich ihn töte oder foltere oder so. Manchmal habe ich mir ausgemalt, er würde zu spät bemerken, dass er mich doch liebte und versuchen sich umzubringen, aber er überlebte querschnittsgelähmt. Dick und hässlich und querschnittsgelähmt.

Meine häufigste Phantasie war: Ich bin dünn, habe voll viel abgenommen und mir die Titten operieren lassen. Dann heirate ich jemanden – jemanden mit Doktor, Peter hasste sich so sehr dafür, dass er seinen Doktor abgebrochen hatte –, und bei Facebook poste ich ein Foto, auf dem ich dünn bin mit dicken Titten und ein süßes weißes Kleid trage, vielleicht irgendwo in der Sonne. Und Peter weint, er sitzt vor Facebook und weint, bitterlich und alleine in Berlin. Und ich bin dünn und habe dicke Titten und heirate jemanden mit Doktortitel.

Aber seit die Lesbe mir gesagt hat, nach nur ein paarmal Ficken wolle sie nicht mehr mit mir schlafen, bin ich so wütend, körperlich wütend. Die Gewaltphantasien gehen mir nicht mehr aus dem Kopf: Szenen, wie ich ihr die Zähne aus dem Mund schlage, sie an den Haaren ziehe und sie vor die Tür setze wie Gaston Belles Papa bei *Beauty and the Beast* oder ihr ins Gesicht schlage, bis sie blutet oder sie auf den Boden werfe und ihr in den Bauch trete. Ständig habe ich solche Bilder im Kopf. Es ist, als wäre »das Mädchen zusammenschlagen, das nicht mehr mit mir schlafen will« in meinem Kopf als Screensaver gespeichert. Immer, wenn ich an nix denke, sehe ich plötzlich ihr blutiges Gesicht auf dem Bürgersteig. Manchmal stelle ich mir vor, wie ich sie in einer Toilettenkabine zusammenschlage und danach ficken wir. Scheiße. Ich bin genauso ein Vergewaltiger wie alle Männer.

Mein Ex sagte damals, er habe mit mir Schluss gemacht, weil er plötzlich bemerkt habe, dass mein Sohn nicht sein eigenes Kind war, nicht sein Fleisch und Blut. Manchmal habe ich diese Geschichte Bekannten nach unserer Trennung so schlecht erzählt, dass sie dachten, es ginge um einen DNA-Test. Er habe meinem Sohn heimlich ein Haar ausgezogen und es untersuchen lassen. Aber nee, das meinte er nicht. Peter war nie Lennys Papa. Ich glaube nicht, dass sein blutleeres dünnes anämisches Milchsperma jemals ein Kind zeugen könnte. Ich war alleinerziehende Mama eines Zweijährigen, als ich ihn kennenlernte. Er wollte nur sagen, dass ihm plötzlich, nach sechs Jahren Zusammensein, einfiel, dass mein Sohn nicht von ihm war. Mein Ex ist ein ziemlicher Vollspast. Ich mochte ihn trotzdem. Ich bin ein sehr toleranter Mensch. Es wäre behindertenfeindlich, Vollspasten zu diskriminieren.

Auf der Straße treffe ich eine alte australische Freundin. Sie überredet mich, ein Glas Wein mit ihr zu trinken. Warum tue ich das bloß, denke ich und sehe sie an. Keine von uns will mit der anderen was trinken, aber wir tun es trotzdem, nur so aus Brauch. Wenn man an all die bescheuerten Sachen denkt, die man einfach aus Brauch tut, kann man nicht behaupten, man wäre kein Nazi gewesen, wenn man zu der Zeit gelebt hätte. Ich wäre bestimmt Nazi gewesen. Nazi oder Stasi. Nazi und dann Stasi. Ich hasse diese Freundin eigentlich.

»Peter hat mir gesagt«, beginnt sie, »er habe gar nicht wegen Lenny mit dir Schluss gemacht, wie du allen erzählst, sondern weil du zu oft über ihn geschrieben hast. Er wollte nicht mehr auf eine fiktive Person im Blog oder in deinen Texten reduziert werden. Er wollte frei sein.«

»Was für ein Idiot«, antworte ich. »Mit mir Schluss zu machen, weil er nicht mehr will, dass ich über ihn schreibe. Jetzt schreibe ich umso mehr über ihn. Das hat er nicht gut durchdacht.«

Ein paar Sekunden lang ist mein Gehirn leer. Auf dem Boden taucht der Rücken des Mädchens auf, das nicht mehr mit mir schlafen will. Nackt und voller blauer Flecke. Manche Flecke sind grün und ein bisschen gelblich. Ich schließe die Augen. Schade, dass ich mir nie Gewaltphantasien über meinen Ex ausmalen konnte. Das wäre irgendwie ein tolles Happy End, wenn ihm am Ende die Augen ausgehöhlt würden mit einem Korkenzieher oder Schraubenzieher oder Ähnlichem. Leider hat meine Geschichte kein Happy End. Mein Ex hat keine Schmerzen, weder körperliche noch seelische, und ich, ich bin eigentlich ein Vergewaltiger. Toll.

ZEN

Einmal ist Zara zu Besuch bei mir. Zara sagt, ich solle mich mit Peter treffen und ihm offenbaren, dass ich fremdgegangen bin. Sie denkt, wenn ich das tue, bekomme ich »Closure«.

»Und das Gute daran, wenn du Closure hast«, sagt sie, »ist, dass du dann eine Zen-Beerdigung organisieren kannst. Ich komme gerne zu deiner Zen-Beerdigung. Hast du so was schon mal gemacht? Hast du noch etwas von ihm hier bei dir zu Hause? Bücher? Ein T-Shirt? Das verbrennen wir und dann schließen wir die Augen und dann stellen wir uns vor, wie weh er dir getan hat, aber auch, wie weh du ihm getan hast. Die Vorstellung davon in unseren Köpfen muss so klar sein, als könnte man den Schmerz anfassen. Und dann musst du den Schmerz akzeptieren. ›Ich kann den Schmerz akzeptieren!‹ Das sagt man so. Und dann akzeptiert man es. Und daaann lässt man den Schmerz los. Man sagt: ›Schmerz, du darfst gehen.‹ Und daaann lässt man auch den Menschen los. Raus aus deinem Leben. Man sagt: ›Tschüs, Peter Michelsberger. Du darfst gehen. GOODBYE.‹ Und dann verbrennst du noch ein bisschen Zeug von ihm. Danach ist alles in Ordnung, und du denkst viel seltener an ihn, oder wenn, dann nur ein bisschen, aber leider klappen diese Zen-Beerdigungen erst, nachdem man ›Closure‹ hat.«

»Ich habe immer noch seinen Bademantel«, überlege ich. »Der wird sicherlich gut brennen, oder?«

»Hast du nix Kleineres?«

»Nur Bücher«, sage ich, »aber ich will keine Bücher verbrennen, wegen Heinrich Heine. Du weißt, was er dazu sagen würde.«

Ich merke, dass Zara nicht weiß, was Heinrich Heine dazu sagen würde. »Außerdem habe ich die Bücher noch nicht alle gelesen.« Ich möchte einen Witz machen, dass ich am Ende Peters Penis und/oder seine Mama verbrenne, fürchte aber, dass Zara das nicht lustig finden würde.

»Ich habe mal eine Zen-Beerdigung gemacht, die gar nicht funktioniert hat!«, erzählt Zara. »Aber das war meine eigene Schuld. Ich dachte nämlich, es hätte so gut funktioniert, dass es kein Problem wäre, sofort wieder mit dem Typen zu ficken.«

Zara fängt an, sich zu schminken. Sie ist so schön. Sie hat weiße Haut, wie eine Porzellanpuppe, und schwarze Augen und schwarzes Haar.

»Du bist so schön«, sage ich ihr.

»Ich weiß«, antwortet sie trocken. »Nur die Männer wissen es nicht.« Ich lächele halbherzig, um ihr mein Mitleid, aber auch Solidarität zu demonstrieren.

»Du hast so weiße Haut, Zara. Das ist so schön.«

»Ich habe weiße Haare. Und ich bin 25 Jahre alt! Ist das nicht schrecklich? Hast du schon welche, Jacinta?«

»Ich weiß es nicht. Ich glaube nicht. Aber ich gucke nicht danach, ich fürchte mich davor, eins zu finden, dann müsste ich anfangen, mir die Haare zu färben und so, das wäre so anstrengend. Ich hatte mal eins auf dem Arm. Sehr weiß, sehr lang, sehr peinlich. Ging vom Ellbogen fast bis zum Handgelenk. So peinlich.«

»Tino meint, ich muss mir die Haare färben«, sagt sie. »Du kennst Tino, oder? Mein Kumpel Tino. Der Kommunist. Tino ist ein feministischer Mann. Ehrlich gesagt, ist er der feministischste Mann, den ich kenne. Er ist so feministisch. Er hat voll geweint bei der Vergewaltigungs-Szene in *Game of Thrones*. Und trotzdem hat er neulich zu mir gesagt: ›Du, Zara, wenn du für Männer noch attraktiv sein willst, musst du dir leider die Haare färben.‹«

Ich gucke meine schöne kleine Freundin an, und mein Herz schwillt an vor Wut und Zorn. Ich bin so wütend darüber, dass sogar feministische Männer nicht feministisch genug sind, um zu sehen, dass Frauen auch Menschen sind, und dass Haarefärben total fucking anstrengend ist. Wir ficken die ganze Zeit mit hässlichen alten Arschlöchern rum, hässlich, alt, mit grauen Haaren, grauen Bärten, grauem Schamhaar – und sagen wir irgendwas dazu? Im Gegenteil: »Oh, du siehst männlich und elegant aus mit dem Grau in deinem fucking Schamhaar«, sagen wir, »lass mich deine faltigen, faulen Eier noch mal ablutschen, bitte, danke, danke, bitte.« Und was sagen sie? Die Wichser sagen uns voller Mitleid, solidarisch, feministisch: »Leider musst du dir die Haare färben, wenn du für Männer noch attraktiv sein willst, leider, leider, leider.« Ich hasse Männer manchmal so sehr.

»Okay«, erkläre ich. »Ich treffe mich mit dem Penner, und dann können wir eine Zen-Beerdigung machen. Ich könnte zum Beispiel Peters Kleiderschrank verbrennen.«

»Zum Beispiel.« Zara nickt.

»Aber eigentlich brauche ich einen Ort, wo ich meine Kleider aufbewahren kann.«

»Erst mal treffen«, entscheidet Zara. »Nachher sehen wir, was wir verbrennen werden.«

Also treffe ich mich mit Peter in einer Kneipe wegen Closure und so. Wir quatschen über Indianer und Ostdeutschland. Ich finde die ostdeutsche Leidenschaft für Indianer süß. Wenn andere Leute so wären, normale Menschen, die im Kapitalismus und in Freiheit groß geworden sind, dann wäre das rassistisch, aber die süßen Ossis, die dürfen das. Das ist meine offizielle Position zum Thema Indianer und Ostdeutschland, den kitschigen Parks und Festen, dem ganzen Yellowfacing. Peter ist da ein bisschen politisch korrekter, oder missbilligender, aber bestimmt nur deswegen, weil er für eine amerikanische Zeitung darüber schreiben soll.

Wenn ich ihn sehe, fühle ich mich genau so, wie ich mich immer gefühlt habe. Das ist schrecklich. Nix hat sich verändert. Ich fühle mich so, als ob er nie aus meinem Leben verschwunden wäre. Und er spricht eigentlich auch genau so wie immer mit mir, so, als ob sich nichts geändert hätte. Bei mir ist es so, weil ich ihn immer noch liebe, und bei ihm, weil er mich nie geliebt hat. Ich dachte immer an Liebe und für immer und Zuflucht und Zusammen. Er sah mich eher als eine Blowjob-Service-Providerin, mit der man ganz nett über Indianer und so quatschen kann, wenn sie nicht gerade deinen Penis im Mund hat.

»Es ist superinteressant«, sagt er. »Die Sache mit den Ostdeutschen und den Indianern. Es ist überhaupt nicht böse gemeint – das merkt jeder –, aber je mehr Native Americans davon hören, desto heftiger werden sie es kritisieren. Irgendwann werden die Vergnügungsparkbetreiber sich damit auseinandersetzen müssen, dass es respektlos ist.«

»Ja, aber solange die Intellektuellen Blackfacing in der Oper betreiben dürfen, sollen die Ossis ihre Indianerparks genießen, oder?« Würde ich einen Indianer treffen, der die Parks scheiße findet, würde ich meine Meinung sofort ändern, das weiß ich genau.

Wir reden weiter und weiter und weiter, debattieren, vorwärts, rückwärts, seitwärts. Es macht schon Spaß, mit ihm zu quatschen. So viele Leute sind langweilig, Peter war nie langweilig, nicht ein Mal in sechs Jahren. Ich habe diese panische Angst vor langweiligen Menschen, und in den Monaten nach unserer Trennung hatte ich vergessen, dass er mich nie gelangweilt hat. Wenn ich ihn lasse, wird er den ganzen Abend lang über Indianer und Ostdeutsche diskutieren.

»Willst du nicht darüber sprechen, warum du mich verlassen hast?«, frage ich.

Peter guckt mich an, er sieht verängstigt aus, wie ein ängstlicher Wassermolch. Es schaudert mich, denn genauso sah er aus, als wir zusammenkamen, plötzlich habe ich das Gefühl, als hätte ich immer wissen müssen, wie es endet. Er schluckt. Er sagt nichts.

»Bist du jetzt glücklicher?«, bohre ich nach.

Er spricht langsamer. »Ich bin nicht glücklicher. Ich fühle mich ehrlicher. Ich habe bemerkt, wie viel Zeit ich brauche, um zu schreiben, um die Sachen zu schreiben, die ich schreiben will. Die ich schreiben muss. Über Syrien und so. Ich muss alleine sein, um die Sachen zu schreiben, die ich schreiben will.« Er guckt mich an, wie ein Kind, das seiner Mama ein Bild zeigt, auf das es sehr stolz ist.

Plötzlich durchzuckt mich ein Blitz der Erleuchtung: Er denkt, dass er nicht schreiben kann! Gefolgt von einem zweiten Blitz: Vielleicht kann er wirklich nicht schreiben! Vielleicht habe ich ihn immer nur deshalb geliebt, weil er so ruhig ist und leise. Er war wie eine leere Flasche, und ich habe ihn mit Wein und Ideen gefüllt. Er war leer. Ich gucke ihn an, er sieht so stolz aus auf seine Arbeit, aber auch so unsicher. Als ob ich alles in entzweireißen könnte. Und dann denke ich: Er dachte, ich schreibe besser als er. Deswegen hat er Schluss gemacht. Alles andere ist gelogen. Aber dann verschwinden die Blitze der Erleuchtung so schnell, wie sie gekommen sind, und es kommen Blitze der Erinnerung: Männern ist alles, was Frauen mit ihrem Leben machen, außer blasen, grundsätzlich egal. Wir sind die leeren Flaschen, die gefüllt werden müssen, und zwar mit Spermien.

»Ich habe so ein schlechtes Gewissen!«, sagt er. »Wegen dir und Lenny.«

Er sagt das, als ob er schüchtern wäre, als ob er erwartet, dass ich ihn jetzt tröste.

»Natürlich!«, belle ich.

Er zuckt vor Überraschung und Schmerz, total überrascht sieht er aus. Was für ein Loser. Hat er ernsthaft erwartet, dass er sechs Jahre meines Lebens verschwenden könnte und dann ohne Grund abhauen, mich mit dem kleinen Kind sitzenlassen, in einer zu teuren Wohnung, OHNE schlechtes Gewissen? No joke, ey, der hat so niedrige Erwartungen an sich, er hat tatsächlich immer nur wegen der Blowjobs bei mir gepennt. Meine Güte. Was für ein Penner.

Er sieht verletzt aus, bestimmt dachte er, dass ich sagen würde: Nein, Peter, hab kein schlechtes Gewissen, wenn du gehen musst, musst du gehen. Was für ein Penner. Seine Fotzen-Mama hat das echt gut hingekriegt, den größten Penner aller Zeiten zu erziehen. Ich wünschte, ich hätte Psychologie studiert, dann würde ich wissen, wie sie es gemacht hat, bestimmt hat sie ihn zu oft beim Pinkeln gelobt oder so was. Wahrscheinlich ist er stolz auf sich, wenn er den Müll trennt. Und wegen dieses Penners habe ich fast ein Jahr meines Lebens durchgeweint?

»Lenny hat wieder eingepullert und eingekackt, nachdem du weg warst«, sage ich. Ich denke an Lizzy und ihre Katze, die zwei, drei Monate getrauert hat, nachdem Lizzys Freund gegangen war. Aber egal. Es ist okay, dass Lenny Peter scheißegal ist, aber er soll wissen, dass er Lenny nicht scheißegal war. Er blinzelt überrascht. Ich seufze. Gott, was für eine Fotze seine Mama ist. Es wundert mich nur, dass er kein Serienmörder geworden ist, so kalt ist er.

»Ich bin andauernd fremdgegangen«, sage ich. »Seit 2011. Dauernd. Es war so leicht, du wolltest nie wissen, wo ich war. Habe sehr oft Kondome benutzt, aber natürlich nicht immer, du solltest vielleicht einen Aidstest machen. Tut mir so leid. Aber du hast mich nie geleckt, und wahrscheinlich war ich einsam oder so was.«

Sein Gesicht meldet totalen Schock, eine Minute lang spüre ich etwas, das Glück ähnelt.

»Du fickst auch falsch«, sage ich. »Man muss das tiefer machen und von der Seite. Dann findet man den G-Punkt. So wie wir es gemacht haben, war es wie Level 1 bei *Tetris*, es gibt aber 20 Level.« Ich stehe auf, will weinen, drehe mich um.

»Ich brauche was von dir«, sage ich. »Für die Zen-Beerdigung.«

Dann merke ich, dass ich sowieso keine Closure habe.

Macht nichts, denke ich. »Zahlst du die Getränke? Du schuldest mir sowieso sechs Jahre meines Lebens.«

Und dann gehe ich. Syrien, denke ich. Ich bin wegen Syrien verlassen worden. Gut zu wissen.

Also keine Zen-Beerdigung für mich, aber Zara kommt trotzdem vorbei. Sie trägt eine neue goldene Strickjacke, und außerdem hat sie ein neues Dating-Buch.

»Ich habe ein neues Dating-Buch gekauft!«, erzählt sie. »Es ist das beste Dating-Buch aller Zeiten. Ich glaube, dass dieses Dating-Buch endlich dazu führen wird, dass ich einen Freund bekomme.«

Ich gucke sie an und nicke und denke nach. Eines der ironischsten Paradoxa des modernen Lebens – und es gibt viele ironische Paradoxa des modernen Lebens – ist, dass genau das, was man tut, um einen Freund zu bekommen, nämlich Dating-Bücher lesen, genau das ist, was man tun sollte, wenn man nie wieder mit einem Penis in Berührung kommen möchte. Männer finden nichts unsexyer als eine Frau, die Dating-Bücher liest. Ich glaube, die meisten Männer würden lieber mit einer *Motz*-Verkäuferin ficken als von einer Frau, die Dating-

Bücher liest, einen geblasen zu bekommen. Sie würden lieber mit einer *Motz*-Verkäuferin, die Durchfall hat, ficken, als von einer Frau, die Dating-Bücher liest, einen runtergeholt zu bekommen. Ich sollte aufhören, über *Motz*-Verkäuferinnen zu lästern. Sie sind wahrscheinlich viel zu cool und authentisch, um Dating-Bücher zu lesen. Ich kann mir vorstellen, dass sie in den Obdachlosenheimen voll viel rumficken. Wahrscheinlich ist es ziemlich leicht für eine *Motz*-Verkäuferin, einen Freund zu finden. Vielleicht. Leichter als für mich zumindest.

»Männern gegenüber darfst du nie zugeben, dass du Dating-Bücher liest!«, informiere ich Zara. »Sie werden nie freiwillig ihren Penis in deine Muschi stecken, wenn sie wissen, dass du Dating-Bücher liest. Das ist total abtörnend für einen Mann.«

»Oh, ich weiß«, sagt sie. »Steht in meinem Dating-Buch. Man darf einem Mann gegenüber eigentlich gar nichts zugeben. Zum Beispiel sollte man beim ersten Date auch nicht erwähnen, wie oft man abgetrieben hat.«

»Ja«, stimme ich ihr zu. »Das ist ein totales No-go für Männer. Das stand schon 2007 in Dating-Büchern, als ich sie gelesen habe.«

»Oder wie oft man vergewaltigt worden ist«, ergänzt sie. »Vielleicht denkst du, Männer finden dich voll sexy und begehrenswert, weil du so oft vergewaltigt worden bist, aber es schreckt sie doch immer ab.«

Ich bin übrigens Zaras feministische Lehrerin. Ohne mich wüsste sie gar nicht Bescheid über Feminismus und Vergewaltigung und Frauenfeindlichkeit und so.

»Zara!«, sage ich zu ihr. »Vergewaltigung hat nichts mit sexuellem Verlangen zu tun. Es geht nur um Macht. Vergewaltigung und Sex haben nichts miteinander zu tun.«

Zara erzählt mir, wie oft sie vergewaltigt worden ist, und ich bemühe mich, nicht beeindruckt auszusehen. Viel öfter als Marilyn Monroe.

»Und man sollte auch nicht über Frauenhaus- oder Nervenklinik-Aufenthalte reden«, sagt sie.

»Ja. Es hört sich so an, als hätte sich in Dating-Büchern seit 2007 nicht viel geändert.«

»Man darf auch nicht über den Ex lästern.«

»Nein, ne. Man soll nur sagen: Leider hat's nicht geklappt zwischen uns.«

»Und nicht über Politik reden.«

Ich gucke sie entsetzt an. Das ist eine neue Regel. 2007 hatten sie dieses Verbot noch nicht aufgestellt.

»Worüber soll man denn dann reden«, frage ich, »wenn man nicht über seine Vergewaltigungen oder Abtreibungen, Frauenhaus- oder Nervenklinik-Aufenthalte oder Politik reden darf? Welche Themen bleiben denn dann noch übrig?«

»Man sollte ganz viele Fragen stellen«, erklärt sie. Ich nicke. Ich gucke zur Küchentür. Mein Sohn ist wach geworden, ich bringe ihn ins Bett zurück und lege mich zu ihm.

»Kannst du dich erinnern, als du klein warst, wolltest du mich heiraten?«, frage ich.

»Nein!«, ruft er.

»Ja, du wolltest mich heiraten.«

Lenny lacht sich kaputt.

»Du hast mich immer gefragt, können wir heiraten, wenn ich älter bin? Und ich sagte, nein. Und du sagtest, bitte, bitte, Mama. Und ich sagte, nein, das ist verboten. Ein Gesetz. Und du sagtest dann immer: Vielleicht haben sie bis dahin das Gesetz geändert? Und ich meinte, nein. Einmal hast du vorgeschlagen: Können wir nicht in ein Land reisen, wo Jungs ihre Mamas heiraten dürfen? Und ich antwortete, dieses Land gibt es nicht. Und ein andermal hast du verkündet: Mama, ich hab eine gute Idee! Lass uns in ein Land reisen, wo sie nicht wissen, dass du meine Mama bist.«

Er lacht, aber dann wird er ernsthaft und nachdenklich.

»Damals wusste ich nicht, dass der Mann seinen Penis in die Vagina der Frau steckt, nachdem sie geheiratet haben. Ich dachte, es geht nur um Liebe. Ich wollte dich heiraten, weil ich dich liebhatte. Jetzt weiß ich Bescheid über den Penis und die Vagina, jetzt will ich dich nicht mehr heiraten.«

»Ja.«

»Ich meine, das ist der Hauptgrund. Aber ich denke auch, dass ich vielleicht eine bessere Frau als dich finden könnte, jemand Jüngeres mit mehr Geld und so.«

Ich nicke. Ich rieche an seinem Haar. Er riecht nicht mehr gut, nicht mehr wie ein Kind. Aber ich mag seinen Geruch trotzdem. Sein Atmen wird langsam und sein Körper wird schwer. Ich krieche aus seinem Bett und gehe zurück zu Zara in die Küche. Bevor ich reingehe, schaue ich im Korridor in den Spiegel. Fuck, bin ich dick geworden.

»Zara!«, sage ich, »wann bin ich so dick geworden?«

Ich bin so dick geworden, wie ich es nicht mehr war seit meiner Schwangerschaft. Weil ich in den letzten Monaten so wenig Zeit zum Entspannen hatte, habe ich viel gegessen, Pizza, Nudeln, Kartoffelauflauf und so. Und jetzt habe ich in einem Monat fünf Kilo zugenommen.

»Ich habe fünf Kilo zugenommen in einem Monat«, erkläre ich Zara.

»Wie hast du das gemacht?«, fragt sie.

»Ich hab viel gegessen. Pizza, Nudeln, Kartoffelauflauf, Chili con Carne, Chips, Muffins, Käse, Käsestangen und Toast.«

»Wow. Wenn Schauspielerinnen das tun, werden sie dafür gelobt!«

»Ich weiß«, sage ich traurig.

»Lass uns zusammen eine Diät machen!«, schlägt sie vor.

»Ja.« Ich beiße mir auf die Unterlippe. »Aber die Wahrheit ist, dass mich jetzt genauso viele Männer anbaggern wie vorher. Also sehr wenige, ne. Nicht viele. Aber ab und zu. Nur sind die, die mich jetzt anmachen, viel direkter, sie fragen gleich nach meiner Telefonnummer und so. Also denke ich, vielleicht sollte ich einfach dick bleiben? Ich habe die letzten zehn Jahre meines Lebens immer dagegen angekämpft, dick zu werden, aber ich hab's nie geschafft. Jetzt bin ich dick, und es ist gar nicht so schlimm, wie ich gefürchtet habe. Ich meine, ich wollte eigentlich nur schlank sein, um Männern zu gefallen. Ich gehöre nicht zu diesen kranken Fotzen, die schlank sein wollen, weil sie sich so besser gefallen und so. Ich habe nur abgenommen, um gefickt zu werden, aber Männern ist es anscheinend total egal. Oder vielleicht denken sie, dicke Frauen wären leichter zu haben? Meinst du, das ist es? Ist ja auch egal, so groß ist der Unterschied gar nicht, Zara. Echt nicht. Und die Muffins waren voll lecker.«

»Lass uns einfach ein Kilo pro Woche abnehmen«, sagt Zara unbeirrt.

»Okay«, stimme ich zu.

»Wir verzichten aufs Abendessen!«

»Oh, das ist eine gute Idee. So macht Kate Moss das. Girls who skip dinner stay thinner. Aber um uns vom Hunger abzulenken, dürfen wir immer noch Wein trinken.«

»Ja.« Zara zieht eine Flasche Wein aus ihrer Tasche.

»Und Eierlikör.« Ich deute auf eine neue Flasche Eierlikör.

Zara und ich trinken den Wein und den Eierlikör. Ich lese ihr feministische Gedichte über meine Abtreibung aus der Unizeit vor. Sie weint vor Rührung und Bewunderung und so weiter.

Dann schaut sie mich an. »Jacinta«, sagt sie, »du bist so eine tolle Feministin, ich wünschte, ich wäre nur eine halb so tolle Feministin wie du. Du hast nie sexistische Gedanken, oder? Niemals. Ich bewundere dich dafür. Ich bewundere dich total. Du bist überhaupt so eine ehrliche, wunderbare, intelligente und integre Frau. Du hast nie sexistische oder rassistische Gedanken und ich bewundere dich, Jacinta.«

Ich nicke und mixe ihr eine Weißweinschorle mit mehr Wasser als Wein. Ich verstehe mich gut mit Alkoholikern, aber ich habe ein schlechtes Gewissen deswegen. Vielleicht verstehe ich mich nur deshalb so gut mit Alkoholikern, weil sie immer zu besoffen sind, um zu merken, dass man sexistische oder rassistische Gedanken hat oder schlechte Lyrik schreibt.

Oder um zu merken, dass ich mir manchmal immer noch vorwerfe, dass mein Ex nicht gegangen wäre, wenn ich mehr geputzt hätte. Ich sitze in meiner Küche, gucke mich um und denke: Wenn du geputzt hättest, wäre er noch hier und noch glücklich. Oder, noch schlimmer: Manchmal denke ich, wenn er nicht gegangen wäre, wäre mir alles andere egal, weil alles, was ich wirklich wollte, war: zu ihm gehören und ihn glücklich machen. Erst vor kurzem habe ich meinem Exfreund wieder eine gemeine E-Mail geschrieben mit dem Hauptinhalt: Deine Mutter ist eine feige Fotze. Ich habe sie sofort wieder gelöscht und nicht abgeschickt, Peter liest meine Nachrichten sowieso nicht mehr. Dann schrieb ich: Ich bin fremdgegangen – nicht weil ich dachte, dass du mich nicht liebst, sondern weil ich wusste, dass du mich nicht verdient hast. Auch diese Nachricht habe ich gelöscht. Vielleicht sollte ich ihm das twittern, dachte ich mir. Dann fing ich an zu weinen und mein Make-up zerfloss.

Jacinta Nandi, sagte ich mir. Du doofe Fotze. Wenn Alice Schwarzer davon erführe, wie sehr würde sie dich verachten. Und zu Recht. Ich listete die Sachen auf, die ich niemals Alice Schwarzer erzählen dürfte, sollte ich sie jemals kennenlernen.

Diese Liste ist sehr lang. Sie fängt an mit »Ich habe einmal, nachdem Jörg Kachelmann vom Vorwurf der Vergewaltigung freigesprochen wurde, dazu masturbiert, wie er mich in einer Toilettenkabine vergewaltigt« und hört auf mit »Als ich in einer Beziehung war, war Geld mir total egal, und vor einem

Blowjob habe ich immer Mascara aufgetragen, so dass ich beim Blasen, wenn die Tränen kamen, ein schmutziges Gesicht bekam.« Tausend hässliche kleine schmutzige Sachen, die nicht nur frauenfeindlich sind, sondern masochistisch, menschenverachtend und ziemlich pervers. Ich finde, dass das Schlimme an der heutigen Gesellschaft ist, dass wir nicht mehr zwischen normaler Frauenfeindlichkeit, Masochismus, Menschenverachtung und perversen Perversionen unterscheiden können. Es gibt zum Beispiel diese Porno-Reihe, die Frauen beim Blasen zeigt, und wenn sie dann kotzen, müssen sie in eine Toilette reinspucken, und der Mann schmeißt ihnen die Toilettenbrille ins Gesicht. Nachher steckt er den Frauen den Griff der Toilettenbürste in die Muschis rein. Wenn Feministinnen sich darüber beschweren, sagt man, dass sie Spaßverderber sind. Aber manchmal denke ich, diese Feministinnen sind die letzten nicht perversen Menschen auf der Welt. Ich bin auf jeden Fall ziemlich pervers, denke ich.

»Ab und zu habe ich rassistische Gedanken«, sage ich zu Zara. So viel bin ich bereit zuzugeben.

»Echt?«

»Ja.«

»Welche?«

»Ich denke, dass weiße Menschen besser riechen.«

Zara hat Schluckauf. Sie macht die Augen zu und dann wieder auf und dann wieder zu und hat immer noch Schluckauf. »Bist du dir sicher?«

»Immer, wenn ich ficke, dann stinke ich nachher wie ein Sack nasser Kartoffeln. Kennst du nasse Kartoffeln? Die in einer feuchten Küche schlecht werden? So rieche ich nach dem Ficken. Aber weiße Leute ficken, ficken, ficken, und nachher ziehen sie ihre T-Shirts an und hauen ab. Trink ein bisschen Wasser, dann geht der Schluckauf weg.«

Zara steht auf und guckt durchs Fenster. Sie denkt jetzt bestimmt, dass sie Blanche aus *Endstation Sehnsucht* ist. »Vielleicht geht mein Schluckauf nie, nie wieder weg«, sagt sie melancholisch und starrt traurig aus dem Fenster auf die Mauer des Nachbarhauses. Ich boxe sie in den Rücken und zwinge sie, Wasser mit Kohlensäure zu trinken.

»Außerdem denke ich«, sage ich, »wenn eine Frau voll unterfickt ist, so wie ich, beschwert sie sich viel mehr über Feminismus und Frauenfeindlichkeit, aber wenn man sie fickt, dann ist sie ruhig und entspannt.«

»Ich bin total unterfickt«, erklärt Zara.

»Ich auch.«

»Obwohl ich letzte Woche diesem DJ einen geblasen habe, bin ich immer noch unterfickt. Das hab ich dir erzählt, oder?« Ihr Schluckauf ist weg.

»Ja, du Arme!« Was sie mir von dem DJ berichtet hat, hat alle meine Vorurteile bestätigt.

»Außerdem bin ich immer total betroffen, wenn Leute im Internet zu mir sagen, dass ich dick bin«, sage ich. »Das ist total sexistisch von mir.«

»Wer sagt denn im Internet zu dir, dass du dick bist?«, fragt sie.

Ich stelle den Laptop an und lese Zara gemeine Kommentare über mich vor.

»Jacinta Nandi ist eine lächerliche dicke Lesbe mit einer nervigen Stimme!«

Zara zieht tief schockiert die Luft des ganzen Zimmers in ihren kleinen Körper ein.

»Du bist überhaupt nicht lächerlich dick!«, ruft sie.

»Nein. Ich bin nur relativ dick, oder, Zara?«, frage ich. »Hey, ich bin noch nicht so dick geworden, dass ich anfangen muss, mich positiv über meinen Körper zu äußern, oder? So dick bin ich noch nicht, oder? Ich bin noch nicht so dick geworden, dass ich ständig rumlabern muss, wie sehr ich meinen Körper und meine weiblichen Kurven toll finde.«

»Nein, überhaupt nicht!«, sagt sie. »Du bist immer noch in der Grauzone.«

»Oh, da bin ich erleichtert! Wollen wir vielleicht doch Pizza bestellen?«

»Oh ja!«

»Mit der Diät könnten wir zum Beispiel morgen anfangen.«

»Genau!«, sagt sie. »Wir fangen morgen damit an!«

Freundschaften mit Frauen sind mir sehr wichtig, ich weiß nicht, warum. Es ist kein feministisches Bedürfnis, es ist einfach so: Ich mag meine Freundinnen, ich brauche sie, obwohl ich sehr oft über sie lästere. Die Freundschaft mit heterosexuellen Männern ist mir nicht so wichtig, ich brauche sie nicht, es ist ein Luxus. Ich bin stolz darauf, dass ich männliche Hetero-Freunde habe, aber ihre Freundschaft ist nicht notwendig. Ich feiere trotzdem alle meine männlichen Freunde tief drinnen in meinem Herzen wie kleine Siege – sie bestätigen mir, dass ich wertvoll bin oder so was.

Ich denke, am wichtigsten von allen meinen Freundschaften sind meine Freundschaften mit schwulen Männern. Die Leute machen sich lustig über diese Freundschaften, ne, es ist ein bisschen lächerlich, dieses Bündnis zwischen schwulen Männern und heterosexuellen Schlampen – aber ich finde es gut, fast wie eine Therapie. Du kriegst Bestätigung durch männliche Akzeptanz UND dazu kannst du über gute und schlechte Penisse diskutieren.

Ich habe zwei schwule beste Freunde – beide sind Deutsche, beide haben Migrationshintergrund – und es gefällt mir, ihnen gegenüber eine gesunde Atmosphäre von Rivalität zu pflegen, so wie zwischen Omas oder Cousinen.

Sebastian ist wie ich, ein Mischling, obwohl er das Wort

hasst. Er kommt aus Westdeutschland, hat reiche Eltern, ist voll PC. Er sagt mir oft, dass er nicht mit mir befreundet sein würde, wenn ich weiß wäre, aber er denkt, dass ich immer versuche, den Rassismus der Gesellschaft zu internalisieren und zu bearbeiten und zu rationalisieren. Eigentlich spricht er nicht Deutsch, sondern Twitterisch: PoC für nicht-weiße Menschen, derailing, victim-blaming, slut-shaming. Einmal versuchte er Lenny zu überreden, einen Cowboyhut, den ich ihm geschenkt hatte, wegen Kolonialismus wegzuschmeißen.

Can ist Türke, Can ist super, Can macht Spaß. Er hat fast immer Koks bei sich. Er ist so Old-School-gay, nicht queer oder so. »Vergiss nicht, deine Muschi zu rasieren!«, ermahnt er mich, bevor ich auf ein Date gehe. Ich weiß nicht, ob Sebastian und Can bemerkt haben, dass ich versuche, dass sie eifersüchtig aufeinander werden. Ich denke, Sebastian wäre enttäuscht von mir wegen meines Schubladendenkens – ich sehe den traurigen Smiley schon vor mir, den er mir dafür schicken würde. Can wäre es egal. Er würde mit den Schultern zucken und hässlich lachen und sagen: »Ach was, ich weiß doch, dass ich dein bester schwuler Freund bin!«

»Ich habe mal einen One-Night-Stand mit einem Schwulen gehabt«, informiere ich Sebastian bei Prosecco und einer Marilyn-Monroe-Doku-Sendung. »Ich zog mich aus und stand vor ihm, nackig, und er machte einen Gesichtsausdruck, der sich nicht viel von einer Grimasse unterschied. Dann sagte er: ›Oh‹, und ich: ›Das tut mir leid‹, und er: ›Macht nix, zumindest bist du nicht weiß, weiße Frauen sehen immer aus wie …‹ Chopped up pork? A load of chopped up pork?«, frage ich unsicher.

»Oh mein Gott, und dann hast du trotzdem mit ihm geschlafen?«, fragt Sebastian.

»Ja.«

»Aber warum, Jacinta?«

»Er war sehr hübsch!«

»Das ist wirklich konsequent von dir«, sagt Sebastian. »Das mag ich an dir. Du bist ein sehr konsequenter Mensch. Hauptsache, hübsche Männer ficken. Sehr gut.«

»Ich habe neulich mit jemandem gefickt«, sage ich, »der war so alt und hässlich und dünn, er sah aus wie eine Leiche. Das war, als würdest du mit einer Leiche ficken. Mit einer kalten, harten, abgemagerten Leiche. Er roch alt und sein Körper war alt, ich wollte kotzen, und weißt du, was er zu mir gesagt hat? Er hat zu mir gesagt: ›Ich schlafe nur mit Frauen, die zehn oder fünfzehn Jahre jünger sind als ich. Es ist eine ästhetische Frage.‹ Er hatte nicht alle Zähne im Mund. Als er das sagte, bemerkte ich, dass manche Zähne fehlten.«

Sebastian sitzt auf dem Sofa und guckt mich fragend an. »Warum hast du überhaupt mit ihm geschlafen?«

»Ich wollte höflich sein.«

Sebastian schüttelt missbilligend den Kopf. »Ficke nie, weil du höflich sein willst.«

»Na ja, ich war auch müde. Ich wollte schlafen. Das dauert alles so lange, wenn man nicht fickt, oh nein, das will ich nicht, oh bitte nicht, oh, darauf habe ich keinen Bock, oh okay, bis dahin, oh nein, das nicht, oh, sorry, ich kann nicht! Ich schlafe nur mit Männern, die ich wirklich kenne und denen ich vertraue und so weiter. Man bleibt bis frühmorgens wach und diskutiert und blablabla und knutscht rum und ja und nein und blablabla. Dafür war ich zu müde. Lieber schneller höflicher Sex, dann kann man einschlafen und gut ist. Ich musste am nächsten Tag voll früh aufstehen.«

»Wenn ich mit dir spreche, bin ich so dankbar, dass ich schwul bin«, erklärt Sebastian.

»Neulich musste ich Analverkehr haben, weil wir keine Kondome dahatten«, sage ich.

»Was?«

»Also ich habe ovuliert und wir hatten keine Kondome und …«

»Was?«, flüstert er. Auf seinem Gesicht totale Verwirrung.

»Wenn eine Frau ein Baby bekommen kann, dann gibt es so cremigen Eierschleim, der aus ihrer Muschi kommt«, erkläre ich ihm.

»Ja«, sagt Sebastian genervt. »Jacinta, ich weiß, was Ovulation ist. Das weiß ich, obwohl ich schwul bin. Aber Jacinta. Was ist mit Aids?«

Ich gucke Sebastian an. Aids. Fuck. Irgendwie vergesse ich das immer. »Ja, Aids. Aids ist total scheiße.«

»JACINTA. Man macht so was nicht mit Fremden!« Sebastian ist echt sauer auf mich. »Männer, die bereit sind, mit dir ohne Kondome zu ficken, werden auch mit jeder anderen Person ohne Kondom ficken. Deswegen macht man das nicht.«

Ich seufze. Irgendwie fürchte ich, Sebastian könnte recht haben. Aber sobald ich ficke, vergesse ich immer sofort, dass es Aids überhaupt gibt. Vielleicht sollte ich so Anti-Aids-Werbeplakate an die Zimmerdecke kleben? Wenn du kurz an die Decke schaust, während er dir die Muschi leckt, wirst du daran erinnert: AIDS. Oder würden Jungs es vielleicht komisch finden, wenn ich Anti-Aids-Werbeplakate an der Decke hätte?

»Ich finde Aids so scheiße, Sebastian«, verkünde ich. »Aber Sex mit Kondomen ist auch ziemlich scheiße.«

»Wenn du irgendwann Aids hast, Jacinta, dann fickst du nie wieder ohne Kondome!«

»Doch, Basti. Ich bräuchte nur einen anderen Aidskranken. Wahrscheinlich sind sie leicht zu finden. Im Hospiz oder so.«

»Du bist so leichtsinnig, Jacinta«, sagt Sebastian.

»Ich brauche nur einen Ehemann«, erkläre ich.

»Du brauchst einen Ehemann und einen Keuschheitsgürtel!«

»Glaubst du wirklich, dass ich von einem deutschen Mann Aids bekommen könnte? Ich hatte mal unsicheren Sex mit einem Afrikaner und bekam kein Aids, weißt du. Mit ihm habe ich nicht einfach vergessen, dass es Aids gibt, ich habe jede Sekunde darüber nachgedacht, aber ich war mir ziemlich sicher, wenn ich ihn fragen würde, ob er Kondome hat, wäre das rassistisch.«

»Du solltest einen Test machen!«, sagt Sebastian. »Und du bist auf jeden Fall rassistisch.«

»Ich habe unsicheren Sex mit einem Afrikaner gehabt. Wie rassistisch kann ich sein?« Ich höre auf, als ich Sebastians Gesicht sehe. »Ich mache demnächst einen Test.«

»Du solltest unbedingt einen Test machen.«

»Ja. Ich denke immer, je länger ich warte, desto wahrscheinlicher ist es, dass sie ein Heilmittel dafür erfinden.«

»Ich gebe dir eine Adresse«, sagt er und schenkt mir Prosecco ein. Ich lege meinen Kopf an seine Schulter.

»Sebastian«, sage ich nachdenklich.

»Ja.«

»Wollen wir nicht ein Baby machen? Zusammen? Wie Mitbewohner? Wir könnten so eine Schwulen-WG aufmachen mit einem Baby. An manchen Abenden passt du auf das Baby auf, an anderen ich. Manchmal bleiben wir beide zu Hause und laden süße Babyvideos auf Facebook hoch. Unser Baby wird sehr hübsch sein und wir total glücklich.«

»Aber wie kommt das Baby in dich rein?«, fragt er.

»Du kannst mich einfach ficken, einmal, ohne Kondome.«

Sebastian macht eine Grimasse.

»Ich habe höchstwahrscheinlich kein Aids!«, rufe ich.

»Ja, ich weiß«, sagt er. »Aber ich bin mit Frauen eine Jungfrau. Und ich werde es wahrscheinlich bleiben. Ich hab mir Heteropornos angeguckt. Ich weiß nicht, ob ich hart werden könnte …«

Ich seufze traurig. »Wir könnten es Zoë nennen. Zoë mit einem Umlaut. Zoë mit einem Umlaut ist so schön. Oder Isolde. Oder, wenn es ein Junge wird, Sascha. Sascha ist total schick als Jungsname, finde ich.«

Sebastian guckt mich traurig an. »Ich könnte in eine Tasse wichsen.«

Ich lächele. »Oh ja! Wichs in eine Tasse!«

»Nicht heute. Wenn wir vierzig sind. Aber Zoe ohne Umlaut. Umlaute in Namen sind doof.«

»Okay!« Ich schenke mir noch mehr Prosecco ein. »Ich glaube nicht, dass Marilyn wirklich ermordet worden ist.«

»Ich auch nicht«, sagt er, und wir umarmen uns auf dem Sofa. Sebastian ist genau wie ich, *mixed-race*, nur deutsch; und viel klüger. Er weiß, was *critical whiteness* und *intersectionality* ist, und sagt auf Deutsch »People of Color«, im ganz normalen, echten Leben und als ob es ein ganz normales Wort wäre.

»Schade, dass es kein gutes deutsches Wort für *mixed-race* gibt«, sage ich. »Nur Mischling.«

»Ja, das Wort kotzt mich an!«, meint er.

»Ein ordentliches Wort fehlt total«, sage ich. »Immer muss ich sagen: ›Ich bin halb Inderin, halb Engländerin‹, wenn ich etwas über mich sagen möchte.«

»Warum musst du überhaupt etwas über dich sagen?«, fragt er.

»Manchmal muss man das«, sage ich. »Und ich find's verlogen, so zu tun, als ob ich zur Hälfte indisch wäre. Ich bin Engländerin. Vielleicht können wir doch das Wort ›Mischling‹ benutzen?«, frage ich.

Er macht eine Grimasse. »Nee, Jacinta, lieber nicht. Ich weiß, dass sich das für eure englischen Ohren nicht so schlimm anhört, aber das ist ein Nazi-Begriff. Man sagt das zu Hunden.«

»Ja«, sage ich. »Wie *mongrel*, das englische Wort dafür.«

»Über Rassen zu sprechen ist auf Deutsch überhaupt schwierig«, fügt Sebastian hinzu. »Deswegen wird über Nationalitäten gesprochen. Was auch schwierig ist.«

»Als Kind fand ich das Wort *half-caste* schön«, erzähle ich. »Ich hasste es, *mixed-race* zu sagen, aber ich liebte *half-caste*. Wegen dem extra e am Ende. Ich fand das glamourös – aber eigentlich ist das Wort rassistisch, oder?«

»Ja, total. Es war sogar verboten, das im Unterricht zu sagen. *Mixed-race* sollte man sagen, was nicht sehr romantisch klingt. Oder *Anglo-Indian*.«

Ich mache Kotz-Geräusche.

»Für deutsche Ohren klingt *Anglo-Indian* völlig okay«, sagt er.

»Ich hasste das *›glo‹* von *Anglo«*, sage ich. »Das klang für mich wie *Glow in the Dark*, als ob meine Haut gelb wäre.«

»Ich bin als Teenager immer im Schatten gelaufen«, erzählt Sebastian. »Damit ich nicht zu dunkel wurde.«

»Du?«, sage ich schockiert. »Du wolltest weiß sein?«

»Ja!«

»Ich auch!«, rufe ich. Ich habe immer gedacht, nur ich könnte so dumm sein. Es freut mich total, dass Sebastian genauso bescheuert war.

»Ich habe weißen Puder benutzt und porzellanfarbenes Make-up. Und ich hatte so 'ne heimliche rassistische Tabelle im Kopf. Ich war total glücklich, wenn die Leute dachten, ich wäre weiß. Und ein bisschen weniger, wenn ich für eine Spanierin, Italienerin, Türkin oder Griechin gehalten wurde. Wenn die Leute mir ansahen, dass ich halb indisch war, wurde ich sehr traurig.«

»Das war das Schlimmste für dich, oder?«, fragt er.

»Nein«, sage ich. »Das Schlimmste war, als ich mit einem schwarzen Jungen im Kino geknutscht habe. Er war so hübsch, wir waren siebzehn. Was ich gleich erzählen werde, ist total rassistisch. Bist du bereit?«

»Immer bereit«, sagt Sebastian.

»Er dachte, ich wäre ein Viertel schwarz und drei Viertel Filipino.«

»Und du warst traurig?«

»Ich habe den ganzen Weg nach Hause geweint!«

»Oh mein Gott«, sagt er. »Manchmal bist du so rassistisch, Jacinta. Gott sei Dank, ey, dass du nicht weiß bist.«

»Ja«, sage ich. »Gott sei Dank.«

Irgendwie mag ich es, wenn Sebastian sauer auf mich ist. Heute ist er sauer auf mich, weil ich nicht genug über den Kolonialismus weiß.

»Wir haben das in der Schule nicht gehabt«, rechtfertige ich mich. »Immer nur Holocaust, Holocaust, Holocaust, dann ›The Blitz‹ und wie tapfer die Ostlondoner waren, als ihr eure Bomben abgeworfen habt, ein klein bisschen Native Americans und so, wie sie ausgerottet worden sind, dann König Heinrich der Achte und seine sechs Frauen und Bloody Mary.«

»Es ist nicht okay, dass du so ignorant bist, Jacinta«, sagt Sebastian. »Haben deine Großeltern nie mit dir darüber gesprochen?«

»Nee, ich denke, sie fanden das in Ordnung, ehrlich gesagt.«

Sebastian schüttelt den Kopf.

»Ich finde Kolonialismus voll scheiße!«, erkläre ich. »Ich habe das George-Orwell-Buch mit dem Elefanten gelesen. Oder war es eine Giraffe? Auf jeden Fall bin ich mit George Orwell total einverstanden! Ich weiß nur nicht viel drüber! Ich gehe davon aus, dass der Kolonialismus scheiße war.«

»Ich mache dir eine Reading List«, verspricht er mir. Mein Herz sinkt. Irgendwie muss ich ihn jetzt ablenken, sonst macht er das tatsächlich: eine Liste voller komplizierter Bücher über den Kolonialismus aufschreiben. Ich kenne ihn, manchmal ist er ein bisschen pervers.

»Sebastian, weißt du was?«, setze ich an. »Ich muss dir was gestehen.«

»Was?«, fragt er.

»Ich glaube, dass ich eine Sexual Racist bin.«

Sebastian nickt interessiert.

»Ja«, sagt er. »Es ist gut, dass du das erkennst, und ich glaube, dass du recht hast. Du bist voll die Sexual Racist.«

»Ich bevorzuge weiße Jungs, weißt du. Im Bett. Ich liebe bei weißen Jungs, also bei dünnen weißen Jungs, ne, diese Haare im Nacken, an der Rückseite des Halses. Weißt du, was ich meine? Diese sanften Härchen. Die haben nur weiße Jungs. So sanft und seidig, auch die Haut ist im Nacken so weich und cremig, und immer, wenn ich mit weißen Jungs ficke, fasse ich sie da an und denke: Mmh. Du bist so schön und weiß.«

Sebastian sagt: »Ja.«

Ich gucke ihn an. Er scheint das voll gut aufzunehmen.

»Und die Haut an ihren Hüften ist so schön. Wenn ihre weiße Haut so eng auf ihren Hüften sitzt! Ich muss sie da immer wieder anfassen. Komisch, dicke weiße Männer sehen so hässlich aus, wenn sie nackt sind, ne, aber nackte, dünne weiße Jungs sind so ziemlich das Hübscheste auf der Welt.«

Sebastian seufzt wehmütig.

»Ich bin auch ein Sexual Racist«, sagt er.

»Du bist ein Sexual Racist?«

»Ja.« Er nickt nachdenklich und erklärt: »Ich liebe weiße Penisse.«

»Was?«

»Ich finde weiße Penisse so schön. Sie sehen so schön aus. Sie riechen auch so gut.« Er kaut auf seiner Unterlippe. »Es macht so viel Spaß, an weißen Penissen zu lutschen.«

Ich nicke höflich. »Ich weiß, was du meinst«, stimme ich

ihm zu. »Aber ich glaube, dass wir eigentlich nur den Rassismus der modernen Gesellschaft internalisiert haben.«

»Ja, Jacinta«, sagt er. »Das wird es gewesen sein.«

Zwei Wochen später kommt Lizzy vorbei und wir streiten uns darüber, ob wir einen Marilyn-Monroe-Dokumentarfilm oder einen Marilyn-Monroe-Spielfilm angucken. Ich habe neulich den geilsten Marilyn-Monroe-Dokumentarfilm aller Zeiten gefunden, aber angeblich habe ich Lizzy versprochen, dass wir *Gentlemen Prefer Blondes* gucken. Wir streiten, sie gewinnt, und ich schlucke meine Wut runter.

Lizzy sagt: »Manchmal mache ich mir Sorgen, ich könnte geisteskrank sein. Kennst du das?«

»Na ja«, antworte ich.

»War Marilyn nicht hübsch?«

»Sie war total hübsch. Aber es ist trotzdem schwer, über sie zu masturbieren. Sogar wenn man Nacktfotos benutzt. Weil man weiß, dass die tot ist. Sogar, wenn sie noch leben würde, wäre sie heute eine alte Frau.«

Lizzy sagt: »Masturbierst du oft über Frauen?«

»Ja. Aber nie über Tote. Ich versuche es immer wieder, aber ich weiß nicht, ob es mir jemals gelingen wird. Princess Diana zum Beispiel. Manchmal versuche ich es mit Princess Diana – ich stelle mir vor, wie sie ihrem Rugby-Spieler einen bläst und er kommt in ihrem Mund, aber ich schaffe es nicht, weil ich weiß, dass sie tot ist und ihr Körper total *mangled* und verdorben.«

»Ich find's irgendwie ein bisschen respektlos, über die königliche Familie zu masturbieren.«

»Mit den meisten von ihnen ist es einfach sehr schwierig, mit Charles zum Beispiel ist es technisch unmöglich.«

»Ich habe neulich mit einem Taxifahrer geschlafen!«, sagt Lizzy.

»Ach so«, erwidere ich, nicht wirklich überrascht.

Lizzy guckt mich erstaunt an. »Warum überrascht dich diese Information nicht? Hab ich dir schon davon erzählt?«

»Nein«, sage ich. »Aber du kommst mir vor wie jemand, der mit Taxifahrern schlafen würde. Eine Freundin von mir hat ständig mit Taxifahrern geschlafen. Oder sie hat ihnen einen geblasen. Einmal musste sie die Taxigebühr bezahlen, obwohl sie dem Fahrer einen runtergeholt hatte. Er hat ihr nicht mal einen Rabatt gegeben.«

Ich erzähle Lizzy, wie es in der Woche nach Dianas Tod in Ostlondon war, überall haben Frauen geweint, erwachsene Frauen, dicke irische Hebammen, dicke schwarze Putzfrauen, dicke Londoner Waschsalonarbeiterinnen, sie alle weinten und heulten. Die Mama meiner besten Freundin sagte: »Sie war genau wie ich.« Alle Mamas haben das gesagt. Damals habe ich nicht gewusst, wie scheiße es ist, eine Frau zu sein. Ich begriff nicht, dass es das war, was alle in Diana wiederfanden, sie war schön und sie war reich, aber wegen ihrer Muschi – also wegen ihrer Muschi und ihrer Scheiß-Schwiegermama – hat sie nur gelitten.

Ich war skeptisch, ich war siebzehn Jahre alt, ich lachte und sagte: »Sie war eine der schönsten, reichsten, berühmtesten Frauen der Welt, und du putzt Toiletten und wohnst in einer Sozialwohnung, aber abgesehen davon war sie genau wie du.«

Heute bin ich anders, nach drei Minuten Diana-Doku fließen die Tränen, sie kommen von irgendwo tief in mir drin, wahrscheinlich aus meiner Vagina. Und dann heule ich. Sie war genau wie ich, ich bin genau wie sie. Ich habe basically die DNA-Zellstruktur der toten Prinzessin von Wales. Das erzähle ich Lizzy.

»Ich hätte nicht mit dem Taxifahrer schlafen sollen«, meint Lizzy.

»Sie versuchte so hart, den Fotzen zu gefallen«, sage ich.

»Sie tat ihr Bestes. Aber es war nicht genug. Sie waren so kalte Fotzen, allen voran die Queen Mum und dann die Queen selbst.«

»Es war ganz egal, was sie tat, sie wäre nie gut genug für diese Familie gewesen«, sagt Lizzy. »Egal, wie beliebt sie gewesen wäre, egal, wie hart sie gearbeitet hätte, sie hätten sie immer als minderwertig eingestuft. Als genetisch minderwertig.«

Ich denke an Peters Mama. Die kalte Fotze. Plötzlich fange ich an zu weinen, aber nicht so stark.

»Sie war genau wie ich«, sage ich. »Ich bin genau wie sie.«

Lizzy schüttet mehr Wein in mein Glas.

»Ich auch«, sagt sie. »Ich könnte ihr nicht ähnlicher sein.«

Ein paar Minuten sehen wir uns den Film an, ohne zu sprechen. Ich würde so viel lieber den Dokumentarfilm angucken. Aber zumindest gucken wir nicht Champions League.

»Ich mache mir so'ne Sorgen, dass ich geisteskrank sein könnte!«, sagt Lizzy.

»Meine Mama hat sich deswegen auch immer Sorgen gemacht«, sage ich.

»Ja?«, fragt Lizzy.

»Ja, sie ging immer zum Arzt, um das kontrollieren zu lassen. Der Arzt hat sie dann beruhigt, er meinte, wenn man sich Sorgen darüber machen würde, wäre man nicht geisteskrank. Die echten Geisteskranken würden immer denken, sie wären normal.«

»Oh!«, sagt Lizzy dankbar. »Das ist beruhigend.«

»Na ja«, sage ich. »Ich denke, er wollte ihr nur Honig ums Maul schmieren. Meine Mama ist schon ziemlich verrückt.«

»Denkst du, dass du geisteskrank bist?«, fragt Lizzy.

»Nein. Nicht mehr.« Ich seufze stolz und zufrieden. »Hast du das nicht bemerkt? Ich finde es komisch, dass es niemand bemerkt hat. Ich war früher richtig depressiv und paranoid und gewalttätig. Aber jetzt bin ich ziemlich normal geworden. Ich glaube, das kommt vom Schreiben. Ich habe keine Angst vor diesem Schreiben-als-Therapie-Vorwurf, die Leute müssen nicht lesen, was ich geschrieben habe – ich habe kein schlechtes Gewissen – und jetzt, jetzt, jetzt bin ich normalisiert worden. Ich bin so normal. Ich bin total normal. Ich bin ziemlich normal. Ich bin fast sehr normal. Ich bin ein normaler Mensch, jetzt.«

»Ja, du bist schon ein bisschen ausgeglichener als früher«, stimmt Lizzy mir zu.

»Ich bin so was von ausgeglichen!«, sage ich, und seufze glücklich. »Ich muss aufpassen – wenn ich noch ausgeglichener werde, bin ich voll langweilig.«

Wir gucken uns den Film an und trinken zwei Flaschen teuren Wein, Edel-Biowein, und eine Flasche billige Weinkacke – schmeckt nach Nagellackentferner. Als der Film zu Ende ist, können wir uns den Abspann nicht ansehen, weil wir nur gestreamt haben. Das nervt echt.

Lizzy fängt an, über meinen Ex Peter zu sprechen. Er habe ihr geholfen, einen neuen Job zu finden, er habe sie gecoacht und ihr Tipps gegeben, und sie haben sich einmal pro Woche getroffen und für das Vorstellungsgespräch geübt. Jetzt hat sie den Job, will sich aber weiter mit ihm treffen, um ihm ihre Dankbarkeit zu beweisen. Das finde ich voll scheiße, aber ich sage nichts. Es lohnt sich nicht, zu sagen, wenn du etwas voll scheiße findest. Es lohnt sich einfach nicht. Die Geschichte der Menschheit hat sich nie gebessert, weil jemand gesagt hat, dass etwas voll scheiße ist. Wenn die Deutschen das endlich mal lernen würden, dann wäre das Leben in diesem Land viel einfacher. Es würde uns eine Menge anstrengende Bücher ersparen, zum Beispiel.

»Ich weiß nicht, warum du immer sagst, dass Peter so geizig ist!«, sagt sie.

Ich sage nix.

»Mit mir ist er immer total großzügig!«, legt sie nach.

Ich sage gar nix.

»Er bezahlt immer meine Getränke, wenn wir uns sehen, er lädt mich immer ein.«

Ich sage wieder nix.

»Er kauft mir ganz viel Alkohol und Zigaretten, obwohl er nicht trinkt und raucht.«

Ich sage noch immer nix.

»Und hat er dir erzählt, dass er vorhat, sich ein Haus zu kaufen? Er will sich ein Haus kaufen. Er hat das Geld dafür schon gespart.«

Ich sage überhaupt absolut fucking gar nix. Stattdessen stehe ich auf, mache den Laptop aus und fange an, Sachen rumzuschmeißen. Ich werfe eine Tafel Schokolade gegen das Fenster, dann den Stuhl, auf dem ich gesessen habe, gegen die Wand, ich werfe mein Handy gegen die Waschmaschine und mein Portemonnaie in Lizzys Richtung. Ich gucke mich um. Ich schmeiße drei Teller auf den Boden. Ich muss leise sein, ich will den Kleinen nicht wecken. Ich gucke Lizzy an. Sie ist blass und still, dünn und zierlich, und sie fängt an zu weinen.

»Komm nie wieder in meine Wohnung und erzähle mir, wie großzügig dieser Mann zu dir ist. Und sprich nie wieder über seine Scheiß-Hauskaufpläne.«

Lizzy nickt stumm. Ich hebe den Stuhl wieder auf, setze mich, mache den Laptop an. Gott, es macht richtig Spaß, Sachen rumzuschmeißen.

Lizzy steht auf. Sie ist wackelig auf den Beinen.

»Ich gehe lieber nach Hause!«, sagt sie. Ihr Mund ist hart und klein.

»Aber warum?«, frage ich. »Wir könnten uns doch jetzt die Marilyn-Doku angucken. Die konzentriert sich auf ihren Körper. Ihre Probleme im Unterleib. Wahrscheinlich waren sie durch den Missbrauch verursacht.«

Lizzy setzt sich wieder hin. Plötzlich merke ich, dass sie sauer auf mich ist. Ich knie mich vor sie hin und lege meinen Kopf in ihren Schoß und heule und heule und heule. Mein ganzer Körper zittert.

»Ein Haus, Lizzy!«, heule ich. »Er will lieber ALLEINE in einem Haus wohnen, alleine in einem fucking Haus sein, alleine ein Haus besitzen als mit mir eine Mietwohnung und ein Zuhause. Er will lieber ein Haus für sich alleine, als mit mir eine Mietwohnung zu teilen. Was für ein Loser.«

Ich heule und Lizzy streichelt mir übers Haar.

»Hoffentlich kriegt er Kakerlaken.«

»Ich hätte es dir nicht sagen sollen«, sagt sie.

»Mein Herz ist angeschwollen mit Schmerzen!«, sage ich. Lizzy küsst mich auf die Stirn.

»Vielleicht bin ich doch nicht total ausgeglichen.«

»Nein«, sagt sie. »Noch nicht.«

Ich habe eine Lesung in Köpenick und komme früh an, nur Jens ist schon da.

»Du bist früh dran!«, sage ich.

»Du auch!«, meint er. »Wie geht's dir?«

»Ganz okay«, sage ich. Dann seufze ich. »Nicht wirklich. Es geht mir nicht wirklich okay. Ich will Selbstmord begehen. Ich hasse mich. Ich hasse mein Leben. Ich hasse alles an mir. Weißt du, wen ich am meisten hasse? Ich hasse meinen verheirateten Liebhaber. Jetzt muss ich wieder mit ihm ficken, weil es mit dem Westberliner, diesem Physiker in Spandau, nicht geklappt hat. Er kommt vorbei, fickt mich, und anschließend erzählt er mir, ich solle glücklich sein mit meinem Leben, so wie es ist, eigentlich hätte ich total Glück mit meinem Leben, so wie es ist, nur würde ich es nicht merken, eigentlich wäre es voll spannend, ich hätte voll viele Freunde und Liebhaber und Fuck-Buddys und wäre überhaupt so interessant und glücklich und mein Leben so spannend, und Heiraten und Beziehungen wären nichts für mich, weil ich mich nie festlegen könnte. Dann geht er heim und postet auf Facebook Bilder von Bio-Kisten, die er nach Hause geliefert bekommt und dann …« Ich mache ein Geräusch, das halb Heulen, halb Würgen ist. »… dann backt er Quiches aus den Zutaten der Bio-Gemüse-Kiste, postet Bilder davon auf Facebook und geht mit seiner Frau und den Kindern zum Spielplatz. Und ich sitze hier alleine mit dem Kind, wir essen keine Quiches.

Abends schickt er mir eine Nachricht: Wie geht's dir? Ich schreibe: Ich hasse mich und will sterben, weil ich heiraten will. Und er: Oh, heiraten ist voll spießig und überbewertet, Gott, meine Quiches waren lecker heute, morgen fahren wir an die Ostsee, habt ihr einen schönen Tag geplant? Mach mal was Schönes mit dem Kleinen!

Danach kommt eine Alkoholiker-Freundin von mir vorbei. Sobald Lenny schläft, sitzen wir in der Küche und betrinken uns. Sie hat immer einen hoffnungslosen Plan, wie wir Freunde finden können und ihre Pläne sind immer so hoffnungslos, verzweifelt und schlecht: Es muss doch machbar sein, Jacinta! Andere Mädchen haben Freunde! Auch Mädchen, die viel dicker, hässlicher und gemeiner sind als wir, haben Freunde! Warum haben sie alle Freunde, aber wir nicht? Wir brauchen einen neuen Plan! Wir brauchen eine Strategie! Wir brauchen eine Marketingstrategie! Weißt du, dass jetzt sogar Lydia einen Freund hat? Die ist so hässlich, als ich sie kennengelernt habe, war ich nicht mal sicher, ob sie hässlich ist oder leicht behindert. Und sie ist seit sechs Monaten mit jemandem zusammen. Er sieht total normal aus – ziemlich attraktiv sogar – und er hat Geld! Und wir wollen nicht mal Männer, die attraktiv sind oder Geld haben! Ich will nur einen Mann, der nicht geisteskrank ist und so wenig behindert wie möglich. Und mit allen Zähnen. Ist das zu viel verlangt? Wir brauchen eine neue Strategie.

Es sollte unser Hauptziel sein, bis Weihnachten beide in einer festen Beziehung zu sein. Lass uns unsere Ziele aufschreiben, und wie wir sie verwirklichen können. Es gibt zwei Millionen Männer in dieser Stadt, nicht alle von denen können verheiratet oder schwul oder geisteskrank oder zahnlos sein. Wir sind beide ziemlich attraktive Mädchen! Wir schaffen das! Wir müssen nur organisierter da rangehen.

Dann gucke ich meine Alkoholiker-Freundin an und versuche zu entscheiden, wen ich mehr hasse: sie oder mich. Ich denke, mich. Sie hat noch Hoffnung. Ich habe keine Hoffnung mehr. Langsam habe ich begriffen, dass ich nie normal oder verheiratet oder glücklich sein werde. Zuerst hast du noch Hoffnung, wenn der Mann weg ist, mittlerweile bist du dankbar, wenn dich jemand zweimal hintereinander ficken will. Riecht meine Muschi nach Abwasser?«, frage ich Jens. »Wahrscheinlich riecht meine Muschi nach Abwasser und deswegen finden alle Männer meine Anwesenheit in ihrem Leben so … eklig.«

Jens hat nichts gesagt, merke ich, als ich aufhöre zu sprechen. Jetzt nickt er.

»Jacinta«, sagt er. »Du solltest glücklich werden mit dir selbst. In deiner Haut. Du bist doch eine ziemlich attraktive Frau, du findest jemanden, sobald du glücklich bist.«

Ich gucke Jens an. Ich denke an all die alleinstehenden, unverheirateten, total unterfickten Frauen dieser Welt. Wir sollten eine terroristische Gruppe aufbauen, eine Singlefrauen-Version von al-Qaida. Wir sollten alle Menschen, die in Beziehungen sind und uns sagen, dass wir glücklich werden müssen, um einen Mann abzukriegen, IN DIE LUFT sprengen.

Nur doofe Menschen sind glücklich. Und sehr, sehr, sehr doofe Frauen. Die einzigen Frauen, die wirklich glücklich sind, haben Down-Syndrom. Sogar ihr Glück wird von den

Medien total übertrieben dargestellt, aber fragt mich nicht, weshalb, das ist Teil der kapitalistischen Propaganda: Wir sollten dankbar sein, dass wir kein Down-Syndrom haben, und um uns zu trösten, dass wir trotzdem unglücklicher als sie sind, shoppen gehen. Irgend so was.

Aber dieses Gelaber mit dem Glück kotzt mich echt an. Warum wollen Männer nur glückliche Frauen ficken? Warum ficken Frauen trotzdem immer unglückliche Männer? Weil Frauen mit Menschen ficken wollen, und alle lebendigen und nicht total doofen Menschen sind unglücklich. Männer dagegen wollen nicht mit Menschen ficken, sondern mit Robotern, mit Fickrobotern oder Nutten mit Down-Syndrom. In der Zukunft werden die Puffs gefüllt sein mit Down-Syndrom-Prostituierten und Fickrobotern, mit leerem Lächeln auf den Gesichtern, die ständig ihr neuestes tollstes Projekt vorstellen: »Ich bin eine tolle Frau! Ich will keinen Mann in meinem Leben, weil ich so eine tolle Frau bin! Ich habe ganz viele tolle Projekte am Laufen. Sie sind so toll und so interessant, dass ich keinen Mann brauche. Außerdem bin ich so glücklich. Ich liebe mein Leben und bin mit mir selbst im Reinen und fühle mich sehr wohl in meiner Haut.«

Nach der Lesung kommt eine Frau zu mir und siezt mich. In Berlin werde ich sehr selten gesiezt. Sogar auf dem Meldeamt neigt man dazu, mich zu duzen. Wahrscheinlich weil ich so klein, süß und braun bin und mein dickes Bäuchlein sich rausstreckt wie beim D – und nicht so groß, gefährlich und furchterregend wie das kalte Wort »Sie«, das so gemein und hinterfotzig aussieht wie eine giftige Schlange.

»Ich kenne Sie«, sagt die Frau. »Wir kennen uns. Erinnern Sie sich an mich?«

Ich gucke sie an und erinnere mich überhaupt kein bisschen an sie. Das Problem ist, dass mich alle wiedererkennen, seit ich regelmäßig vor Leuten auftrete, aber ich selbst erkenne keinen wieder. Deswegen habe ich angefangen, alle Leute, die mich anlächeln oder mir in der U-Bahn oder auf der Straße hallo sagen, automatisch ganz freundlich zu grüßen. Leider sind rund 80 Prozent der Menschen, die mich grüßen, keine Fans, sondern geisteskrank. Aber das ist eigentlich kein so großes Problem, mit psychisch Gestörten kommt man sehr schnell ins Gespräch, und oft haben sie sehr interessante Meinungen und auch einfach recht. Wie haben wir meinen paranoiden Onkel Dave in den 90ern ausgelacht, als er behauptete, die Amerikaner würden uns alle ausspionieren.

»Erm, sorry, nee«, sage ich. »Geben Sie mir doch einen Tipp!« Ich bin so gut im Siezen geworden.

»Ich kannte Sie, als Ihr Sohn sehr klein war, Ihr Sohn war noch ein Baby, als ich Sie kannte. Sie waren mit Ihrem Sohn bei uns im Haus.«

Ich gucke sie an und nicke. »Ach so, das Familienhaus, ne, mit der Krabbelgruppe?«

»Nein!«, sagt sie.

»Ach so, dieses interkulturelle Frauenfrühstück?«

»Nein, eigentlich nicht.«

»Die Alleinerziehendenfreitagskaffeeundkuchengruppe?«

»Nein!«

»Babymusik?«

»Nein«, sagt sie, sehr höflich und sanft. »Das war keine wöchentliche Veranstaltung. Das war … kontinuierlicher. Sie waren kontinuierlicher bei uns im Haus.«

Ich gucke sie an und dann rufe ich: »Ach so, im Frauenhaus! Sie waren Sozialarbeiterin im Frauenhaus!«

Die Frau strahlt vor Freude. »Wir verfolgen Ihre Karriere mit großem Interesse«, sagt sie. »Für uns ist es total spannend, mit anzusehen, dass eine Frau nach so einer schwierigen Zeit eine so interessante Karriere machen kann. Wir lesen immer

Ihre Kolumne in der *taz*, immer! Wir sind – ja, ich würde fast sagen –, wir sind stolz auf Sie!«

Ich gucke sie an und denke daran, dass ich sie alle selbstzufriedene Sozialarbeiterfotzen genannt habe, und fühle mich ein bisschen schuldig, aber nicht zu sehr, okay, ich bin zwar keine Deutsche und denke nicht, dass Kunst frei ist – warum sollte Kunst frei sein und wir nicht, spinnt ihr? –, trotzdem denke ich, dass Kunst wichtiger ist als die Gefühle irgendwelcher Sozialarbeiterinnen. Aber ein bisschen schuldig fühle ich mich doch.

»Ich sehe immer noch Lenka!«, sage ich. »Sie ist Hauptschullehrerin geworden. Also Haupt- und Realschule. Und Natalyia, die sehe ich auch manchmal. Sie ist Empfangsdame in einer Striptease-Bar. Sie muss die Männer zu ihrem Tisch bringen. Sonst habe ich zu niemandem Kontakt.«

»Und wie geht's Ihrem Sohn?«, fragt sie. »Und Ihrer Mutter?«

Ich merke, was für schöne Augen sie hat, die glitzern, aber sind warm wie Schokolade, voll sympathische Augen hat die.

»Lenny geht's super!«, sage ich. »Ich habe einen Plan, ich will, dass er so ein voll toller Künstler wird und voll erfolgreich und mir ein Haus kauft. Er muss mir keinen Unterhalt zahlen, nur ein kleines Haus brauche ich. Meiner Mama geht es nicht so gut, sie ist krank, sie hat MS.«

»Oh«, sagt die Frau.

»Kannst du dich erinnern«, frage ich, »ich meine, können Sie sich erinnern, dass sie gehumpelt ist? Jetzt ist sie voll behindert und kann nicht mal auf die Fernbedienung drücken. Sie lässt immer BBC laufen, weil BBC konstanter ist, sogar wenn es eine gute Sendung auf einem anderen Kanal gibt, sagt sie den Pflegerinnen, sie sollen BBC anlassen, weil man bei den anderen Kanälen nicht weiß, was im Anschluss kommt. Bei BBC ist die Sendung, die nachher kommt, immer okay.«

Ich gucke die Frau an und merke, dass ich weinen will. Die Frau guckt mich besorgt an. Ich gucke devot, aber trotzig zurück.

»Läuft doch alles super!«, sage ich.

»Wir sind auf jeden Fall ziemlich stolz auf Sie«, sagt sie.

Da ist etwas in meinem Herzen, ich bin mir nicht sicher, aber ich denke, dass es Schmerz ist. Ich kann mich an den Platz erinnern, den diese Frau in meinem Kopf eingenommen hat, an die Hassliebe, die ihr und ihren Kolleginnen vorbehalten war. Sie waren mir und uns so überlegen, dass es fast ein genetischer Unterschied hätte sein können. Sie waren Diana und wir die Aidskranken aus Indien. Ich war so weit unten und sie so weit oben. Und jetzt steht sie vor mir und ist GANZ NORMAL: braunes Haar, schöne Brille, süße Augen, nettes Lächeln. Ich lächele sie an, diese nette normale Frau, die ich einst so gehasst habe. Wenn sie jetzt so normal ist und damals so viel mehr war als ich, so viel größer, dann heißt das, dass ich damals so wenig war. Damals im Frauenhaus warst du sehr klein, Jacinta, so klein wie eine Kakerlake. So klein und unwürdig wie eine Kakerlake. Kafka musste ein Mann sein, um *Die Verwandlung* zu schreiben, Frauen brauchen diese Metapher nicht, wir kriechen wie Kakerlaken ins Frauenhaus. Kriechen wie Kakerlaken durch die Welt und ins Frauenhaus. Ich denke an Princess Diana in den 80ern, als sie sich im Sandringham Palace die Treppe runtergestürzt hatte. Sie lag da wie Gregor Samsa, aber sie war keine Metapher, sie war tatsächlich ein Ungeziefer.

»Soll ich für Sie unterschreiben?«, frage ich.

»Ja!«, sagt sie. »Das wäre super!«

»Etwas Besonderes?«

»Schreiben Sie: ›Für alle Sozialarbeiterinnen im Frauenhaus‹!«, bittet sie, und ich tue es.

Jens kommt, er hat an der Bar Getränke geholt.

»Geht's dir gut?«, fragt er.

»Eine Sozialarbeiterin vom Frauenhaus war hier«, erzähle ich. »Sie sind stolz auf mich, die Sozialarbeiterinnen vom Frauenhaus. Sie verfolgen meine Karriere mit großem Interesse.«

»Du hast nicht erwähnt, dass du Selbstmordgedanken hast, oder?«

»Nein«, sage ich.

Jens lächelt sein Krokodillächeln.

»Besser ist es«, sagt er. »Wahrscheinlich ist es besser so.«

»Ich bin total selbstmordgefährdet!«, verkündet mein Kumpel Can, als wir ein paar Wochen später am Ufer sitzen und auf unsere Freundin Lizzy warten, die Bier und Cider holt. Can sieht aus, als wäre er sehr stolz auf seine Selbstmordgefahr.

Weil Can ein schwuler Türke ist, denke ich manchmal bei ihm an meine neue Tante Trudie. Damit die ganzen Kosten der gender reassignment surgery übernommen wurden, musste er beziehungsweise sie eine Gruppentherapie absolvieren, eine LGBT – eine Lesbian-Gay-Bisexual-Transsexual-Gruppentherapie. Ein Jahr lang. Die Gruppe bestand aus meinem Stiefvater beziehungsweise der neuen Tante, aus acht schwulen Muslimen und einer sikhischen Lesbe.

»Die Gruppentherapie bringt total viel«, sagte Trudie einmal zu mir. »Sie hilft mir echt sehr!«

»Ach, echt?«, fragte ich.

»Ja, doch. Immer, wenn die Stunde zu Ende ist, fühlt sich mein Leben richtig gut an. Ich sitze im Auto und fahre los und denke mir, egal, wie beschissen dein Leben ist, ganz egal, zumindest bist du kein schwuler Muslim.«

»Ach«, sage ich zu Can.

»Bist du nicht selbstmordgefährdet?«, fragt er.

»Nee«, sage ich. »Eigentlich nicht. Eigentlich überhaupt gar nicht. Ich weiß nicht, warum.«

Can schaut mich misstrauisch an. »Was ist mit dir los?«, fragt er missbilligend. »Hast du einen neuen Liebhaber?«

»Nein.« Mich verwirrt es auch, dass ich nicht selbstmordgefährdet bin. Ich habe es gar nicht bemerkt, aber seit Ewigkeiten bin ich nicht mehr selbstmordgefährdet. »Seit April habe ich nicht wirklich gefickt. Und ich fühle mich total unterfickt und so. Manchmal, wenn ich jemanden anfasse, spüre ich in meiner Muschi so ein Brennen, ich könnte schreien. Aber trotzdem will ich nicht sterben. Ich will mich einfach nicht umbringen. Ich habe keinen Bock auf den Tod. Ich kann mich nicht an das letzte Mal erinnern, als ich mich umbringen wollte.«

Can blickt mich wütend an. Ich lächele fröhlich. »Seit bestimmt sechs Wochen hab ich nicht mehr an Selbstmord gedacht.«

»Ich finde glückliche Menschen einfach scheiße!«, faucht Can. »Und langweilig! Verdammt langweilig seid ihr!« Gerade ist Lizzy mit Bier und Cider zurückgekommen.

»Wir reden über Selbstmord!«, informiere ich sie.

»Oh!«, ruft Lizzy begeistert. »Das ist ein gutes Thema für mich, denn ich bin superselbstmordgefährdet. Ich denke mir die ganze Zeit Selbstmordmöglichkeiten aus. Weil ich mich umbringen will, mich aber vor den Schmerzen fürchte. Zum Beispiel könnte ich mich umbringen, indem ich einfach den Atem anhalte. Oder?«

»Klappt nicht«, sagt Can.

»Warum nicht?«, fragt Lizzy.

»Man wird ohnmächtig, und dann schläft man ein und fängt an, wieder normal zu atmen, und dann wacht man auf und ist nicht tot. Klappt nie.«

»Hast du das bei *Galileo* gesehen?«, frage ich.

»Nein!«, antwortet Can.

»Ach so«, sage ich. »Ich habe nämlich die These, dass mehr

als 50 Prozent der wissenschaftlichen Informationen, die die unwissenschaftliche deutsche Bevölkerung in ihren Köpfen hat, von *Galileo* kommen.«

»Er ist hübsch, der Moderator«, sagt Can.

»Ich glaube, fast alles, was mein Sohn weiß, hat er aus *GEOlino*-Zeitschriften oder von *Galileo* gelernt. Wenn sie in Deutschland Geld sparen wollten, müssten sie nur statt Schulen Kinos mieten und die Kinder einmal pro Woche einen ganzen Tag lang *Galileo* gucken lassen. Mein Sohn lernt nix in der Schule. Nix. Jeden Tag frage ich ihn: Was hast du heute in der Schule gelernt? Nix. Nix! Ach, einmal hat er mir erzählt, sie hätten gelernt, dass sechs Milliarden Juden im Holocaust gestorben sind. Und einmal, dass Sex nicht peinlich wäre, sondern normal und gut. Ansonsten nix! Alle Informationen, die er in seinem Kopf hat, kommen von *Galileo* oder *GEOlino*. Ich weiß nicht, warum wir überhaupt Schulen haben.«

»Ich will mich erhängen«, erklärt Can.

»Oh, das ist eine gute Idee!«, sagt Lizzy.

»Aber ich habe kein Seil.«

»Du könntest die Leine von einem deiner Hunde benutzen!«, schlägt Lizzy vor.

»Ja, sieh mal, die Leine sieht sowieso schon ein bisschen so aus wie eine Schlinge.«

Can seufzt. »Ich kann mich nicht umbringen. Wegen meiner Mama. Sie wäre so enttäuscht von mir. Sie hat mich so geliebt, bis zu ihrem Tod, wisst ihr. Mein älterer Bruder ging bei ihr vorbei und erzählte ihr, dass ich schwul bin. ›Was glaubst du, warum Can keine Freundin hat?‹ Sie warf ihn raus: ›Hau ab, halt die Klappe‹, rief sie, ›mein Can ist nicht schwul. Ich glaub dir kein Wort. Hau ab.‹ Meine Mama hat immer an mich geglaubt.« Can seufzt. Dann blickt er zum Ufer. »Guck mal, der da, der Spanier oder Italiener oder vielleicht Roma. Könnte ein Roma sein. Ist er nicht süß?«

Lizzy und ich blicken zu dem möglichen Roma. Er ist tatsächlich sehr süß.

»Ich kann mich wegen meinem Kater nicht umbringen«, sagt Lizzy. »Er liebt mich so sehr. Er braucht mich. Meine tote Katze hat mir gesagt, wir sehr meine lebende Katze mich braucht.«

Can und ich gucken uns an, dann gucken wir Lizzy an.

»Deine tote Katze hat dir gesagt, wie sehr deine lebende Katze dich liebt?«, fragt Can vorsichtig.

»Ja!« Lizzy nickt. »Als ich mit der Wahrsagerin gesprochen habe. Sie hat gesagt, ich habe eine Katze hier, eine Katze namens Terry. Und Terry möchte dir was sagen.«

»Deine Katze? Hat nach dem Tod Kontakt zu dir aufgenommen?«

»Zwanzig Jahre nach dem Tod, ja«, sagt Lizzy. »Ihr wisst doch, als ich mit dieser Wahrsagerin telefoniert habe? Ich telefoniere manchmal mit Wahrsagern. Ich weiß, ich bin auf Hartz IV und habe nicht wirklich das Geld dafür, aber ich rauche und trinke nicht.«

Wir nicken. Lizzy drückt ihre Zigarette aus. »Also nicht viel«, sagt sie. Wir nicken noch mal. »Jedenfalls habe ich mit dieser Wahrsagerin telefoniert. Es kostet nicht viel, nur 27 Euro pro halbe Stunde.« Wir nicken wieder. »Sie meinte, ich habe hier eine Katze, eine Katze, die sehr, sehr wichtig in deinem Leben gewesen ist, und die Terry heißt. Terry sagt, er war dein bester Freund.«

Ich beiße mir auf die Lippe. »Bist du dir sicher«, frage ich höflich, »dass sie nicht gesagt hat: ›Ich habe hier jemanden, der Terry oder Tony heißt‹, und dann hast du ihr gesagt: ›Ja, das ist meine Katze!‹?«

Lizzy blickt mich wütend an. »Sei nicht albern, Jacinta. Das wäre keine 27 Euro wert. Okay, sie sagte: ›Deine Katze möchte dich sprechen, deine alte tote Katze Terry.‹«

»Deine Wahrsagerin kann Katzensprache übersetzen?«, frage ich.

Can und Lizzy sind genervt. »Sie sprechen nicht in Worten, Jacinta!«, rufen beide gleichzeitig. Ich beiße mir auf die Lippe und schweige.

Lizzy fährt fort: »Sie sagte, meine Katze wollte mir sagen, dass meine neue Katze weniger flauschig und klug sei.«

»Deine tote Katze hat deine lebende Katze voll gedisst?«, frage ich.

Can zeigt mir seine Zähne: »Halt die Klappe, Jacinta.«

»Sorry«, sage ich. »Was hat deine tote Katze noch gesagt?«

»Sie hat gesagt, dass ich auf meine neue lebende Katze Felix gut aufpassen muss, weil sie nicht so klug ist wie Terry und meinen Schutz braucht. Aber außerdem soll ich gut auf *mich* aufpassen und mich nicht in Männer verlieben, die mir weh tun werden. Meine Katze war voll klug und weise und so. Terry war eine weise Katze. Sie weiß, was am besten für mich ist.«

Oh mein Gott, vielleicht bin ich doch ein bisschen selbstmordgefährdet. Ich bin 34 Jahre alt und die beste Freundin von jemandem, der Lebensratschläge von einer toten Katze annimmt. Ich denke an den Traum, den ich zwei Tage zuvor hatte. Ich träumte, die deutsche Regierung hätte ein neues Gesetz entworfen. Jede Frau, die fünfunddreißig war und keinen Mann und kein Haus und keinen Vollzeitjob besaß, musste zurück in ihr Kinderzimmer ziehen. Das Gesetz hieß »Das Kinderzimmergesetz«. Mein Kinderzimmer war genau wie damals in den 80ern, alles braun und orange und voller Riesenblumen und hässlich. Ich habe geweint und geweint und geweint und geweint. Als ich aufwachte, schwamm ich im Schweiß. Es war schrecklich. Ich bin so eine Loserin, dachte ich. Das war es, was dieser Traum mir sagen wollte. Vielleicht wäre es besser für alle, für mich und die Gesellschaft, wenn ich doch selbstmordgefährdet wäre.

»Auch andere Leute haben Katzen mit telepathischen Kräften«, sagt Lizzy. »Eine Freundin von mir war in einem Hotel, als der Tsunami kam, und im Traum sagte ihr ihre Katze, du musst raus aus dem Hotel. Also stand sie um fünf Uhr früh auf und ging weg, weit weg. Und was ist passiert? Alle Gäste sind gestorben. Alle. Im Hotel. Alle. Sie wäre auch gestorben, wenn sie geblieben wäre.«

»Du glaubst, dass ihre Katze ihr eine übernatürliche Botschaft geschickt hat, um sie vor dem Tsunami zu retten?«

»Es gibt keine andere Erklärung für das, was da passiert ist, oder?«

Ich nicke. »Nee, hast schon recht.« Jetzt wissen wir endlich, warum doch relativ wenige Leute im World Trade Center gestorben sind, denke ich. Das lag an den übernatürlichen Kräften ihrer Katzen. Und die ganze Zeit dachte ich, George Bush ist es gewesen.

»Wegen meiner Katzen würde ich mich nie umbringen«, erklärt Lizzy. »Wegen meiner toten Katze und der lebenden. Wegen beiden.«

»Ich würde mich wegen meiner Mama nie umbringen«, sagt Can. »Meine Hunde hindern mich nicht daran. Ich liebe sie und so, aber ich liebe sie nicht so sehr, dass ich mir nicht vorstellen kann, mich zu töten. Ich würde sie einfach ins Tierheim bringen und dann zu Hause die Hundeleine benutzen, um mich zu erhängen.«

»Guckt mal, der Typ da drüben mit der Gitarre«, sage ich. »Ist er nicht hübsch? Guckt mal seine Arme an. Solche Arme liebe ich.«

Lizzy und Can gucken, und ich lehne mich in der Sonne zurück. Okay, ich und meine Freunde, wir sind ziemlich große Loser, aber es ist schwer, selbstmordgefährdet zu sein, wenn das Wetter so schön ist.

»Wenn ich einen Mann über OkCupid kennenlerne, kenne ich seinen Geruch nicht!«, beklagt Lizzy sich ein paar Tage später, als wir mit Zara bei mir sind. »Und wenn ich seinen Geruch nicht kenne, sehe ich auch seine Seele nicht. Ich habe ihm nicht in die Augen gesehen und seine Seele eingeatmet mit dem Schweißgeruch seines Körpers. Versteht ihr, was ich meine?«

»Ja«, sagt Zara gelangweilt. »Du denkst, OkCupid ist die Zwangsehe für Muschis.«

Manchmal werfe ich mir vor, dass ich Zara wahrscheinlich ein kleines bisschen mehr liebe als gesund ist. Schwarzes Haar, weiße Haut – perfekte weiße Haut, so weiß wie Schnee, wie perfekter weißer Schnee –, kaputter Eyeliner, Vogelnest-Haar. Knallroter nuttiger Lippenstift.

Lizzy seufzt.

»Und sie haben mir nicht in die Augen gesehen!«, ruft sie. »Deswegen verlieben sie sich nicht in mich! Im echten Leben haben alle Männer, die sich in mich verliebt haben, sofort meine Augen bemerkt!«

Mein Blick geht zu ihren riesengroßen Melonentitten und dann merke ich, wie Zaras Blicke dasselbe tun. Ich denke, wir denken beide das Gleiche, dass Männer normalerweise nur Lizzys Titten bemerken und dann labern sie irgendwelche Scheiße über ihre Augen, um davon abzulenken.

»Ich rieche Männer sowieso nicht«, sage ich. »Auch im echten Leben nicht, ich schnüffele nie an Männern. Ich rieche schlecht.« Ich schniefe. »Manchmal ist das sogar nützlich«, füge ich hinzu.

Mein Sohn Lenny kommt in die Küche. »Seid ihr betrunken?«, fragt er vorwurfsvoll. »Nein!«, rufen wir alle zusammen. Wahrscheinlich wird er Serienmörder, denke ich mir. »Opa ist am Telefon!«, sagt er.

Ich gehe in Lennys Zimmer. Unser Telefon ist immer noch

in Lennys Zimmer, da sein Zimmer das alte Büro meines Ex ist. Ich sollte es ändern, denke ich, das ist nicht normal, ein Telefon im Kinderzimmer. Ich sage Hallo in den Apparat.

»Bist du das, Schatz?«, fragt mein Papa. »Ich wollte dir sagen, dass der Krebs weg ist. Ich bin geheilt! Ich bin wieder gesund! Der Krebs ist abgetötet! Die Therapie hat funktioniert!«

»Oh, Papa«, sage ich. Ich werde nicht weinen, verspreche ich mir. »Ich bin so glücklich«, flüstere ich. Wir quatschen ein bisschen, mein Papa ist nicht gut im Telefonieren. Ich lege auf, gehe in die Küche zurück.

»Was wollte dein Papa dir sagen?«, fragt Lizzy.

»Oh«, sage ich. »Sein Krebs ist weg.«

»Oh, Jacinta!«, ruft Lizzy, und sie fängt an, Freudentränen zu weinen. Zara macht einen kleinen Tanz. Ich gucke sie an, sie sind beide so glücklich, weil mein Papa nicht sterben wird.

»Soll ich Champagner holen?«, fragt Lizzy. »Das müssen wir feiern!«

»Oder Sekt!«, ruft Zara. »Aber nicht Rotkäppchen.«

»Nein«, sage ich. »Nicht Rotkäppchen. Aber dieses ostdeutsche Zeug ist ganz trinkbar. Söhnlein oder so. Willst du gehen, Lizzy? Schade, dass wir nicht Lenny schicken können.«

Lizzy steht auf, ihre Augen glänzen vor Glück. Plötzlich merke ich, wie sehr die beiden mich lieben und was für gute Frauen sie sind. Ich verbringe so viel Zeit damit, sie für das zu hassen, was sie sind – Alkoholikerinnen, oberflächliche, selbstsüchtige Frauen. Lizzy kennt den Unterschied zwischen Israelis und Palästinensern nicht und Zara kennt ihn nur, weil sie ständig mit *Vice*-Journalisten fickt. Immer sind die beiden auf der Suche nach einer Beziehung, irgendeine, ganz egal mit wem, ob Arzt, Anwalt, DJ oder Journalist. Sie sollten mehr nachdenken, mehr lesen und sich einfach mehr konzentrieren. Ich habe so viel Zeit damit verbracht, sie für all das zu hassen, dass ich übersehen habe, wie tapfer sie sind, tapfer wie die Protagonistinnen aus einem Märchen, mit Herzen voller Liebe.

Ich hasse genau das an meinen Freundinnen, was ich auch an mir hasse, diese Suche nach einem Mann, der dich heiratet, weil du eigentlich sterben willst, und Heiraten heißt Tod, oder wenn nicht Tod, dann zumindest Koma. Als Teenager wollte ich immer ins Koma fallen, ich dachte, das muss so entspannend sein, drei Monate Koma, immer, wenn ich damals hörte, dass jemand nach einem schweren Autounfall im Koma lag, war ich neidisch. Ich hasse an ihnen, was ich an mir hasse, und ich habe total vergessen, dass sie im Herzen gut sind. Sie freuen sich so sehr, dass mein Papa nicht sterben wird, dass ich aus Dankbarkeit weinen könnte. Lizzy geht, um Söhnlein zu kaufen.

»Warum denkst du, Söhnlein wäre ostdeutsch?«, fragt mich Zara.

»Die Verpackung ist so ostdeutsch.«

»Wenn sie kein Söhnlein haben, dann Cava oder bitzelnden Chardonnay, aber nicht Rotkäppchen!«, befiehlt Zara Lizzy.

Mein Sohn kommt wieder zu uns in die Küche gelaufen. Lenny ist glücklich. Er lacht. In der letzten Zeit ist er wieder sonnig geworden. Nach Peters Auszug war er über ein Jahr dunkel und betrübt. Nur ein kleines bisschen, aber immer ein bisschen. Aber es geht ihm wieder besser. Neulich beim Pizzaessen sagte ich ihm: »Ich glaube, wir sind jetzt glücklicher ohne Peter.« Und Lenny lachte: »Wir sind unglücklicher ohne ihn, Mama. Allein wegen dem Beamer! Aber was hätten wir tun können? Als er gesagt hat, er liebt uns nicht mehr, hatten wir keine Wahl. Wir mussten alleine sein, als er das gesagt hat.« – »Du sollst mir nicht so weise Lebensratschläge geben, Lenny!«, sagte ich. »Ja, ich weiß.« Lenny lachte. »Aber du musst aufhören, so dumm zu sein, Mama, erst dann werde ich weniger weise sein können!«

»Hab ich es dir erzählt?«, frage ich ihn. Ein plötzliches schlechtes Gewissen überfällt mich, ich hätte es ihm zuerst erzählen sollen, aber er war am Zocken. »Opa ist gesund. Der Krebs ist weg! Opa wird nicht sterben!«

»Yahoo!«, ruft Lenny. »Mein Lieblingsgroßelternteil! Übrigens ist Oma am Telefon.«

»Hallo?«, sage ich. Meine Stiefmama ist dran.

»Hat dein Dad dich angerufen und dir gesagt, er habe keinen Krebs mehr?«, fragt sie.

»Ja!«, rufe ich. »Wir sind so glücklich, ganz Berlin kauft Champagner!«

Sie sagt kalt und wütend: »Er lügt.«

»Was?«

»Der Krebs ist nicht weg, er muss noch mal in die Therapie. Aber er ruft alle Kinder und Enkelkinder an und belügt sie.«

Ich sage: »Ach so.«

Sie sagt: »Ja.«

Ich schlucke. Ich höre, wie Lizzy reinkommt mit dem Sekt. Sie hat sogar Kindersekt für Lenny mitgebracht.

»Na ja, hoffentlich klappt die Therapie, und niemand bemerkt diese Lüge, ne?«

»Er ist ein guter Mann, aber er ist ein Lügner, dein Vater.«

Ich lege auf und stehe einen Moment im Korridor. Lizzy und Zara und Lenny erzähle ich nicht davon, beschließe ich. Das wäre zu komisch: Mein Papa hat keinen Krebs mehr! Yahoo! Holt Sekt! Ach, das war nur Spaß! Mein Papa hat doch noch Krebs! Vielleicht stirbt er! Aber den Sekt können wir trotzdem austrinken. Ich werde einfach so tun, als hätte ich gedacht, der Krebs wäre besiegt, und falls mein Vater stirbt, tue ich Lenny gegenüber so, als wäre ich total schockiert. Als könnte der Krebs dich töten, nachdem dir die Ärzte gesagt haben, du wärest gesund.

Ich stehe im Korridor. Irgendwie ist dieser Korridor so traurig, seit mein Ex ausgezogen ist. Ich dachte, ich hätte ein Zuhause gefunden, aber eigentlich ist es auch nur eine Bleibe.

Ich laufe durch den langen Korridor zurück zur Küche. Irgendwie bin ich total stolz auf meinen Papa. Irgendwie hat er den Krebs doch besiegt. Auf gewisse Art und Weise. Mit seinem eigenen Weg. Irgendwie ist er der Gewinner. Er bekämpft den Krebs und er gewinnt. Irgendwie.

EIN PERFEKTER TAG

Ich liege im Bett und rauche und trinke Wein direkt aus der Flasche. Es ist 22 Uhr, und ich habe kinderfrei und arbeitsfrei und habe mich den ganzen Tag noch nicht angezogen. Na ja, ich habe einen halben Pyjama an wegen Erkältung und so. Für diesen freien Tag hatte ich mir voll viel vorgenommen. Ich wollte schreiben und meine Wohnung aufräumen und meine Sachen ausmisten und vor allem die fucking Lohnbescheide, die ich seit letztem fucking Juni ans fucking Jugendamt schicken sollte, ausgraben und gesammelt in einen fucking Umschlag stecken und losschicken. Vor allem das. Irgendwo in diesem Zimmer müssen diese kleinen fucking Lohnbescheidfotzen sein. Dezember 2012. Irgendwo. In diesem Zimmer. Aber ich habe nichts von alledem getan. Stattdessen habe ich Doku-Sendungen geguckt.

Zwei über Jennifer Aniston und eine über den Dreh des romantischen Tanzfilmes *Dirty Dancing* und die sehr schwierige Beziehung zwischen Patrick Swayze und Jennifer Grey, eine deutsche Doku-Sendung über Mariah Carey und darüber, was sie für eine Diva ist – sie ist übrigens nicht wirklich eine Diva, sondern eher so ein bisschen lernbehindert: In der Sendung zeigen sie, wie Mariahs Assistentin ihr immer die Getränke anreichen muss, sie hält sie ihr ganz nah an den Mund und sagt: »Hier, Mariah, trink mal was!«, und sie nehmen das als Beweis für das größte Diventum aller Zeiten, aber ich glaube, wäre die Frau nicht berühmt, würde man sie ganz ähnlich behandeln, nur würde sie nicht in einer Villa wohnen, sondern in einer betreuten WG, und ihre Assistentin hätte so eine Pfleger-Uniform an und ihre Gehälter wären von einem öffentlichen Träger finanziert, aber ansonsten wäre die Situation so ziemlich die gleiche, hier, Mariah, trink mal – und eine sehr, sehr, sehr faszinierende Sendung über günstige, einfach anzuwendende Schönheitstipps von Hollywood-Film-Stars habe ich mir auch noch angeguckt.

Keiner dieser günstigen, einfach anzuwendenden Schönheitstipps war es, den ganzen Tag im Bett zu bleiben und zu rauchen und Wein direkt aus der Flasche zu trinken. Aber jetzt bin ich informiert, ich muss mein Wissen nicht sofort in die Tat umsetzen. Außerdem habe ich dreimal gewichst. Vielleicht ist es doch gut, dass ich es mir nicht leisten kann, meine Lohnarbeit aufzugeben. Vielleicht würde nach drei Wochen zu Hause meine Klitoris einfach abfallen, sie tut mir jetzt schon ein bisschen weh.

Meine Freundin Lizzy ruft an.

»Was machst du?«, fragt sie.

»Ich bin im Bett«, antworte ich. »Lizzy, warum hast du dich so lange nicht gemeldet? Bist du verliebt?«

»Ja, vielleicht«, sagt sie.

»Oh, for fuck's sake«, schnaube ich genervt. Warum rufen Freundinnen immer an, wenn sie verliebt sind? Eine SMS würde doch reichen.

»Bist du wirklich verliebt, Lizzy?«, frage ich vorwurfsvoll.

»Jacinta, rauchst du im Bett?« Lizzy hat, wie meine Mama, dieses Talent, zu hören, wenn man am Telefon raucht.

»Na klar«, sage ich. »Len ist in Süddeutschland im Urlaub und meine Halsschmerzen sind mehr oder weniger weg. Also, erzähl mal von deiner neuen Liebe.«

Lizzy erzählt mir von ihrem tollen Liebesleben. Ihr neuer Freund ist toll im Yoga und noch besser im Ficken. Ich rauche und spiele währenddessen *Tetris*, wenn ich mich ganz auf das Gespräch konzentrieren würde, müsste ich meinen Laptop vollkotzen. Am Ende ihrer Erzählung sage ich: »Übrigens, mein verheirateter Liebhaber hat mir heute eine Mail geschrieben, dass ich einen außergewöhnlichen G-Punkt habe. Außergewöhnlich.«

Sie fragt: »Echt?«

»Ja. Angeblich ist er superungewöhnlich sensibel, und wenn ich gekommen bin, vibriert er ein bisschen.« Ich seufze. »Lizzy, ich sehe mich jetzt moralisch dazu verpflichtet, Peter anzurufen und ihn darüber zu informieren. Ich meine, stell dir vor, wir waren sechs Jahre zusammen, und er hat den G-Punkt nie gefunden, schlimm genug, aber der G-Punkt, den er nicht gefunden hat, ist kein normaler G-Punkt, nee, das ist ein ungewöhnlicher G-Punkt. Das ist ein superaußergewöhnlicher G-Punkt. Im Grunde genommen habe ich magische Kräfte. Im Grunde genommen ist mein G-Punkt talentiert. Der arme Peter. Er tut mir so leid, ne. Wie wird er Liebe finden, jemals Liebe finden, wenn er meinen G-Punkt nicht finden konnte? Das wäre das Richtige jetzt, wenn ich den armen Kerl anrufen würde und ihm Bescheid geben. Ich schulde ihm diese Information. Ich rufe ihn an, oder? Manche Infos muss man an seine Expartner weitergeben. Wenn ich Aids haben würde, würde ich ihn sofort anrufen, und ich habe einen außergewöhnlichen G-Punkt. Ich rufe ihn an. Ich schulde ihm das. Peter braucht diese Information.«

»Nein, Jacinta, mach das nicht«, sagt Lizzy. »Ich habe über deine Situation nachgedacht. Du solltest Single-Wandern machen.«

Ich weiß nicht, was deprimierender ist. Glücklich verliebte Freundinnen, die dich anrufen, um dir zu raten, dass du beim Single-Wandern mitmachen sollst, oder Verwandte aus England, die vorschlagen, dass du zurück nach Hause kommst, um eine Sozialwohnung zu beantragen und auf Lehramt zu studieren. Ich nehme einen Schluck Wein aus der Flasche. Warum gilt es als so asozial, Wein aus der Flasche zu trinken? Die Alien-Archäologen aus der Zukunft werden sich totlachen wegen dieser Etikette, denke ich. Wenn man immer Wein direkt aus der Flasche trinken würde, würde man voll viel Abwaschwasser sparen und damit Energiekosten und so die Welt retten. Eigentlich ist es asozial, Weingläser zu benutzen.

Lizzy redet wieder über ihren neuen tollen Yoga-Freund. Lizzys neuer Freund ist so gut im Yoga, dass er anderthalb Stunden ununterbrochen ficken kann. Manchmal legt er eine sehr kurze Pause ein, um die Stellung zu wechseln.

»Hört sich ein bisschen anstrengend an«, sage ich, merke plötzlich, dass ich bei *Tetris* in Level 13 gelandet bin, dabei wusste ich bis heute gar nicht, dass *Tetris* ein Level 13 hat. Gott, bin ich gut in *Tetris*.

Ich frage Lizzy, ob anderthalb Stunden ununterbrochenes Ficken nicht doch weh tut nach einer Weile, sie sagt, doch ein bisschen, schon, und ich denke darüber nach, ob ich mich deshalb nie in spirituelle Typen verliebe, weil ich Angst vor Sex habe, der länger als 20 Minuten dauert. 20 Minuten sind perfekt, oder?

Nachdem ich aufgelegt habe, überlege ich, ob ich mir eine Doku-Sendung über Prinzessin Diana angucken soll oder noch mal masturbieren. Mein Handy klingelt wieder, es ist meine süße, kleine amerikanische Freundin Zara. Sie ist am Heulen.

»Ich war auf einem Date!«, heult sie.

»Und was ist passiert?«, frage ich.

»Etwas sehr Schlimmes«, sagt sie.

Oh fuck, denke ich, wahrscheinlich ist sie vergewaltigt worden, so ohne Kondom, und wegen ihrer Sprachprobleme muss ich sie jetzt zum Frauenarzt begleiten wegen dieser Pille danach und so, ich kann nicht mal die Arbeit oder das Kind als Ausrede vorschieben, na toll.

»Was?«, sage ich. »Erzähl mal.«

Wir können morgen hingehen, denke ich mir. Morgen früh.

»Ich habe den Typen gefragt, ob ich attraktiv bin«, heult Zara.

Sie ist übrigens sehr attraktiv. Ich habe unattraktive Freundinnen, aber sie heulen nicht so oft am Telefon, oder wenigstens nicht mir gegenüber. Zara ist eine dieser kleinen, süßen, blassen Frauen mit dicken Titten und sehr weißer Haut und unordentlichen Locken und verschmierter Mascara, die ständig so aussehen, als wollten sie sich gleich ausziehen. Diese Art Mädchen sehen immer so aus, als wäre der nächste Satz, den sie sagen: »Darf ich mich ausziehen?«

Ich mag diese Eigenschaft bei einem Mädchen.

»Und was hat er gesagt?«, frage ich.

»Er hat gesagt, er hat gesagt, er hat gesagt – ich sei attraktiv genug.« Jetzt heult Zara ununterbrochen für anderthalb Stunden, genauso lange, wie der neue tolle Yoga-Freund von Lizzy ficken kann.

Ich frage: »Wie sah er denn aus?«

»Er war dick!« Sie heult. »Ich meine das jetzt nicht dickenfeindlich, aber wenn ich mit ihm geschlafen hätte, wäre er der hässlichste Typ gewesen, mit dem ich jemals freiwillig Sex gehabt hätte.«

»Oh, for fuck's sake«, schnaube ich. »Wo hast du dieses Arschloch kennengelernt?«

»OkCupid«, schluchzt sie. Sie heult immer noch. »Jacinta! Meine kleine Schwester ist verlobt. Ich bin 25 Jahre alt. Ich bin nach Deutschland gekommen, um Künstlerin zu werden, aber die Wahrheit ist, dass ich nicht weiß, ob ich auch nur ein Gramm künstlerisches Talent besitze. Und ich bin hierhergekommen. Und was habe ich davon? Statt Arbeit und Liebe und Familie und Normalität? Online Dating. Meine kleine Schwester ist verlobt. Weißt du, wie sich das anfühlt?«

Ich bin mir auch nicht sicher, ob Zara ein Gramm Talent hat, und lenke deshalb ab: »Meine kleine fucking Nichte ist auch fucking verlobt. Das kotzt mich an. Du hättest den Ring sehen sollen, ich dachte, ich kotze mir gleich die Nieren raus. Als ich fürs Abitur gelernt habe, habe ich mal das Babysitting für meine Schwester übernommen, und meine Nichte hat sich vollgekackt und so, und ich war nicht sicher, ob ich ihre Kleidung in die Waschmaschine stecken sollte oder nicht. Menschen, die sich noch vollgekackt haben, als ich dachte, ich wäre erwachsen, sind jetzt verlobt, und ich bin 34 Jahre alt und wohne in einer WG.«

»Was wird aus uns?«, heult Zara.

»Ich weiß nicht, was aus dir wird«, sage ich. »Aber ich gehe zurück nach England und beantrage eine Sozialwohnung und studiere auf Lehramt.«

»Oh nein!«, ruft sie. »Willst du das wirklich machen, Jacinta?«

»Nee«, sage ich. »Ich würde mich lieber umbringen. Egal, wie scheiße mein Leben hier ist, zumindest ist es besser als das. Willst du nicht vorbeikommen? Wir könnten uns Doku-Sendungen über Prinzessin Diana angucken. Wie sie ermordet worden ist und so. Nix tröstet einen mehr als eine Doku-Sendung über den Mord an Prinzessin Diana.«

»Ach ja«, sagt Zara. »Ich könnte auch *Dirty Dancing 2* auf DVD mitbringen.«

»Und eine Flasche Wein«, sage ich. »Oder vielleicht lieber zwei.«

»Rot oder weiß?«, fragt sie.

»Egal, Hauptsache, billig«, antworte ich. »Und Zigaretten«, füge ich hinzu. »Wir werden Zigaretten brauchen.«

Was für ein gelungener Tag, denke ich mir. Ich habe einen

magischen G-Punkt. Mein G-Punkt hat magische Kräfte. Im Grunde genommen bin ich ein sexueller Übermensch. Außerdem habe ich Level 13 bei *Tetris* erreicht, ohne es zu merken. Ich denke über mein ganzes Leben nach. Über Zara und Lizzy und Jens und Marek, was für gute Freunde sie alle sind. Meine verrückte Familie, meine transsexuelle Tante, meine behinderte Mama. Meinen entspannten Bruder. Meine Schwester, die Zicke. Ich denke an meinen Sohn und wie sehr ich ihn liebe, an meinen Exmann, wegen dem ich ins Frauenhaus gegangen bin, an meinen Exfreund und ob ich ihn zurücknehmen werde. An seine Mama, die mich nie besonders gemocht hat, aber bestimmt nicht schuld an unserer Trennung ist. Ich denke an die gemeinen SMS, die ich ihm geschickt habe, plötzlich kommen sie mir ein bisschen peinlich vor. Ich denke an all die schönen Ficktermine, die ich hatte, seit Peter mich verlassen hat, und an die schönen Penisse, die ich gesehen habe. Vielleicht ist das ein Zeichen, denke ich. Nicht ein einziger hässlicher Penis, seit er gegangen ist.

Was für ein wunderschönes Leben. Was für ein gelungener Tag.

Und jetzt kriege ich Wein – quasi frei Haus geliefert – und ich muss mich dafür nicht mal anziehen. Ich seufze zufrieden.